LE MIROIR DE L'EAU

Marie Kosmowski

LE MIROIR DE L'EAU

ÉDITIONS FRANCE LOISIRS

Édition du Club France Loisirs,
avec l'autorisation des Éditions Robert Laffont

Éditions France Loisirs,
123, boulevard de Grenelle, Paris
www.franceloisirs.com

ISBN 2-7441-8241-9

1

Le galet tournoya sur lui-même, atteignit la surface de l'eau, l'effleura, rebondit et continua sa course jusqu'au milieu du lac. Celui-ci recouvra sa sérénité qui n'était troublée que par le flot de la cascade dont le clapotis incessant animait l'onde, comme pour lui insuffler un semblant de vie.

Antoine chercha une autre pierre pour continuer le jeu auquel il s'était adonné si souvent quand il était enfant. Sa haute silhouette se reflétait dans les eaux limpides et soudain se dessina, à ses côtés, la forme frêle d'une petite fille, surgie du fond des flots comme par magie. Il ne l'avait pas entendue arriver. Il se retourna et la dévisagea.

Elle paraissait ne pas avoir plus de sept ans. Elle portait un petit short à carreaux roses et blancs, ses longs cheveux blonds retenus par un ruban couvraient son dos nu. Elle avait ôté ses sandalettes qu'elle balançait doucement au bout de ses bras menus.

De ses grands yeux noisette, elle l'observait, sans la moindre trace de crainte ni de timidité, comme si elle l'avait toujours connu. Elle aurait pu être impressionnée par ce visage buriné, cette force qui émanait de lui, peut-être due à sa haute stature, cette allure d'aventurier qui tranchait sur la quiétude des lieux, mais, au contraire, elle se planta à côté de lui, posa ses sandales par terre et lui sourit.

Il lança une autre pierre qui, à nouveau, rebondit cinq fois avant de disparaître.

— Comment tu fais ? s'étonna la petite fille.

Antoine sourit :

— Si tu me dis comment tu t'appelles, je te confierai mon secret.

— Je m'appelle Alice, répondit-elle.

Il se pencha vers elle.

— Eh bien, si tu veux réussir un beau ricochet, il faut, tout d'abord, choisir un caillou ni trop gros ni trop petit, mais, surtout, il doit être rond et bien plat.

Alice s'accroupit et scruta le sable du rivage. Elle saisit précautionneusement une petite pierre blanche qui luisait sur sa paume et la tendit à Antoine.

— Tu crois qu'elle volera comme la tienne ?

— Eh bien, on va essayer.

Il se plaça derrière la petite fille, lui mit le caillou dans le creux de la main et la guida en lui tenant le poignet pour lancer le galet qui ricocha à trois reprises.

Alice sauta de joie et demanda à son nouvel ami :

— Tu crois que j'y arriverai toute seule ?

Antoine sourit.

— Tu sais, tu n'y arriveras pas du premier coup. Quand j'avais ton âge, je venais ici souvent et je m'exerçais pendant des heures.

— Ici, aux Eaux Miroirs ? Mais je ne t'ai jamais vu ! s'étonna-t-elle.

— J'étais parti, très loin... Mais je n'avais pas oublié le lac...

— Et tu es revenu pour voir si tu savais toujours faire des ricochets ? s'enquit innocemment Alice.

Antoine sourit en contemplant les eaux du lac.

— Entre autres, oui..., répondit-il, et puis, tu sais...

Il pivota sur ses jambes, mais la petite fille avait disparu comme elle était venue. En vain il la chercha du regard, navré. La petite fille n'avait même pas laissé l'empreinte de ses pieds nus sur la rive de sable fin qui entourait les flots limpides. Seule la cascade troublait le calme des eaux et faisait éclater en mille étoiles le soleil couchant qui nimbait le lac d'une lumière tamisée. Mais la beauté des lieux n'apaisait pas Antoine. Il lui semblait qu'une présence invisible venue du fond des eaux l'appelait. Il la sentait, mais ne l'entendait pas.

Il se détourna à regret et remonta le chemin escarpé qu'il avait emprunté une heure plus tôt, en proie à ses souvenirs.

2

Le taxi fatigué brinquebala sur le chemin mal entretenu. Antoine Marange regardait, stupéfait, la vieille bâtisse à la façade aux couleurs pâlies et aux volets craquelés... Tout respirait la décrépitude, le laisser-aller. Où était passé le palais de son enfance aux vastes pièces meublées avec goût dans lequel il avait joué tant de fois à cache-cache avec Paul ?

Celui-ci se tenait devant la porte, intrigué par cette visite qu'il n'attendait pas.

Antoine s'extirpa du taxi, tendit quelques billets au chauffeur qui sortit son sac de marin du coffre et le posa sur l'allée caillouteuse. Il se dirigea vers son frère. Ils s'étreignirent. L'émotion les submergeait. Il y avait vingt-cinq ans qu'ils ne s'étaient pas vus, et il leur semblait que c'était la veille. Certes, les rides les rappelaient à la réalité du temps, leur pas s'était fait plus lourd, les épreuves les avaient mûris, mais leur fraternité leur restituait leur âme d'enfant, tous leurs souvenirs remontaient à la surface.

Cependant ils n'étaient pas seuls. Derrière eux, Jeanne arrivait, attirée par le bruit. Paul prit sa femme par l'épaule :

— Ma chérie, je te présente mon frère.

Antoine fut tout de suite séduit par cette femme à la lourde chevelure frisée qui épousait étroitement un visage dont les yeux clairs le regardaient avec bienveillance. Elle lui tendit une main franche et ferme :

— Bienvenue à mon nouveau beau-frère ! Je désespérais de jamais vous connaître !

Ils entrèrent dans la maison. Au premier étage, un rideau s'abaissa. Anaïs n'avait rien perdu de la scène. Elle dévala l'escalier pour venir saluer son oncle.

Anaïs Marange paraissait davantage que ses seize ans. Et elle faisait tout pour cela. Des chaussures à hautes plates-formes, le visage trop maquillé encadré d'immenses créoles, le tee-shirt étriqué dévoilant un nombril percé d'un anneau, elle semblait avoir abandonné depuis longtemps la candeur de l'adolescence.

Elle plongea hardiment ses yeux dans ceux de son oncle.

— Je ne savais pas qu'il y avait des mecs aussi sexy dans la famille !

Et elle n'avait pas tort. Avec son pull marin qui laissait deviner son torse musclé, son air décidé et ses traits burinés, il ressemblait furieusement à un héros de bande dessinée. De quoi faire fantasmer une jeune fille plus habituée aux jeunes gens timides qui n'avaient rien de mieux à lui proposer qu'une séance de cinéma et n'avaient jamais quitté les alentours de sa petite ville.

Jeanne regarda sa fille d'un air désapprobateur. Elle ne s'habituait pas à l'attitude délurée d'Anaïs. Elle regrettait qu'elle ait perdu la timidité qui faisait son charme quand elle était petite. Elle dit doucement :

— Ton oncle doit avoir soif. Va chercher des verres pour que nous fêtions son arrivée.

Ils ne virent pas le temps passer, tout occupés à se raconter les vingt-cinq ans pendant lesquels ils avaient été séparés. Pour Antoine, c'était des récits d'aventures aux quatre coins du monde, pour Paul et Jeanne, c'était leur rencontre, leur combat pour faire vivre le domaine, malgré les difficultés, et maintenant leur intention de tourner la page.

Après le repas, tandis qu'Anaïs s'éclipsait en marmonnant une vague excuse, Paul alla chercher un vieux marc issu de leurs vignes.

Antoine le dégusta en connaisseur :

— Il est fameux. Quel dommage d'arrêter la production ! Tu veux vraiment tout bazarder ? La maison, les vignes ? Tu es sûr de ne pas faire une bêtise ?

Paul s'insurgea :

— Ça fait vingt-cinq ans qu'on ne t'a pas vu, et maintenant tu viens te mêler de mes affaires ? Je sais que j'ai besoin de ta procuration pour vendre, alors si tu as quelque chose contre, autant me le dire tout de suite. Jeanne et moi voudrions acheter un restaurant ; on a envie de commencer une nouvelle vie, tu ne vas pas nous en empêcher, après toutes ces années !

Antoine posa la main sur le bras de son frère.

— Mais non. Ne t'inquiète pas. Quand j'ai reçu ta lettre, ç'a été le déclic pour me décider à revenir ici. Évidemment, il faut qu'on règle toute la paperasserie pour la vente du domaine, mais ce n'était pas le seul motif de mon retour. Tu sais, j'ai bourlingué pendant toutes ces années, mais je n'ai pas réussi à effacer le passé. J'avais envie de revoir une fois tous ces lieux avant qu'ils disparaissent, la nostalgie, quoi... Et puis, je voulais aussi retrouver quelqu'un que je n'ai pas réussi à oublier...

Paul écarquilla les yeux.

— Qui ?

Antoine rougit, intimidé comme un enfant.

— Oh ! Tu vas te moquer de moi. On a beau faire, parcourir le monde, on n'oublie pas son premier amour. Tu ne dois pas t'en souvenir, j'avais seize ans. Elle s'appelait Isaure... Du domaine des Castella. Je suis passé devant chez elle tout à l'heure, mais je n'ai pas osé sonner. Elle doit être mariée, avoir des enfants...

Paul avala son verre d'un trait. Il chercha une aide du côté de Jeanne, mais celle-ci paraissait, tout à coup, très absorbée par le feu qu'elle attisait. Il n'avait pas le choix, il fallait répondre :

— Tu n'es pas au courant... Personne ne t'a rien dit? Mon Dieu!

— Au courant de quoi? Parle, ne fais pas cette tête!

— Eh bien, elle est morte... Il y a longtemps, elle s'est noyée... Dans le lac.

Antoine se raccrocha à un espoir :

— Tu es sûr que tu parles d'Isaure Castella? Il ne s'agit pas d'une autre Isaure?

Sans prêter attention au bouleversement qui se lisait sur les traits de son frère, Paul haussa les épaules.

— Mais oui, mon vieux, des Isaure, il n'y en avait qu'une. C'est arrivé peu de temps après ton départ, et on avait si peu de nouvelles de toi que je n'ai pas pensé à t'en parler quand on s'est écrit. Je crois que c'était un accident.

Antoine s'assit lourdement sur le canapé, accablé.

— J'avais tout imaginé sauf ça. Je m'étais préparé à la trouver heureuse avec un autre. J'aurais essayé de le supporter. Mais, ça! C'est trop horrible. Elle était si belle, si jeune...

L'image d'Isaure s'imposa à lui. Le jour où il lui avait dit adieu, elle était si pâle. Ses longs cheveux châtains accentuaient la blancheur de son teint. Elle le regardait, désemparée, ses grands yeux noyés de larmes l'implorant de rester. Il n'avait pas su l'écouter et il avait obéi aux ordres de son père. Il s'était engagé dans la marine.

Les regrets l'assaillirent. Qui sait? S'il avait résisté aux injonctions paternelles, s'il avait passé outre, peut-être Isaure serait-elle encore en vie, peut-être auraient-ils élevé des enfants ensemble.

Un besoin irrépressible de tenter de renouer le lien avec la jeune fille sur les lieux où ils s'étaient retrouvés tant de fois et où s'était scellé son destin le jeta hors de la demeure familiale. Il se dirigea à grandes enjambées vers le lac. Un peu en surplomb se dressait un modeste chalet de bois sur lequel était apposée une pancarte : « À louer ». Antoine y vit un signe. C'est là qu'il allait désormais habiter.

Il nota le nom de l'agence immobilière indiqué sur la pancarte et s'y rendit immédiatement. Il fut reçu par Alexandra Keller, une ravissante jeune femme dont le visage lui rappela immédiatement celui d'une petite fille experte en ricochets. Elle aussi avait des cheveux blonds, dont la lourde frange lui couvrait la moitié du visage. Elle avait les mêmes yeux qu'Alice, mais ils étaient soulignés d'un mascara qui allongeait ses cils en lui approfondissant le regard.

Antoine n'eut plus aucun doute lorsqu'il vit, trônant sur le bureau d'Alexandra, une photo de la petite fille, à genoux sur une plage, en train d'édifier un château de sable.

— C'est le destin qui me conduit à vous. J'ai déjà rencontré votre fille près du lac, et je viens vous voir pour louer le chalet qui le borde.

Alexandra sourit.

— Oh ! Je suis habituée aux signes du destin avec Alice. Je crois que les fées se sont penchées sur son berceau et l'ont, en quelque sorte, contaminée ! Rien n'est jamais rationnel avec elle. Il faut s'y faire...

— Eh bien, puisque c'est Alice qui nous guide, je n'ai pas besoin de revisiter le chalet. Quelles sont les conditions de location ?

Le marché fut vite conclu. Antoine pourrait emménager quand il le voudrait. En outre, le propriétaire avait laissé des meubles. Le chalet était prêt à accueillir son nouveau locataire.

La petite fée qui avait présidé à ces tractations ne dormit pourtant pas paisiblement cette nuit-là. Une fois encore, Alice rêva du lac. Elle poussa un cri, se dressa sur son lit, comme hallucinée. Alexandra, réveillée en sursaut, accourut. Elle prit sa fille dans ses bras pour la rassurer, mais rien n'y fit ; une vision continuait à la hanter : le corps inerte d'une jeune fille flottait sur les eaux profondes, sa robe fleurie s'étendant autour d'elle, comme un linceul.

3

Du haut de la terrasse qui dominait les vignes des Castella, Gabrielle regardait sa mère qui se frayait péniblement un chemin, appuyée sur une canne, vers la roseraie. Comme chaque semaine, Suzanne Castella irait déposer un nouveau bouquet sur la tombe d'Isaure. Depuis vingt-cinq ans, sa douleur ne s'était pas éteinte malgré la présence de Gabrielle, sa fille cadette, ni, plus tard, la naissance de sa petite-fille, Éléna. Elles avaient toutes trois le même regard bleu d'acier qui laissait entrevoir leur caractère bien trempé et dissimulait soigneusement une sensibilité à fleur de peau.

Suzanne revint bientôt, les bras chargés de roses nacrées. Elle interpella son gendre qui était occupé à transporter de lourdes caisses de vin qu'il devait porter à un client.

— Nicolas, pouvez-vous dégager l'entrée du garage, c'est l'heure d'aller au cimetière, et je dois passer ensuite à l'école pour porter des livres.

Nicolas Aubry obtempéra. Il n'avait pas pour habitude de discuter les ordres de sa belle-mère. Cela aurait été peine perdue. C'était elle la vraie patronne, même s'il avait en charge la gestion des vignes. Il ferma la porte massive des chais et manœuvra sa camionnette pour laisser le champ libre à la berline noire de Suzanne.

Celle-ci avait enlevé son large chapeau de paille et, après avoir remis, d'une main impatiente, de l'ordre dans ses cheveux courts aux reflets argentés, elle avait jeté sur la banquette arrière la pile de livres qu'elle avait préparés et déposé précautionneusement à côté d'elle la brassée de fleurs. La vieille dame démarra et emprunta la large allée couverte de gravillons qui menait à la grille. Avant d'atteindre celle-ci, elle croisa une jeune fille chevauchant un scooter pétaradant. Sa minijupe en skaï dissimulait avec peine ses jambes bronzées, tandis que son casque laissait dépasser de longs cheveux décolorés. Suzanne la suivit d'un regard désapprobateur. Elle était décidément trop délurée pour son goût. Ce n'était vraiment pas une bonne fréquentation pour sa petite-fille. Éléna émergeait à peine de l'adolescence. Mais, comment les empêcher de se voir ?

Pendant que la voiture s'éloignait de la maison, Anaïs sauta de son scooter, trébucha sur ses hautes chaussures à plates-formes et buta, comme par mégarde, sur Nicolas. Elle se raccrocha à lui... Celui-ci recula.

— Salut. Si tu cherches Éléna, elle est déjà à la piscine, en train de se baigner.

Dépitée de son accueil, Anaïs poussa un cri en ôtant son casque.

— Ouille ! Aide-moi, j'ai les cheveux coincés dans la fermeture.

Nicolas s'approcha de mauvaise grâce et tira d'un coup sec sur le casque.

Anaïs gémit à nouveau.

— Oh, tu m'as fait mal... Mais venant de toi, ça n'est pas pareil...

Ce disant elle se plaqua contre lui et lui effleura les lèvres. Nicolas la repoussa brutalement.

— Tu es folle, ne recommence jamais ça avec moi ! Tu sais que ça ne prend pas !

Anaïs se mit à rire. Elle saisit les cheveux arrachés qui étaient restés accrochés dans le casque, en fit une petite boule et la fourra dans la main de Nicolas.

— Souvenir ! dit-elle en s'enfuyant vers la piscine.

Au bord des eaux turquoise de la piscine, Gabrielle Aubry n'avait rien vu de la scène. Elle dessinait le logo de leur prochaine cuvée pendant qu'Éléna se passait méticuleusement de la crème solaire sur tout le corps.

Anaïs s'approcha de Gabrielle qui mettait la dernière main à son dessin.

— C'est joli. Vous dessinez bien. L'autre jour, dans le salon, j'ai remarqué un tableau représentant le lac. Il est vraiment sympa. C'est vous aussi qui l'avez peint ?

— Non... Je...

— C'est vrai qu'il est signé « Isaure Castella ». Qui est-ce ?

Éléna renchérit :

— Oui, maman, qui c'est, Isaure ?

Gabrielle, avant même de trouver une réponse plausible, sentit le paysage se brouiller devant ses yeux. Elle ébaucha un geste et s'effondra sur le sol.

Lorsqu'elle rouvrit les yeux, elle ne reconnut pas les murs vert d'eau de la chambre dans laquelle elle était couchée. Nicolas, assis à côté du lit, lui tenait la main et la fixait d'un regard anxieux.

— Eh bien, tu nous as fait une belle peur. J'ai tout de suite appelé Josépha Beaulieu qui t'a fait admettre à l'hôpital. Elle t'a examinée et nous a dit que ce n'était qu'un malaise sans gravité. Tu dois rester ici la journée en observation. Je vais être obligé de te laisser car j'ai un client qui me demande d'urgence. On se retrouvera ce soir à la maison. De toute façon, tu es en de bonnes mains, Josépha veille sur toi. Ça sert d'avoir une amie d'enfance médecin !

Nicolas se leva, déposa un baiser sur le front de Gabrielle et partit précipitamment.

Une petite voiture rouge l'attendait, moteur allumé, devant l'hôpital. S'assurant que personne n'était aux alentours, il s'y engouffra. Alexandra Keller démarra en trombe. Elle posa avec impatience une main de propriétaire sur le genou de Nicolas. Son attente n'avait que trop duré.

Gabrielle entendit le bruit du moteur s'éloigner. Elle se rallongea, perdue dans ses pensées qui furent interrompues par l'irruption de Josépha dont la blouse blanche ne parvenait pas à masquer les formes généreuses. Comme le lui avait souvent dit Gabrielle, « même si tu mettais une jupe plissée et un col Claudine, tu serais arrêtée pour attentat à la pudeur ! ». Elle avait tenté de discipliner ses cheveux roux, mais des mèches s'échappaient de tous côtés. À l'image de leur propriétaire, ils résistaient à toute contrainte.

Elle s'assit sur le lit de Gabrielle.

— Alors, qu'est-ce qui t'a pris ? Tu n'es pourtant pas du genre à t'évanouir pour un oui ou pour un non !

Les larmes emplirent les yeux de Gabrielle.

— J'ai complètement disjoncté. Éléna m'a demandé qui était Isaure... J'ai cru qu'un gouffre s'ouvrait devant moi.

— Et tu lui as répondu ?

— Non, je me suis évanouie ! Vraiment, je ne sais pas quoi faire. C'est trop dur.

— Comment, c'est dur ? Tu ne vas pas, toute ta vie, obéir à Madame ta mère. La laisser décider de tout. Il est largement temps d'ouvrir les placards, de faire le ménage dans votre famille. Sinon, tu vas y laisser des plumes. Et c'est la psy qui te parle, pas seulement ta copine d'enfance.

Gabrielle soupira.

— J'ai pas envie de remuer tout ça. Que va dire Éléna ?

— Si elle découvre ces secrets par elle-même, c'est là que les dégâts seront irréparables. Tu dois la vérité à ta fille. Après, tu te sentiras soulagée, et au diable ce qu'en pensera

Suzanne ! Tu n'es plus une enfant. Maintenant, c'est toi qui décides. Et tu sais que je serai toujours là pour t'aider.

Josépha prit Gabrielle dans ses bras tandis que celle-ci recommençait à pleurer.

Trop d'événements venaient troubler sa vie et elle avait peur de les mettre au jour.

4

Alice arriva en sautillant dans la cour de l'école. Son institutrice, Anna Fauve, l'attendait avec les autres élèves de sa classe sous le préau. La petite fille se dirigea vers eux, mais, curieusement, au milieu de la cour, elle effectua un grand cercle, comme si le sol était miné, avant d'atteindre la porte de la classe. Anna allait lui demander ce qui se passait quand la cloche sonna. La jeune femme tapa dans ses mains.

— Allez, les enfants, mettez-vous en rang, on va commencer.

Les enfants s'assirent derrière leurs petits bureaux et Anna commença à leur lire un chapitre d'*Alice au pays des merveilles*. Ils écoutaient, fascinés. On aurait entendu une mouche voler dans la classe tant le conte les maintenait sous le charme.

Anna interrompit sa lecture au moment où l'héroïne franchit la porte du jardin magique. Elle demanda alors aux enfants de dessiner une scène des aventures d'Alice qui leur avait particulièrement plu. Ils sortirent cahiers et crayons de couleur et se penchèrent sur leur pupitre. C'est le moment que choisit Suzanne pour entrer dans la salle, chargée d'une pile de livres.

— Pardonnez-moi de vous déranger en pleine classe, dit-elle, mais je voulais vous donner tous ces livres qui ont fait la joie de mes enfants et de ma petite-fille. Ils seront maintenant plus utiles dans votre bibliothèque.

Anna lui prit le paquet des mains.

— Je ne sais pas comment vous remercier. En plus, Mathieu Beaulieu m'a appris hier qu'il avait reçu une lettre du rectorat lui annonçant que j'avais été titularisée ici. Et je crois que vous y êtes pour quelque chose. Grâce à vous, je vais pouvoir quitter Marseille et m'occuper de ma mère.

Suzanne, soudain gênée, coupa court aux effusions d'Anna :

— Comment va-t-elle ? A-t-elle récupéré un peu de mobilité ?

— Non, elle ne se déplace qu'en fauteuil roulant et je crois qu'elle ne pourra plus jamais parler. Son accident vasculaire était trop grave. Mais, si je suis auprès d'elle, ce sera un grand soulagement. J'ai l'impression que vous êtes mon ange gardien. Tout mon horizon s'éclaircit, juste au moment où, en plus, Guillaume et moi avons décidé de nous marier.

Suzanne sourit :

— Quand je pense que je vous ai connue toute petite... Le temps passe vite ! Bon, je vais vous laisser vous occuper des petits. Mais, je crois qu'il y en a une que la classe n'intéresse pas beaucoup !

Anna se retourna et vit Alice, endormie sur son pupitre, la joue contre son cahier. Elle fit signe à Suzanne de partir sans bruit et s'approcha d'Alice sur la pointe des pieds. Elle s'arrêta net en voyant le dessin. Il représentait une jeune fille pleurant des larmes violettes, le corps zébré de traits rouge sang. La jeune femme releva doucement la tête de l'enfant pour la réveiller et lui dit :

— Je crois que tu es bien fatiguée, ma chérie. J'aimerais bien voir tes parents. Peux-tu leur demander de passer à l'école ?

5

De retour chez elle, Gabrielle se coucha tôt, tant pour éviter de parler avec sa mère que pour essayer de faire le point. Elle aurait bien voulu trouver quelque appui, quelque conseil auprès de Nicolas, mais son mari ne lui opposait que son dos penché sur l'ordinateur. Il tapait fébrilement sur le clavier et semblait peu disposé à lui prêter une oreille attentive. Gabrielle ferma les yeux, accablée par ce sentiment de solitude qui la plongeait dans le plus profond désarroi. Comment un tel fossé avait-il pu se creuser entre eux ? Nicolas éprouvait-il encore une once d'amour envers elle ? Elle aurait voulu remonter le temps, retrouver leur complicité du début, quand il suffisait qu'une ombre passe dans l'esprit de l'un pour que l'autre s'en émeuve et vienne le consoler. Maintenant, elle se retrouvait seule, face aux mensonges qui empoisonnaient leur vie mais qu'elle redoutait de mettre au clair.

Elle se retourna contre le mur et s'endormit. Mais ne trouva pas le repos.

Une fois de plus son enfance envahit ses songes.

Elle était au bord du lac, son corps gracile appuyé contre le tronc d'un chêne, le bras lui cachant les yeux, elle comptait : 18, 19, 20. Elle se redressait et commençait à chercher sa sœur. Elle courait entre les arbres, le soir tombait et elle avait peur. Elle courait, courait... L'ombre des arbres dressait des silhouettes menaçantes. Ses petits pieds s'enfonçaient dans le sable du bord du lac et elle criait :

— Isaure... Isaure... Où es-tu ? Réponds-moi... Je t'en prie, reviens... J'ai peur !

Gabrielle se réveilla, en sueur. Nicolas dormait paisiblement à ses côtés.

Elle se leva, sortit sans bruit et s'avança dans le couloir jusqu'à une énorme étagère croulant sous les livres. Elle s'adossa au mur, soudain soulagée. Elle avait pris sa décision : demain elle parlerait à sa fille.

La table du petit déjeuner était dressée sur la terrasse en teck, devant la grande bastide aux murs dorés. Le soleil filtrait entre les arbres, l'atmosphère était tellement paisible que nul n'aurait pu présager l'orage qui allait éclater.

Éléna versa du thé dans une tasse de porcelaine ornée de feuilles d'olivier et la tendit à sa grand-mère. Elle but un grand verre de jus d'orange en regardant Gabrielle arriver, portant un plateau couvert de toasts fumants.

La jeune femme, bien que déterminée, ne savait comment entamer la discussion. Ce fut Éléna qui parla la première :

— Grand-mère, cette Isaure Castella, c'était une cousine ?

Suzanne reposa calmement sa tasse de thé.

— Oh, c'est vague, très vague...

Gabrielle bondit.

— Vague ! Comment peux-tu dire ça ? Tu ne connais pas Isaure Castella ?

Suzanne soutint son regard :

— Je crois que ça doit être une cousine éloignée... Des Castella, il y en a beaucoup dans la région.

Abasourdie, Éléna vit sa mère se jeter sur sa grand-mère et hurler en la secouant :

— J'en ai assez, je n'en peux plus de tous tes mensonges ! Allez, aie un peu de courage, dis à Éléna qui est Isaure !

Suzanne laissa percer, pour la première fois, un semblant d'émotion. Elle avait perdu de sa superbe, sa lèvre supérieure se mit à trembler, mais elle n'articula pas un mot.

Maintenant, Gabrielle était lancée ; il n'était plus question qu'elle s'arrêtât. Elle vociféra :

— C'est ta fille. Bon Dieu, c'est ta fille. C'est donc si difficile à dire ? Puisque tu ne le fais pas, je le ferai pour toi. Je ne peux plus continuer à me taire. Éléna a le droit de savoir et c'est moi qui lui dirai ce que tu caches depuis si longtemps.

Suzanne se souleva à grand-peine de son fauteuil.

— Je t'interdis, Gabrielle, tu entends, je t'interdis...

Mais Gabrielle avait déjà saisi sa fille par la main et gravissait l'escalier quatre à quatre. Suzanne, ayant attrapé sa canne, les poursuivit. Et elle reçut en plein visage :

— Non, maman, c'est fini, tu ne m'interdis plus rien.

Éléna était effarée. Elle ne reconnaissait pas sa mère, d'habitude si douce, si effacée. Gabrielle paraissait hors d'elle, dans un état d'exaltation qu'elle ne lui avait jamais vu. Elle s'arrêta dans le couloir et prononça à l'adresse de sa fille :

— Isaure était ma sœur. Elle s'est noyée, il y a vingt-cinq ans, et depuis ce moment une chape de silence s'est abattue sur la maison. Ou plutôt, TA GRAND-MÈRE a abattu cette chape sur nous.

Éléna eut le souffle coupé

— Tu te rends compte de ce que tu me dis. Ta sœur...

Suzanne était plaquée contre le mur, incapable de parler. Le monde qu'elle s'était acharnée à édifier depuis vingt-cinq ans était en train de s'écrouler, et elle était impuissante à l'en empêcher !

Elle ébaucha un geste quand Gabrielle s'attaqua à la grosse armoire du couloir pour la déplacer.

— Non, maman, tu ne m'empêcheras pas d'aller jusqu'au bout. Qu'est-ce que tu veux faire ? Me priver de dessert ? M'enfermer dans ma chambre comme lorsque j'étais petite et que je prononçais le nom d'Isaure ? Tu ne peux plus rien contre moi.

Et, se tournant vers sa fille :

— Éléna, aide-moi à pousser cette armoire.

— Mais, qu'est-ce qu'il y a derrière ?

Sans répondre, Gabrielle, hors d'haleine, s'arc-bouta contre la lourde bibliothèque et parvint à la déplacer. Une porte était dissimulée derrière. Éberluée, Éléna s'exclama :

— Mais où ça mène ? C'est un passage secret ?

— C'est la chambre de ma sœur...

Éléna gémit :

— J'ai peur, maman !

— Moi aussi, ma chérie, mais nous devons entrer.

Pendant qu'elles poussaient la porte, Suzanne, se retenant de crier, s'enfuit.

La chambre d'Isaure était plongée dans une semi-obscurité, les rideaux disjoints laissant passer un faible rai de lumière. Le temps s'était arrêté quand son occupante l'avait quittée, définitivement. Une vraie chambre de jeune fille. Un tourne-disque, un petit bureau encombré de cahiers, une boîte de peinture encore ouverte avec des pinceaux séchés dans des pots. Des posters ornaient les murs : Claude François, le groupe Il était une fois, Mike Brant. Et puis des aquarelles, toutes signées d'Isaure, aux couleurs pastel, respirant la douceur et le bonheur d'une jeune fille sage. Une robe en cotonnade fleurie était déployée sur le dossier d'une chaise.

Les jambes coupées par l'émotion, Gabrielle s'assit sur le lit protégé par un couvre-lit en piqué aux couleurs passées. Éléna demanda d'une voix blanche :

— Maman, comment as-tu pu me cacher tout ça pendant si longtemps ?

Gabrielle baissa la tête.

— Je ne sais pas. La peur de remuer des choses trop douloureuses. Sa disparition a été si violente. Imagine que, même avec ta grand-mère, on n'en a jamais reparlé.

» Elle m'a interdit de mentionner le nom d'Isaure, et depuis, j'ai obéi.

— Et papa, il est au courant ?

Gabrielle esquissa un sourire désabusé.

— Une fois, je lui en ai parlé. Il ne m'a pas posé davantage de questions. Au fond, je crois qu'il s'en fout.

Éléna se jeta dans les bras de sa mère.

— Maman, comme tu as dû te sentir seule pendant toutes ces années !

Gabrielle caressa tendrement la joue de sa fille. Elle se sentait tellement soulagée, même si tous ces souvenirs douloureux reprenaient vie et la bouleversaient. Elle prit le livre encore ouvert sur la table de chevet et le tendit à Éléna.

— Tu vois, c'est *Alice au pays des merveilles*. C'était le livre préféré d'Isaure. Combien de fois l'avons-nous lu ensemble ! Nous allions au fond du jardin et rêvions que nous allions voir apparaître le lapin pressé et que nous le suivrions dans le jardin extraordinaire. Lui aussi, il me manquait.

Éléna regarda sa mère avec timidité. Il lui semblait qu'elle la découvrait, elle si réservée, qui ne laissait jamais la place à la rêverie, à la fantaisie, elle qui lui avait toujours paru si rationnelle. Maintenant, elle lui était plus proche en révélant sa fragilité. La barrière invisible qui s'était dressée entre elles depuis des années venait de tomber.

Au-dessus de la table de chevet, elle vit la photo d'une jeune fille aux longs cheveux châtains, aux yeux rêveurs, avec une petite fille sur ses genoux et un chat roux à ses pieds. La petite fille avait le visage tendu vers sa grande sœur qu'elle regardait avec adoration. Éléna décrocha la photo du mur et demanda en montrant la fillette :

— C'est toi, là ? Je reconnais tes yeux !

— Oui, avec Isaure.

— Elle était belle. On dirait une ondine ! Elle doit te manquer...

Gabrielle attira sa fille contre elle.

— Oui, j'ai eu deux vies, l'une avec elle, et puis, plus tard, sans elle. Heureusement, toi tu es là.

Submergées par l'émotion, elles se levèrent, tirèrent les rideaux pour permettre à la lumière d'emplir la pièce. Soudain, elles se souvinrent de la fuite de Suzanne. Elle devait être bouleversée. Gabrielle ne se sentait pas le courage d'aller la voir. Il valait mieux faire appel à un tiers. Josépha serait la mieux à même de faire les premiers pas. Elle saurait panser toutes les blessures.

Elles sortirent à regret de la chambre d'Isaure, refermèrent doucement la porte mais ne repoussèrent pas la lourde bibliothèque contre le mur. Désormais, la chambre et son occupante avaient à nouveau droit de cité au domaine Castella.

Gabrielle descendit dans le grand salon et composa le numéro de Josépha.

Suzanne s'était enfermée dans sa chambre et elle ne répondit pas tout de suite quand Josépha frappa. Celle-ci cria à travers la porte :

— Ouvrez-moi ! J'ai laissé en plan tous mes patients pour vous voir ! Vous n'allez pas me laisser dans le couloir. Gabrielle m'a raconté qu'elle avait enfin brisé le silence. Ça n'est pas trop tôt ! Mais répondez-moi, nom d'un chien ! Vous avez le même caractère de cochon qu'Isaure.

À ces mots, Suzanne sauta sur ses pieds et ouvrit précipitamment la porte.

— Ma fille n'a jamais eu un caractère de cochon !

Josépha éclata de rire. Elle avait gagné, la porte était ouverte.

Suzanne, un verre de whisky à la main, gronda :

— Jamais Isaure n'aurait fait ce que Gabrielle vient d'accomplir. Enfreindre mes interdits, me narguer.

Josépha reconnut.

— C'est vrai. Elle, si timide, se rebeller ainsi. Vous affronter, enfin ! C'est une nouvelle Gabrielle qui vient de naître !

Sans l'écouter, Suzanne poursuivit :

— Tout ça ne serait pas arrivé si cet oiseau de malheur n'était pas revenu... Il nous a déjà fait assez de mal. Ça ne va pas recommencer !

— Qui ?

— Eh bien, Antoine Marange. Son frère et lui veulent nous vendre leurs vignes.

Ce fut au tour de Josépha de pâlir. Elle sourit faiblement, s'assit et demanda à Suzanne :

— Vous n'auriez pas un petit remontant ?

6

Gabrielle, perchée sur un escabeau, renouvelait entièrement la vitrine de sa librairie. Comme si tout devait changer, ici comme au domaine. Elle enleva les livres qu'elle n'aimait pas et qu'elle avait essayé de vanter sans conviction à sa clientèle. Elle les remplaça par ceux qui, pour elle, étaient « les indispensables », ceux qu'elle avait dévorés, lus et relus, même si ça n'était pas les derniers sortis. Yann la regardait, abasourdi. Sa patronne devenait-elle folle ? En plus, elle commençait à confectionner des petits écriteaux qu'elle apposait sur les livres avec des commentaires de son cru : « Une histoire bouleversante », « Un voyage qui mérite le détour », « La passion à l'état pur » ou bien, moins bienveillant, « Mais où avait-il donc la tête ? », « Un auteur peu recommandable ! ».

Devant l'effarement de son assistant, Gabrielle proféra du haut de son escabeau :

— Tu vois, Yann, si l'on ne s'engage pas quand on vend des livres, les clients ne t'écoutent plus, ils achètent n'importe quoi. Pourquoi viendraient-ils dans ma librairie si je n'ai pas lu ce que je vends ? C'est plus simple d'acheter par Internet. Si tu veux rester ici après ton stage, il va falloir que tu te mettes à lire.

Yann rougit.

— Je pourrais peut-être me spécialiser dans la BD et les polars. Parce que vous savez, moi, la littérature...

— Il y a un début à tout ! Et puis, tu pourrais aussi changer un peu de look ! Les cheveux gras, les jeans troués et les blousons râpés, ça allait bien dans ton ancienne vie... mais maintenant, si tu veux t'en sortir, il va falloir faire quelques concessions.

La sonnette de la porte dispensa Yann de répondre.

Antoine entra dans la boutique. Il ne quittait pas des yeux Gabrielle qui, gênée, descendit de l'escabeau en tirant sur sa jupe.

— Je peux vous aider, monsieur ?

— Non, merci, je regarde.

Pour se donner une contenance, Gabrielle ramassa les livres qu'elle avait retirés de la vitrine et les tendit à Yann. Celui-ci les saisit maladroitement de ses mains ornées de petits tatouages et la moitié de la pile roula par terre. Antoine se précipita pour les aider à ramasser les volumes épars tout en continuant à observer Gabrielle. Il ne pouvait dominer l'émotion qui l'étreignait devant la ressemblance de celle-ci avec le fantôme qui le hantait. Certes, Gabrielle ne faisait aucun effort vestimentaire pour attirer le regard, mais ses yeux bleus presque transparents, ses longs cheveux noirs qu'elle tirait en arrière sans aucune coquetterie, lui donnaient un charme étrange, échappant au temps et aux modes.

Yann sentit instinctivement qu'il était de trop et se dirigea vers la remise pour ranger la pile d'ouvrages qu'il avait récupérée.

Antoine regarda les appréciations qu'avait collées Gabrielle sur les livres de la vitrine et sourit.

— Eh bien, vous n'y allez pas de main morte ! Ça doit être difficile de vous résister quand vous défendez quelque chose !

— J'aime bien faire partager mes coups de cœur. Quel style de livre recherchez-vous ? Un roman ?

Pris au dépourvu, Antoine répondit, au hasard :

— Non, plutôt quelque chose sur le vin.

Gabrielle regrimpa sur l'escabeau pour attraper un ouvrage.

— Tenez, celui-ci va vous intéresser, et en plus il me rapportera des droits d'auteur...

— C'est vous qui l'avez écrit ?

— Non, c'est mon père. Il était amoureux de ses vignes, et défendait son domaine bec et ongles ! Il n'était pas toujours commode !

Antoine approuva et dit machinalement :

— Je sais.

— Vous le connaissiez ? Vous êtes déjà venu par ici ? s'étonna Gabrielle.

Un vacarme provenant de la réserve sauva provisoirement Antoine. Yann n'avait, manifestement, aucun talent de jongleur. Il jura.

— Putain, quel bordel, y a pas moyen de s'y retrouver là-dedans !

Gabrielle s'insurgea.

— Ce n'est pas un bordel, c'est une librairie. Et la grossièreté, je n'apprécie pas trop.

Elle poursuivit :

— Excusez-nous, monsieur, mais mon apprenti n'est pas encore tout à fait au point.

N'entendant pas de réponse, elle se retourna. Antoine s'était esquivé, laissant le livre sur le comptoir.

De la fenêtre du chalet, Antoine aperçut Alice, pieds nus, qui s'exerçait aux ricochets. Il la rejoignit et ils lancèrent les petits galets dans l'eau. Leurs ombres jointes se reflétaient dans les eaux limpides. Seule, la cascade faisait vibrer l'onde en projetant des petits clapotis qui allaient en s'élargissant. Les cigales chantaient, la chaleur pesante de la journée s'amoindrissait cependant que le soleil déclinait.

L'atmosphère était si paisible qu'elle paraissait irréelle. Soudain, un chuchotement venu des eaux fit s'immobiliser Alice. Elle saisit la main d'Antoine.

— Tu entends ? Ça vient du milieu du lac ?

— Je n'entends rien, de quoi parles-tu ? Ce sont les cigales...

Alice secoua la tête et s'éloigna du bord. Son reflet disparut et, à sa place, les eaux se troublèrent, formant de petites vagues circulaires. Antoine n'avait rien remarqué. Alice haussa les épaules, reprit ses sandalettes et se dirigea vers le petit chemin. Décidément, les grandes personnes étaient sourdes et aveugles.

7

Josépha franchit la grille du domaine des Marange, le cœur battant. Il y avait si longtemps qu'elle n'y était venue. Depuis le départ d'Antoine, la disparition d'Isaure, elle n'avait plus eu beaucoup de raisons d'y passer. Alors qu'avant... Elle suivait Isaure partout, avait partagé ses jeux, puis, plus tard, ses amours. Elle avait vu l'idylle naître entre elle et Antoine. Elle aussi avait été séduite par la carrure rassurante du jeune homme, cette façon d'être là, drôle et rêveur à la fois. Mais elle avait vite compris qu'il ne voyait que son amie, ému par sa fragilité, cet air d'être toujours dans les nuages. Elle pouvait toujours déployer des trésors de charme, laisser éclater son exubérance, leurs fous rires communs ne seraient jamais que ceux partagés entre bons copains, complices mais pas amoureux. Elle s'était résignée.

Le départ d'Antoine avait été un vrai crève-cœur. Elle pleurait en cachette car il n'était pas question qu'Isaure s'aperçût qu'elle aussi était tombée amoureuse. Elle aurait pris cela comme une trahison de sa meilleure amie, et cela, Josépha ne l'aurait pas supporté.

Et puis, Isaure avait elle aussi disparu. Il avait fallu se résoudre à cette nouvelle absence. Elle avait reporté son affection sur Gabrielle, mais ce n'était pas pareil ; elle était devenue un modèle, une grande sœur, alors qu'elle aurait eu besoin d'être protégée. Et cette protection, même son frère,

Mathieu, ne pouvait pas la lui apporter. Ils étaient complices dans leurs jeux, mais Mathieu était trop secret, trop ombrageux, le caractère expansif de sa sœur le maintenait à distance.

Après le départ d'Antoine, elle s'était vite aperçue qu'elle plaisait aux garçons sans même faire d'efforts. À la fac de médecine, puis à l'hôpital, elle était devenue « la collectionneuse », passant de l'un à l'autre sans jamais s'attacher. Sereine en apparence, mais jamais satisfaite. Et voilà qu'Antoine réapparaissait, remuant des souvenirs qu'elle avait cru avoir cadenassés tout au fond d'elle-même.

Elle frappa à la porte d'entrée, emplie d'une appréhension mêlée d'allégresse. Ce ne fut pas la haute silhouette d'Antoine qui se profila dans l'embrasure, mais celle de Jeanne, interloquée devant la visiteuse.

— Bonjour, je suis une amie d'Antoine Marange. Est-il là ?

— Non, il vient juste d'emménager dans le chalet près du lac. Savez-vous où il se trouve ?

Le lac ! Comment oublier où était le lac ? Josépha remercia précipitamment Jeanne, prit congé et partit vers ces lieux qui avaient si souvent accueilli leurs jeux, vingt-cinq ans auparavant.

Assis sur la terrasse, face au lac, Antoine était en train de déboucher une bouteille de vin qu'il avait prélevée dans ce qui restait des caves Marange. Le bruit d'un pas léger montant l'escalier l'avertit d'une visite.

Les yeux brillants de plaisir, un peu essoufflée par la montée, une jeune femme rousse lui souriait. Il ouvrit grands les bras.

— Ma Josépha ! Quel bonheur de te retrouver !

Ils s'embrassèrent. Josépha avait eu si peur qu'il ne la reconnût pas. Que lui aussi ait changé, qu'ils soient comme deux étrangers. Mais non. Ils s'attablèrent comme s'ils s'étaient quittés la veille... et entreprirent de se raconter ces vingt-cinq années passées sans nouvelles l'un de l'autre.

Après son engagement dans la marine, Antoine avait passé trois ans sur le *Foch*. Briquer le pont, faire la pluche dans les cuisines... C'était un peu loin de la vie d'aventurier que son père lui avait fait miroiter et... imposé.

— Dès que j'ai eu fini mon engagement, j'ai quitté la marine et je me suis mis à bourlinguer. J'ai fait tous les métiers, parcouru tous les continents. Le Chili, le Vietnam, et puis, l'Afrique.

— Le rêve !

Antoine soupira.

— Tu crois ça... C'est le mirage ! En fait, je ne savais pas quoi faire de ma peau. Et puis, j'étais désorienté. J'écrivais de longues lettres à Isaure, et jamais elle ne me répondait. Je ne comprenais pas. Et je partais et repartais encore, pour occuper ma vie. Et toi, Josépha, tu n'as pas changé.

— Oh moi, tu sais, je me suis lancée dans la médecine en pensant qu'au moins, comme ça, je serais utile à quelque chose. Oh, je ne suis pas Mère Teresa, loin s'en faut... mais je me disais que soulager la douleur des gens, ça pouvait être un but dans l'existence. Tellement de gens ont du mal à dormir, ça leur pourrit la vie. Alors, j'ai étudié les troubles du sommeil, j'essaie de comprendre comment ça marche, et d'aider mes patients à trouver pourquoi ils ont des insomnies, pourquoi ils sont troublés par leurs rêves. C'est ma façon de voyager à moi...

— Tu me parles de ton boulot. Mais, à part ça, le prince charmant que nous inventions quand nous étions petits, tu l'as rencontré ?

Josépha éluda :

— Qu'est-ce qui t'a pris de louer cette maison ? Tu partais à la pêche de tes souvenirs ?

— Quand je ferme les yeux, je vous revois, la première fois que je vous ai rencontrées, Isaure et toi. Vous faisiez de la barque en riant comme des folles. J'avais envie de plonger pour aller vous rejoindre ! Les meilleurs moments de ma vie, je les ai passés au bord de ce lac.

Josépha s'énerva.

— C'est le passé. Ça ne sert à rien de s'appesantir. Tu es maso ou quoi ?

Antoine s'approcha de la balustrade.

— Je ne comprends pas. Pourquoi n'a-t-elle jamais voulu me revoir ? On s'aimait tellement. Quand je suis parti, contraint et forcé, on s'était juré de se retrouver. Pourquoi n'a-t-elle jamais répondu à mes lettres ? Tu le sais, toi ?

Josépha le rejoignit et le prit par les épaules.

— Vous étiez jeunes, c'est tout. Il n'y a rien à comprendre. Tu ne crois pas qu'il serait temps de tourner la page ?

— Mais, voyons, je suis revenu dans ce but. La lettre de mon frère m'a fourni le prétexte. Je voulais la revoir, qu'on parle, qu'elle m'explique. Pour pouvoir à nouveau regarder vers l'avenir. Et maintenant, j'apprends qu'elle est morte. Comment veux-tu que je l'oublie ?

Il regarda les eaux du lac qui brillaient de leurs derniers feux avant que le soir tombe et poursuivit, songeur :

— Et puis, tout ça n'est pas clair. Explique-moi comment, elle qui nageait comme une sirène, a pu se noyer ! Tu es sûre que c'était un accident ? Ce n'est pas possible. Raconte-moi ce qui s'est passé.

Josépha se dirigea vers la maison en riant pour cacher son trouble.

— Bon, si on faisait des pâtes... parce que ça risque de prendre un petit bout de temps.

8

Gabrielle, le dos contre celui de Nicolas, dormait profondément. Une main lui effleura le visage et elle se redressa brusquement. Éléna était debout, à côté du lit, l'air apeuré.

— Mais qu'est-ce que tu fais là ?

— Maman, maman. J'entends des bruits dans la chambre d'Isaure. Il y a quelqu'un...

Gabrielle était maintenant complètement réveillée.

— Tu es folle. Il n'y a personne.

— Mais si, maman, j'entends des pas. Je délire pas. Viens voir.

À bout d'arguments Gabrielle saisit sa fille par la main et elles se glissèrent silencieusement jusqu'à la chambre d'Isaure. La fenêtre ouverte laissait pénétrer le vent qui soulevait les rideaux. Les vantaux battaient.

Gabrielle rassura sa fille.

— Tu vois, il n'y a rien. Tu as sans doute entendu la fenêtre claquer.

— Mais, non, maman, je te dis que j'entendais des pas !

— Allons, il n'y a pas de fantôme ici ! C'était sans doute un loir.

Éléna regarda autour d'elle.

— C'est elle qui a fait tous ces dessins ? Ils sont chouettes.

— Oui. Elle était très douée. Elle voulait faire les Beaux-Arts, mais mes parents l'en ont empêchée. Alors elle a préparé médecine, avec Josépha.

— Et, plus tard, tu en as fait autant.

— Oui, mais moi je n'étais pas aussi brillante qu'elle. Tout ce qu'elle réussissait, moi je le ratais... Quand j'étais petite, c'était mon modèle, je l'imitais en tout. J'aurais tellement voulu lui ressembler.

— Et maintenant ?

— Maintenant, elle est toujours en moi. Je me souviens de son rire, des histoires qu'elle me lisait... Elle me manque, et en même temps...

— Tu l'aimais beaucoup ?

Gabrielle eut un sourire embarrassé.

— Parfois oui, parfois non. Tu sais, j'avais six ans quand elle est morte. Je crois que, si tu l'avais connue, tu l'aurais adorée. Tout le monde l'adorait.

Elle soupira.

— Bon, Éléna, ce ne sont pas des heures pour discuter. Va te recoucher.

La jeune fille obéit. Gabrielle ne parvenait pas à quitter la chambre. Il lui semblait qu'une présence invisible l'y retenait. Elle s'étendit sur le lit de sa sœur et, machinalement, prit *Alice au pays des merveilles* et le feuilleta. Soudain, le vent s'engouffra dans la pièce, faisant une nouvelle fois battre les fenêtres, heurtant violemment l'étagère au-dessus du lit. Une petite sirène en verre fut projetée au sol et se brisa. Gabrielle tenta de ramasser les morceaux, mais se coupa le doigt. Alors, elle se pelotonna au bas du lit, enfouit son visage dans ses mains et se mit à pleurer.

9

Josépha klaxonna impatiemment devant la librairie. Gabrielle était encore en retard. Arriverait-elle un jour à avoir la notion de l'heure ? Mais, pour cela, il faudrait qu'elle descende de son nuage. Et elle n'en prenait pas le chemin !

Elle apparut derrière la vitrine et fit signe à Josépha.

Celle-ci passa la tête par la portière et cria :

— Dépêche-toi ! On n'a qu'une heure pour faire des courses. Je dois être à l'hôpital à quatorze heures pour la consultation !

Gabrielle ferma à double tour la porte du magasin et s'assit dans la voiture qui s'engagea dans les rues encombrées de la petite ville.

— Excuse-moi ! J'avais oublié l'heure, et, en plus, chercher un cadeau d'anniversaire pour ma mère, après ce qui s'est passé entre nous... On ne peut pas dire que je sois motivée ! Mais, bon, je ne peux pas m'abstenir, à condition que tu m'aides pour le choisir.

Josépha trouva une place livraison devant un magasin de lingerie et s'y gara sans vergogne.

— D'abord, on ne livre pas à l'heure du déjeuner, et, en plus, on va se livrer à une bonne action.

Gabrielle ne releva pas, perdue dans ses pensées. Elle suivit Josépha dans le magasin. Celle-ci attrapa un soutien-gorge en soie et dentelle pigeonnant et le passa sous le nez de son amie.

— Qu'est-ce que tu dirais de ça ? J'adore, pas toi ?

— Tu es folle ! Tu vois maman avec ça ?

— Mais non ! pas ta mère, c'est toi qui devrais l'essayer. Sinon, je l'achète pour moi. Ça pourrait bien me servir d'ici peu...

— Vraiment, tu es déchaînée. Qu'est-ce qui te prend ? Tu es amoureuse ?

Josépha sourit mystérieusement.

— Hé, hé, peut-être bien. Mais tout le monde a le droit d'avoir des petits secrets !

— C'est vrai ! Allez, raconte, il est comment ? C'est encore un de tes internes ?

— Je te raconterai ça plus tard ! En attendant, essaie ce soutien-gorge. Je suis sûre qu'il plaira à Nicolas.

Gabrielle soupira.

— Il ne me regarde même plus. Tu sais, Nicolas et moi... Je vois plus souvent son dos que son visage quand on se couche ! Crois-moi, ça n'est pas du tout un problème entre nous...

Josépha leva les yeux au ciel.

— Pas un problème ! Mais tu es folle ! Tu crois que c'est normal pour lui ? Si ça se trouve, il te trompe.

— Mais non, il bosse comme un malade. C'est ça qui l'occupe.

— Eh bien, prends un amant, tu verras bien...

— Comment ça, je verrai bien ?

Josépha répondit, philosophe :

— Si tu apprends qu'il te trompe, ça atténuera le choc, voilà tout ! Bon, commence par acheter des jolis dessous. Il faut bien que tu fasses le premier pas ! Et ensuite, fais-moi le plaisir de cesser de t'habiller comme une bonne sœur. Ce soir, par exemple...

Gabrielle l'interrompit :

— Quoi, ce soir ? Qu'est ce qu'il y a ce soir ?

— Eh bien, c'est agréable ! Je t'invite au cocktail pour la signature de mon bouquin, et tu le zappes ! Et on dit que tu es ma meilleure amie...

Gabrielle rougit.

— Excuse-moi. Mais, tu sais, en ce moment, je suis un peu à côté de la plaque. Regarde, on vient ici pour acheter un cadeau pour ma mère, et je repars avec un soutif. Tu trouves ça normal ?

Josépha se mit à rire et décrocha d'un portant un peignoir bleu pâle.

— Voilà, ça y est, mission accomplie. Ça sera parfait pour ta vieille maman. Et toi, ce soir, tu as intérêt à être à l'heure au Grand Hôtel. J'ai quelqu'un à te présenter, et il faut que tu sois regardable. Donc, tu ouvres la librairie une heure plus tard, et tu cherches quelque chose à te mettre sur le dos qui ne te fasse pas passer pour ma grand-tante. Bon, allez, je t'abandonne. À ce soir !

Tout en bavardant, les invités se pressaient autour du buffet dressé dans le salon violemment éclairé du Grand Hôtel. La signature du livre de Josépha Beaulieu était un des événements de la saison et, tout en attrapant un canapé, en buvant une coupe de champagne, chacun suivait du coin de l'œil les arrivées, notant qui avait été invité, et qui n'avait pas eu ce privilège.

Gabrielle sortit du vestiaire au moment où Antoine franchissait le seuil. Pour une fois, elle avait suivi les conseils de Josépha et avait abandonné ses vêtements trop sages pour une robe de soie noire dont la fluidité soulignait sa silhouette filiforme. Un collier d'aigues-marines (cadeau de Nicolas pour leurs fiançailles) scintillait sur sa peau bronzée et faisait écho à ses yeux qu'elle avait, pour une fois, accentués d'un léger maquillage. Antoine la suivit dans le salon et sourit en constatant qu'elle avait mal fermé la fermeture Éclair de sa robe, dévoilant un soutien-gorge de dentelle. Il lui murmura à l'oreille :

— Vous permettez...

Gabrielle se retourna, interloquée.

— Pardon ?

— Votre fermeture...

Avant même que Gabrielle ait pu identifier le problème, Antoine la devança et remonta délicatement le zip. Le rouge monta aux joues de Gabrielle.

— Merci. Il me semble que nous nous sommes déjà vus...

Antoine sourit de son embarras.

— Vous m'avez peut-être oublié. La dernière fois, j'étais à vos pieds et je vous aidais à ramasser des livres dans votre librairie.

Gabrielle remarqua, tout en riant :

— Décidément, vous êtes un preux chevalier, toujours là au bon moment pour me secourir !

Antoine l'entraîna vers le buffet.

— Un chevalier doit aussi veiller au bien-être de sa dame. Une coupe de champagne me paraît appropriée à la situation.

Gabrielle s'étonna d'éprouver une complicité aussi soudaine avec cet homme qui, jusqu'à ce jour, lui était parfaitement inconnu. Mais, curieusement, la timidité qui la paralysait habituellement devant les étrangers s'était totalement évanouie.

Elle regarda Antoine droit dans les yeux tandis que sa coupe heurtait la sienne et dit en souriant :

— À votre santé, chevalier !

Josépha choisit ce moment pour surgir derrière eux.

— Eh bien, moi qui voulais vous présenter. Il semble que ce soit déjà fait !

Gabrielle reposa sa coupe sur la table.

— Oh, tu sais, c'est une rencontre fortuite. Je ne connais même pas le nom de monsieur !

— Bon, au moins, je vais me rendre utile ! Antoine Marange, Gabrielle Aubry...

Antoine s'écria.

— La petite sœur d'Isaure.

Gabrielle le regarda étrangement, soudain mal à l'aise.

— Vous savez beaucoup plus de choses sur moi que je n'en sais de vous...

Josépha allait intervenir lorsqu'un homme dont la mise négligée contrastait avec l'allure des autres invités s'approcha.

— Mathieu ! Tu es quand même venu... Je ne t'attendais plus. Pour une fois que ta sœur a les honneurs de la ville, tu n'allais pas manquer ça !

Celui-ci se pencha pour l'embrasser tout en lui murmurant à l'oreille.

— Quel succès ! tout le gratin est venu... Si tu deviens célèbre, tu n'oublieras pas ton petit frère, n'est-ce pas, même s'il n'est que le directeur d'une petite école minable.

Josépha, habituée à l'humour grinçant de son frère, l'attrapa affectueusement par l'épaule.

— Tu ne pourrais pas, de temps en temps, te réjouir du bonheur des autres. Allez, viens, je vais te présenter au préfet, tu pourras lui faire part de tes soucis.

Ils s'éloignèrent tous les deux, bras dessus, bras dessous, et Gabrielle et Antoine se retrouvèrent face à face. Soudain, le brouhaha de la fête leur parut insoutenable et, sans s'être concertés, ils sortirent de la salle et se mirent à marcher dans l'allée bordée de platanes qui menait au parking.

Gabrielle rompit le silence la première.

— Vous connaissiez ma sœur ?

Antoine sourit et l'entraîna doucement vers un banc de pierre où ils s'assirent dans la fraîcheur du soir.

— Vous savez, Gabrielle, lorsque je suis entré dans votre librairie, c'était pour vous parler d'elle, mais je n'ai pas osé.

C'était trop dur. Vous lui ressemblez, et en même temps vous êtes si différente.

» Lorsque je l'ai quittée, il y a vingt-cinq ans, nous nous aimions à la folie. C'était mon premier amour. Nous nous étions juré de nous attendre, de nous retrouver. C'est ce qui m'a donné la force de partir, d'obéir à mon père. Il m'a contraint à m'exiler, à m'engager dans la marine. J'étais trop jeune pour avoir le courage de l'affronter, de lui résister. Et puis, j'en avais pour trois ans et nous avions toute la vie devant nous. Pour Isaure et moi, c'était une parenthèse, longue, certes, mais nous nous aimions si fort que nous étions sûrs de nous retrouver et, enfin adultes, pouvoir vivre notre amour au grand jour.

Gabrielle murmura :

— Je suis tellement contente...

— Comment ça ?

— De savoir que, dans sa courte vie, elle a connu un bonheur pareil. Je l'envie ! Je n'imaginais pas qu'elle ait pu être amoureuse. Je la voyais comme une petite fille. On jouait ensemble...

Antoine se mit à rire.

— Je vous revois encore, toutes les deux... Elle avec ses jupons à fleurs qui flottaient au vent, et vous avec votre jupe plissée et vos petites nattes.

— Vous m'avez vue ? Je ne me souviens pas de vous.

— Je vous épiais souvent, caché derrière les grilles du domaine. J'étais interdit de séjour. Votre mère ne pouvait pas me supporter. Il faut dire que j'avais une sale réputation à l'époque ! Elle avait défendu à Isaure de me voir. Alors, on avait imaginé un stratagème en nous servant un peu de vous.

— Quoi ? Qu'est-ce que vous aviez inventé ?

— Eh bien, comme votre mère imposait à Isaure de vous emmener quand elle sortait, les parties de cache-cache étaient l'occasion de nous retrouver. Isaure vous collait contre un arbre et, pendant que vous comptiez consciencieusement, elle venait me rejoindre et nous filions vers le lac...

Gabrielle s'écria, mi-fâchée, mi-émue :

— Quel toupet ! Je vous servais d'alibi. Et en plus, je courais partout, je l'appelais, la cherchais et me demandais toujours comment elle faisait pour se cacher aussi bien. Ah ! Vous avez dû bien rire à mes dépens !

— À l'époque, je dois dire qu'on n'a pas eu beaucoup de scrupules. On avait tellement besoin de se voir, soif de s'embrasser. Maintenant, quand je vous le raconte, j'avoue que j'ai un peu honte...

Gabrielle le regarda en souriant.

— N'ayez pas honte. Je suis si contente de découvrir qu'Isaure a partagé un tel amour. Et puis je dois vous remercier...

— De quoi ?

— Eh bien, il y a vingt-cinq ans que je n'avais pas eu le droit de prononcer son nom. Ça m'a fait tellement de bien de parler d'elle. Il me semble qu'elle revit grâce à vous.

Ils se levèrent et Antoine, impulsivement, lui saisit la main.

— Mais, vous aussi, vous lui redonnez chair. Il me semble qu'elle est près de nous, après cette longue absence. Elle est morte si jeune. Je ne comprends pas comment c'est arrivé. C'est trop stupide.

— Je crois qu'Isaure n'était pas faite pour vivre dans le monde des adultes. C'était un ange, une étoile filante...

Gabrielle, perdue dans ses souvenirs, sursauta quand son portable se mit à sonner. Elle saisit ce prétexte pour lâcher la main d'Antoine et fouiller dans son sac.

C'était Éléna. Elles échangèrent quelques phrases à voix basse et Gabrielle raccrocha, soucieuse.

— Vous voyez, le temps passe. C'est maintenant le tour de ma fille de demander la permission de sortir. Avec sa copine Anaïs, elles sont inséparables. Je ne peux pas lui interdire d'aller réviser ses cours chez elle... La sévérité de ma mère a fait trop de dégâts...

Antoine acquiesça. Ils étaient maintenant dans le monde des adultes, celui dans lequel Isaure n'avait pas voulu ou pu entrer. Il regarda, pensif, Gabrielle monter dans sa voiture. Elle lui fit un signe de la main et démarra sans qu'il ait pu prononcer un mot. Il ne parvenait pas à analyser les sentiments qui l'assaillaient. Il avait perdu, pour toujours, la jeune fille qu'il avait quittée vingt-cinq ans plus tôt, mais, en même temps, elle lui semblait si proche.

10

La nuit était maintenant complètement tombée. Mais, loin d'être obscure, la route luisait, blafarde, éclairée par la pleine lune. Anaïs et Éléna descendirent du scooter devant une palissade couverte de tags. Anaïs pouffa :

— Si ta mère te voyait ! Elle qui nous croit bien sagement plongées dans nos révisions. Qu'est-ce que l'amour te ferait pas faire !

Éléna, mal à l'aise, frissonna.

— J'aime pas quand tu te moques de ma mère. Je préférerais ne rien lui cacher, mais si elle savait que je sors avec son stagiaire, elle aurait une attaque et... elle m'empêcherait de le voir. Aider un repris de justice dans sa réinsertion, ça, elle est d'accord. Mais qu'il touche à sa fille... alors là, je préfère ne pas prendre le risque...

Anaïs regarda sa montre avec impatience.

— Mais qu'est-ce qu'il fait, ton Yann ? Je veux bien t'aider, mais j'ai pas que ça à faire...

— Tu as un amoureux ? Tu ne m'en as pas parlé. Tu me fais des cachotteries maintenant ?

— Ben, j'ai bien le droit d'avoir des secrets. Et en plus, il est marié, alors j'ai promis de rien dire. Surtout pas à toi...

— Pourquoi ?

— Laisse tomber... En tout cas, j'ai un bon plan pour le scotcher à toi, ton « Yann d'amour ». Ça marche à tous les coups.

— Oh, je n'en ai pas besoin..., mais dis quand même !

— Tu lui piques une mèche de cheveux et... tu la coinces dans ton string...

Éléna éclata de rire.

— Et moi qui t'écoutais... Ce que tu peux être bête ! Tu as lu ça où ?

— Je te parle plus si ton amoureux n'apparaît pas dans les deux secondes.

Comme s'il l'avait entendue, une ombre apparut au loin, chevauchant une moto dont le phare les éblouit.

Anaïs remit son casque.

— Bon, je me tire, je ne veux pas te casser ton coup. Suppose qu'il tombe raide patate de moi. Ça serait l'enfer ! Allez, à demain.

— Merci, Anaïs, je t'adore. Et surtout, motus et bouche cousue.

Anaïs fit pétarader le moteur et démarra en trombe.

— T'inquiète. Bonne soirée, les tourtereaux. Et à charge de revanche !

Yann la regarda passer d'un air soupçonneux.

— C'était qui ?

— Anaïs. C'est mon ange gardien. Mon alibi... Mais tu vas pas commencer à faire la gueule. Ça fait une heure que je t'attends, et l'endroit n'est pas rassurant.

— Ne râle pas. Je t'ai fait une surprise, alors, c'est pas le moment de m'engueuler. Viens plutôt, que je me fasse pardonner.

Éléna se jeta dans ses bras et, pendant de longues minutes, l'aspect peu ragoûtant du lieu perdit de son importance.

Au bout d'un moment, la curiosité fut la plus forte et Éléna s'enquit :

— Alors, c'est quoi la surprise ?

Yann se tourna vers la barrière brinquebalante de la palissade et entreprit d'en crocheter le cadenas. Il en était à peine venu à bout qu'ils entendirent le bruit du moteur d'une voiture qui s'approchait. Yann saisit la jeune fille par la main et l'entraîna dans le terrain vague qu'entourait la palissade. La voiture passa, sans que le conducteur remarque leur présence.

Éléna commençait à peu apprécier l'aventure.

— Tu te rends compte si tu te faisais piquer. Tu retournerais en...

Yann lui plaqua la main contre sa bouche.

— Tais-toi. Tu ne peux pas me faire un peu confiance ? Déjà que ta mère...

— Ne me parle pas de ma mère, s'il te plaît. J'en suis déjà assez malade comme ça de la gruger.

Un nuage passa devant la lune et ils se retrouvèrent dans l'obscurité. Yann chercha son briquet dans sa poche, l'alluma, laissant apercevoir aux yeux écarquillés d'Éléna une maison délabrée, manifestement abandonnée depuis des lustres.

— Mais où on va ?

— Voilà, c'est la surprise. Donne-moi la main et suis-moi.

Les deux jeunes gens montèrent l'escalier aux planches disjointes. Arrivant devant une porte fermée au premier étage, Yann demanda :

— Laisse-moi te bander les yeux. Tu restes là jusqu'à ce que je vienne te chercher. Et surtout, ne triche pas.

Éléna le laissa lui entourer le visage d'un bandana et attendit, anxieuse mais ravie de ce nouveau jeu, que son amoureux vienne la chercher.

Il disparut dans la pièce et elle entendit des bruits confus, des craquements qu'elle ne parvint pas à identifier. Le temps passant, la curiosité fit place à la peur.

— Yann ! Yann ! Qu'est-ce que tu fais ?

Le jeune homme surgit et lui murmura à l'oreille :

— Entre avec moi. Tu peux retirer le bandeau, mon amour.

Éléna entra dans la chambre et fut éblouie par une multitude de bougies de toutes les couleurs, plantées dans des pots de yaourt en verre. Au milieu, un matelas posé à même le sol était recouvert de pétales de roses.

Yann se mit à ses pieds et entreprit de lui ôter ses baskets.

— Votre Altesse, laissez-moi délacer votre pantoufle de vair.

Éléna rit, embarrassée, et sentit le rouge lui brûler les joues. Elle s'agenouilla à côté de lui et lui prit la tête entre ses mains.

— Mais tu es fou !

— Rien n'est jamais trop beau pour toi, mon cœur.

— C'est vrai ?

— Sincère. Mais c'est notre secret. Viens contre moi, nous avons la nuit rien que pour nous.

Ils s'allongèrent sur le matelas. Tendrement, ils s'enlacèrent et, fébrilement, se caressèrent.

11

Alexandra faisait les cent pas devant l'école. Elle était exaspérée. Elle avait déjà été saisie d'une angoisse quand Anna l'avait convoquée pour lui parler d'Alice. Mais le comble avait été quand la jeune institutrice lui avait demandé qu'elle vienne avec son ex-mari. Depuis leur séparation, elle ne supportait pas de le voir. Elle aurait voulu que l'avocat se charge de toutes les tractations, qu'elle n'ait plus rien de commun avec Robin. Mais voilà, il y avait Alice, et Anna considérait que son père était aussi concerné qu'elle par les problèmes de leur fille. Et d'ailleurs, quels problèmes ? Alice était une petite fille un peu secrète, qui semblait parfois venir d'une autre planète, mais elle était gentille, obéissante. Seul son esprit indépendant la conduisait parfois à avoir une conduite déconcertante. De quel droit Robin Keller aurait-il son mot à dire sur la scolarité de sa fille ?

Alexandra en était là de ses réflexions quand une voiture de police arriva en trombe devant l'école. Robin en descendit. Alexandra avait beau être furieuse contre lui, elle ne put s'empêcher de constater que son mari était toujours aussi séduisant. Malgré ses trente-cinq ans bien sonnés, il gardait une allure d'adolescent, grand et élancé, ses cheveux bruns en désordre malgré des efforts manifestes, à grand renfort de gel, pour les assagir. Le blouson un peu avachi et les jeans qu'il portait accentuaient son aspect juvénile.

Il prit l'attitude d'un petit garçon qui vient de casser un pot de confiture pour demander :

— Tu m'attendais depuis longtemps ? Tu sais bien que je ne changerai jamais, je n'arrive pas à être à l'heure. Et pourtant, on n'a pas perdu de temps pour venir. J'ai même demandé qu'on utilise la sirène une fois pour traverser un carrefour. Tu vois, pour te plaire, j'ai dû enfreindre la loi.

Le ton badin de Robin ne désarma pas Alexandra. Elle haussa les épaules.

— Avec moi, ça ne prend pas. Garde tes salades pour tes maîtresses. J'ai eu de la patience pendant dix ans, mais maintenant, c'est fini.

— À propos de fini. Est-ce que tu as reçu mon recommandé ?

— Tu crois que c'est le moment ?

— Non, mais je ne veux pas te prendre par surprise. On verra ça devant le juge, seulement je te préviens, je vais contester la décision. Je veux la garde alternée.

Alexandra sentit la rage lui monter au front.

— Non, il fallait que tu réfléchisses avant. Il ne fallait pas me tromper. Si tu veux la guerre, tu vas l'avoir. Pour l'instant, viens, Alice et sa maîtresse nous attendent.

Comme ils franchissaient la porte, Alice arriva en courant et se jeta dans les bras de son père.

— Papa...

Robin l'embrassa, la fit sauter en l'air et sourit devant l'air réjoui de sa fille qui, visiblement, exaspérait sa mère.

— Ça va, mon petit poussin ?

— Ça va...

Sur ces entrefaites, Anna sortit de la classe et Robin fut tout de suite impressionné par la grande douceur qui se dégageait de la jeune fille. Elle paraissait une biche sortant du bois, avec ses grands yeux bruns qui le contemplaient d'un air interrogateur.

Robin lui serra la main, un peu trop longuement, tout en se présentant.

— Robin Keller. Pardonnez-moi pour mon retard.

— J'ai un peu l'impression que c'est une tradition familiale... Alice a toujours du mal avec les horloges ! Je m'appelle Anna Fauve et je viens d'être titularisée ici.

Tout en parlant, Anna les invita à s'asseoir sur les petites chaises basses de la classe. Robin prit tendrement sa fille sur ses genoux, sous l'œil agacé d'Alexandra.

— Je vous ai demandé de venir pour vous parler d'Alice. Elle est adorable, mais, parfois, elle a des comportements étranges. Je me suis décidée à vous appeler quand j'ai vu son dernier dessin.

Alexandra le saisit et le colla sous le nez de Robin.

— Tu vois, avec tes histoires de flic, tu la perturbes. Je t'ai déjà dit cinquante fois de ne pas lui raconter ce que tu fais dans ton boulot.

Robin examina calmement le dessin.

— Je ne vois pas en quoi il y a quelque chose d'inquiétant. N'est-ce pas, Alice, tu as dessiné une petite fille qui s'est barbouillée de confiture aux myrtilles et qui s'est endormie parce qu'elle a trop mangé de tartines.

Alice se mit à rire et appuya la tête contre l'épaule de son père.

— Mais oui, papa, elle dort... C'est pas grave.

Anna approuva de la tête.

— Oui, peut-être, mais ce n'est pas tout. Alice paraît très fatiguée ces temps-ci, elle s'endort en classe, et puis elle a des comportements étranges : j'ai observé que, dans la cour, il y a un endroit qu'elle évite systématiquement sans raison apparente.

Robin fit sauter sa petite fille sur ses genoux.

— Qu'est-ce qu'il y a, ma puce ? Il y a des crocodiles qui veulent te manger ? C'est pour ça que tu ne veux pas marcher au milieu de la cour ?

Alice éclata de rire sous le regard courroucé de sa mère.

— Robin, tu ne pourrais pas arrêter de faire le clown. Ça n'est pas le moment.

Robin laissa transparaître son agacement.

— Alexandra, on ne peut jamais plaisanter avec toi...

Anna, gênée, s'interposa.

— Je ne crois pas que ce soit le lieu ni le moment pour régler vos comptes.

Robin s'excusa aussitôt et attira sa fille contre lui.

— Alors, ma puce, explique-nous ce qu'il y a dans cette cour.

— C'est à cause du mort.

— Quel mort ?

Alice haussa les épaules et sauta des genoux de son père.

— Je ne sais pas, moi...

Anna regarda la petite fille s'éloigner vers le préau et se tourna vers les parents, consternés.

— Ne vous faites pas de souci. Je vais mener mon enquête pour savoir ce qui lui fait réellement peur. Je vous appellerai dès que je saurai quelque chose. Elle a tellement d'imagination que quelque chose a dû la frapper et elle s'est raconté une histoire...

Anna referma pensivement la porte derrière Alexandra et Robin. Elle avait voulu les rassurer, mais Alice avait eu un tel accent de vérité quand elle avait parlé « du mort » qu'elle n'était plus aussi sûre de devoir l'attribuer à l'imagination de la petite fille. Le mieux était de demander son avis à Mathieu. Après tout, il dirigeait l'école depuis si longtemps. Il aurait peut-être la clé de l'énigme.

Mathieu Beaulieu ne se fit pas prier pour l'aider dans ses recherches. Peut-être pourrait-on éclaircir le mystère en consultant les archives de l'école. Celles-ci étaient entreposées dans le grenier, au-dessus de la classe des petits. Ils prirent le petit couloir mal éclairé. Anna s'arrêta devant une porte, mais Mathieu s'interposa.

— Non, non. Ce n'est pas ici. Là, c'est mon cagibi secret. J'y entasse mon matériel de pêche. Oui, je sais bien, vous pourriez me dénoncer pour abus de biens sociaux ! Mais je compte sur votre mansuétude envers un pauvre pécheur.

Anna sourit, enchantée de voir Mathieu plaisanter. Une fois n'était pas coutume. D'habitude, il l'impressionnait par son sérieux inébranlable.

Il l'entraîna plus loin et ils grimpèrent à l'échelle qui était appuyée contre le mur. Ils soulevèrent une trappe poussiéreuse et pénétrèrent dans une pièce éclairée par une lucarne. Mathieu annonça :

— Ici, vous avez toute l'histoire de l'école depuis quatre-vingt-dix ans. Mon prédécesseur, Mlle Lecharpy, gardait absolument tout. Vous allez peut-être trouver votre bonheur.

— Merci, Mathieu. Je m'y mets tout de suite.

Cela faisait maintenant des heures qu'Anna compulsait les dossiers. Elle avançait moins vite qu'elle ne l'avait pensé car bien des noms, des photos, lui rappelaient son enfance, quand elle-même était une petite élève studieuse. Elle retrouvait ses photos de classe, des bulletins rédigés par les institutrices qui lui avaient donné le goût de la lecture, de l'histoire. Tous ces souvenirs revenaient sans crier gare. Il lui semblait entendre les crissements de stylos sur les cahiers quadrillés, les rires de la cour de récréation... Soudain, elle vit un dossier à son nom. Elle n'avait pas le temps de le lire tout de suite, elle avait une autre mission. Aussi glissa-t-elle l'épais dossier dans son sac et poursuivit ses recherches. Son acharnement ne tarda pas à être récompensé. Entre deux chemises, elle découvrit une coupure de presse jaunie, datée du 13 août 1972, avec en titre : « Tragique accident à l'école d'Aubagne... Un couvreur tombe du toit et meurt sur le coup, dans la cour de l'école. »

Médusée, Anna remit le papier sur l'étagère. Ainsi, Alice n'avait pas menti. Quelle petite fille hors du commun ! Elle semblait vivre dans un univers peuplé de fantômes, mais, curieusement, ceux-ci lui étaient familiers. Apparemment, ils ne l'effrayaient pas, elle trouvait seulement les adultes bien stupides de ne pas pénétrer dans son monde. Anna se promit d'être encore davantage à l'écoute de la petite fille car elle pressentait qu'elle pourrait peut-être être invitée à partager ses rêves.

12

Gabrielle finissait de s'habiller quand elle entendit un scooter arriver devant la maison. Nicolas s'approcha de la fenêtre et regarda d'un air désapprobateur sa fille aider Anaïs à garer le deux-roues à l'ombre d'un cyprès.

Il s'adressa à sa femme en plissant le front.

— Tu ne trouves pas qu'Anaïs passe sa vie chez nous... Cette fille, je ne la sens pas trop... J'espère qu'elle ne perturbe pas Éléna dans ses études.

— Au contraire. Elles font leurs révisions ensemble. Je ne sais pas ce que tu as contre cette fille. Elle, elle t'aime beaucoup. Elle m'a même dit que j'avais beaucoup de chance d'être mariée avec un homme comme toi... Si elle savait ce que tu racontes sur elle ! En plus, si tu veux mon avis, je crois qu'elle a un petit faible pour toi...

Nicolas haussa les épaules.

— Qu'est-ce que tu vas encore t'imaginer. Mais tu es folle !

Gabrielle se mit à rire.

— Pourquoi tu ris ?

— Pour rien... Mais, qu'est-ce qui ne va pas, Nicolas ? Tu ne ris plus de rien. Je te sens stressé en ce moment.

— C'est à cause des terres des Marange. Ça traîne. Je voudrais que ça avance plus vite. Ils étaient décidés, et puis, depuis qu'Antoine est revenu, j'ai un mauvais pressentiment. Ils ne sont plus aussi pressés. Je ne sais pas ce qui se passe.

— Mais qu'est-ce que tu as besoin d'acheter ces terres ? Tu trouves qu'on n'a pas assez de travail avec nos vignes ? Tu veux toujours plus !

Nicolas s'énerva.

— Non, mais quand je regarde par la fenêtre, je veux pouvoir penser que l'horizon nous appartient.

Gabrielle ne sut que répondre. Un tel fossé s'était creusé entre elle et son mari qu'elle ne le reconnaissait plus. Où était passé le jeune homme insouciant qu'elle avait épousé dix-huit ans plus tôt ? Elle tourna les talons et partit rejoindre sa mère.

Suzanne dégustait son thé matinal quand les deux inséparables arrivèrent pour la saluer. Éléna embrassa sa grand-mère.

— Bonjour, grand-mère, tu as bien dormi ?

— J'aurais mieux dormi si tu avais passé la nuit à la maison. Qu'est-ce que c'est que cette histoire de révisions ? Tu ne peux pas les faire ici ?

Éléna allait répondre quand Anaïs lui coupa la parole, mi-figue, mi-raisin.

— Oh, ce fut, comment dire, ce fut intense...

Les deux jeunes filles furent saisies d'un fou rire qui acheva d'exaspérer Suzanne.

— Oui, gloussez, gloussez ! Quand vous serez devant un examinateur, ça n'est pas comme ça que vous aurez votre bac ! Et toi, Anaïs, je te conseille de ne pas trop tourner autour du domaine, tu n'as rien à faire ici !

Vexées, les deux amies rentrèrent dans la maison. Gabrielle, qui avait entendu les derniers mots de sa mère, s'approcha.

— Mais qu'est-ce que tu as contre cette fille ?

— Je la trouve sans gêne et vulgaire. Ce n'est pas un exemple pour Éléna.

— C'est le fait que ce soit une Marange qui te dérange ?

— Ne dis pas de sottises. Ça n'a rien à voir !

Gabrielle se planta devant sa mère, la défiant du regard.

— Vraiment ? Ça ne serait pas plutôt à cause de son oncle ?

— Quoi ?

— Antoine Marange..., l'oncle d'Anaïs...

— D'où tu sors ça ?

Gabrielle s'assit tranquillement, déplissa soigneusement sa jupe et murmura.

— Oh, il est tout à fait charmant. Je l'ai rencontré hier soir et on a même pris un verre ensemble. On a beaucoup parlé. Tu ne m'avais jamais dit qu'Isaure avait eu un amoureux ?

Suzanne, qui allait reposer sa tasse de thé sur la table, la lâcha et elle se brisa sur les dalles. Sans y prêter attention, elle répondit d'une voix blanche.

— Tu avais six ans, tu devais ignorer certaines choses. Et puis, il n'y avait rien à en dire.

Suzanne s'agrippa à sa canne pour se mettre debout. Le désarroi se lisait sur son visage qui s'était soudain dépouillé de sa morgue habituelle. Ce n'était plus qu'une vieille femme qui laissait percer sa douleur. Gabrielle lui agrippa impulsivement le bras.

— Qu'est-ce qu'il te prend ?

— Il me prend que cet homme est revenu. Il n'apporte que du malheur.

— Du malheur ? Mais Isaure l'aimait, et c'était réciproque. Qu'est-ce que tu lui reproches ?

Suzanne puisa des forces dans sa colère qui montait à l'évocation de ces souvenirs.

— Mais pourquoi tu le défends ? Il t'a embobinée comme ta sœur ! Cet homme a un talent remarquable pour profiter de la naïveté des gens. Pourquoi est-il revenu ? J'aurais tellement préféré qu'il soit mort !

Gabrielle regarda sa mère avec horreur.

— Comment peux-tu parler ainsi de l'homme que ta fille aimait ? C'est odieux.

— Il avait bourré le crâne de ta sœur. Il l'avait ensorcelée...

— Mais il l'aimait, maman !

Suzanne essuya d'une main tremblante les larmes qu'elle n'arrivait pas à contenir.

— C'est ce qui l'a tuée...

— Qu'est-ce que ça veut dire ?

Toute la haine que Suzanne éprouvait pour Antoine explosa. Hors d'elle, elle jeta au visage de sa fille :

— Mais tu ne comprends pas, idiote ? Tu ne comprends pas qu'elle ne s'est pas noyée accidentellement ?

— Quoi, mais qu'est-ce que tu racontes ? Tu es devenue folle ! Il ne l'a pas tuée, quand même ?

Suzanne sentit qu'elle allait enfin se délivrer d'un poids qu'elle ne pouvait plus porter seule. Elle lâcha d'un seul trait.

— Ta sœur n'est pas morte accidentellement. Elle s'est suicidée.

Gabrielle ne réalisa pas tout de suite ce qu'elle venait d'entendre.

— Comment ça, suicidée ? Ça n'est pas possible...

— Oui, elle s'est suicidée, à cause de lui.

Les deux femmes se regardèrent, l'une avec désespoir de découvrir le mensonge dans lequel elle avait été bercée pendant tant d'années, l'autre soulagée de ne plus être seule à porter ce secret qui la rongeait. Suzanne sentait tout à coup l'épuisement la gagner, l'émotion avait été trop forte. Alors, un besoin irrépressible de se retrouver dans la chambre de sa fille la saisit.

Elle tourna le dos à Gabrielle qui, encore sous le choc, était incapable de prononcer une parole, et monta l'escalier qui menait à la chambre d'Isaure.

En s'approchant de la porte, elle perçut des rires à l'intérieur de la pièce. Elle s'immobilisa, stupéfaite. Tout cela n'avait-il été qu'un cauchemar ? Isaure était-elle dans sa chambre, racontant ses secrets à Josépha ? Mais non, ses mains veinées de bleu, érodées par le temps, lui prouvaient que les années avaient passé. Elle s'avança dans le couloir et poussa doucement la porte de la chambre. Une fois encore, elle crut un instant être ramenée vingt-cinq ans en arrière. Une jeune fille se tenait au milieu de la pièce, tentant de nouer la ceinture d'une robe fleurie qu'elle connaissait bien. À ses côtés se tenait Éléna qui essayait maladroitement de l'aider en pouffant de rire. C'est alors qu'elle reconnut Anaïs qui avait revêtu une robe d'Isaure. Une bouffée de rage l'envahit et elle hurla :

— Enlève ça tout de suite.

Anaïs sursauta, pour une fois impressionnée par le ton de Suzanne. Elle se déshabilla sans un mot, remit son jean et son tee-shirt tout en se précipitant vers la porte. Les deux jeunes filles, penaudes, dévalèrent l'escalier. Une fois hors de portée de Suzanne, Anaïs reprit de sa superbe.

— Dis donc, la vieille chouette, elle m'a foutu une de ces trouilles !

Éléna prit la défense de sa grand-mère.

— Arrête, je n'aime pas que tu l'appelles comme ça. Et puis, il faut la comprendre. Elle adorait ma tante, tu sais.

— Bon, je vois que vous faites bloc dans la famille. Excuse-moi. Allez, on laisse tomber. Parlons plutôt de dimanche. Tu sais, ça m'enquiquine de toujours te servir d'alibi. Tu ne peux pas te débrouiller toute seule ? Amène Yann ici. Combien de temps tu vas encore le cacher à tes parents ?

Éléna soupira.

— Tu sais, je crois que pour l'instant il y a eu assez d'émotions dans la famille. Maman n'est sûrement pas préparée à un nouveau choc. N'oublie pas que Yann a fait de la prison. Elle l'aime bien, mais il y a des limites. Laisse-moi un peu de temps. Allez, sois sympa, viens avec moi dimanche.

Anaïs dégagea la béquille de son scooter et déclara, magnanime :

— OK, t'as gagné. Je te laisserai pas tomber sur ce coup-là, mais c'est la dernière fois !

Elle mit alors les gaz et sortit du domaine dans un vrombissement du moteur, slalomant entre les vignes en un ultime geste de défi.

Anaïs passa en trombe devant le cinéma au moment où Antoine et Josépha en sortaient au milieu d'un flot de spectateurs. Ils ne la reconnurent pas, absorbés par leur conversation. Josépha prit affectueusement le bras d'Antoine et leva vers lui ses yeux brillants :

— Tu vois que ça t'a fait du bien de sortir de ton trou. Comme au bon vieux temps...

— Oui, ça m'a fait tout drôle...

— Quoi ?

— Ben, c'est le même cinoche. Toutes ces après-midi qu'on a passées ici. Toi, tu venais avec Mathieu, ton petit frère on l'appelait « le pot de colle »... Tu te souviens, c'est Isaure qui lui avait trouvé son surnom...

— Oh, tu exagères. Maintenant, le pot de colle, il est directeur d'école.

Elle se pendit à son cou et lui tendit ses lèvres.

— Allez, fais-toi pardonner ta méchanceté. Embrasse-moi.

En riant, Antoine lui effleura la bouche. Josépha se plaqua contre lui, et il ne put résister à son invite. Il était troublé par la sensualité qui se dégageait d'elle et il commença à l'embrasser. Elle recula vers une porte cochère et, fébrilement, elle saisit sa ceinture et se mit à la dégrafer. Soudain dégrisé, Antoine la repoussa et la tint à bout de bras.

— Pardonne-moi, Josépha, tu es très belle, très attirante... Mais c'est trop tôt. Tout s'embrouille dans ma tête. Te revoir, ça me fait penser au passé.

Josépha, les yeux embués de larmes, dit amèrement.

— Moi aussi, j'y repense. Seulement, c'est différent. À cette époque, moi aussi j'étais raide dingue d'un jeune homme. Le premier amour dont tu parles si bien... Et ce jeune homme, il ne me regardait même pas...

— Excuse-moi, je le connais ?

Josépha explosa.

— Oui, tu le connais ! C'était toi, idiot ! T'as jamais rien compris ! Et maintenant, tu me fais le coup des souvenirs. Non, tu es trop bête ! Salut !

Et, tournant les talons, elle s'enfuit vers sa voiture garée sur le passage piétons du coin de la rue.

13

Anna et son fiancé, Guillaume, étaient accroupis sur le tapis du salon, et épluchaient les papiers jaunis qu'elle avait rapportés de l'école. Guillaume éclata de rire en refermant un livret scolaire et demanda, moqueur :

— Combien tu me paies pour ne pas révéler les notes que tu avais en orthographe, mademoiselle l'instit' ? T'as vu tes notes ?

Anna se jeta sur lui en riant pour essayer de lui arracher le cahier. Guillaume tomba sur le canapé et elle lui attrapa les mains.

— Écoute, j'ai un marché honnête à te proposer. Tu me rends mon livret et, en échange, je te refile une photo-culte : moi, avec des lunettes et une jupe-culotte. À mon avis, c'est toi qui y gagnes.

Elle brandit la photo, mais en la mettant hors de portée de Guillaume qui se redressa, l'attrapa par les épaules, tenta de l'allonger sur le canapé... et en profita pour lui voler un baiser. Comme elle se débattait pour se dégager, une enveloppe s'échappa du livret.

— Tiens, qu'est-ce que c'est que ça ? On dirait l'écriture de ma mère.

Elle décacheta l'enveloppe et commença à lire la lettre écrite d'une main malhabile sur une feuille de papier quadrillé. Intrigué par son silence, Guillaume demanda :

— Qu'est-ce qu'elle raconte ? Eh bien, lis tout haut.

Anna resta songeuse.

— Je ne comprends pas bien, je ne sais pas... Tu sais, ma mère n'avait pas l'habitude d'écrire... Bon, je te la lis, mais ne te moque pas d'elle, elle n'avait pas fait d'études ; pour faire des ménages, elle n'en avait pas besoin, la pauvre. Bon, j'y vais.

Et d'une voix sourde, Anna entreprit de lire la lettre à Guillaume :

Chère Mademoiselle Lecharpy, je vous remercie de m'avoir reçue moi et mon époux au sujet d'Anna. Rapport à ce qui est du problème que nous avons évoqué, j'ai bien pris note du livre du Docteur Lormier et je vais me l'acheter... Moi et mon mari, on s'est dit qu'on verra après ce qu'on doit faire ou pas...

Et c'est signé : *Josiane Fauve.*

Anna replaça la lettre dans l'enveloppe et entreprit de mettre de l'ordre dans les papiers épars. Elle ne comprenait pas. Guillaume tenta de plaisanter :

— Eh bien, j'imagine que tu étais tellement surdouée que ta maman ne savait pas dans quelle grande école elle pouvait t'envoyer. Allons, ne te mets pas martel en tête ! On va chercher le livre dont elle parle et on aura la clef de l'énigme. Ça urge, car sans ça j'ai l'impression que je vais être obligé de tout faire pour notre mariage : essayer la robe de mariée, préparer le buffet, et peut-être enterrer ta vie de jeune fille...

Anna finit par se laisser attendrir par la bonne humeur inaltérable de Guillaume. Elle rangea le dossier dans un tiroir et vint embrasser son fiancé. Elle se sentait un peu coupable de ne pas partager son enthousiasme. Mais elle aurait tant voulu pouvoir interroger sa mère.

Deux grands yeux verts regardaient, à travers la porte-fenêtre, la petite fille endormie. Puis apparut un museau rose encadré d'immenses moustaches rousses. La bouche s'ouvrit pour laisser s'échapper un long miaulement plaintif. Alice s'assit sur son lit, soudain bien réveillée. Derrière la gueule rose entrouverte se dessinait maintenant la tête d'un chat qui la fixait à travers la vitre.

Alice sauta de son lit et s'approcha.

— Bonjour, toi... Comme tu es mignon. Viens, que je te caresse.

Le chat recula et sauta dans le jardin. Alice enjamba la fenêtre et entreprit de le poursuivre.

Le chat trottinait, gardant la petite fille à bonne distance, accélérant quand elle accélérait, ralentissant quand elle perdait du terrain. Ils suivaient le petit chemin menant au lac, à la lueur de la lune qui donnait aux chênes verts, le long du sentier, des ombres inquiétantes, mais cela ne semblait pas effrayer Alice. Elle avait les yeux fixés sur le petit chat roux, attentive à ne pas le perdre de vue, et paraissait indifférente à ce qui l'entourait.

Ils parvinrent, l'une suivant l'autre, au bord du lac. La cascade bruissait doucement et se mêlait à un bruit de sanglots qui alertèrent Alice. Elle aperçut, assise sur un rocher, une jeune fille aux longues mèches éclairées par des reflets dorés, qui pleurait, le visage caché dans ses mains. Sans manifester le moindre étonnement ni la moindre crainte, Alice s'approcha et lui caressa les cheveux.

— Pourquoi tu pleures ?

Isaure releva son visage baigné de larmes et tendit la main à la petite fille. Celle-ci se blottit contre elle et le chat sauta sur ses genoux. Toutes deux se mirent à le caresser. Il cligna les yeux, s'étira et se mit à ronronner doucement, comme s'il avait toujours été là.

Alice leva les yeux vers la jeune fille :

— C'est ton chat ?

Isaure ne répondit pas. Elle se contenta de sourire tout en continuant à promener sa main sur le pelage soyeux. Alice poursuivit :

— Tu me le donnes ?

Comme la jeune fille continuait à se taire, Alice se pelotonna contre elle, posa sa joue contre le chat, ferma les yeux et s'endormit.

À l'instar de sa mère, la veille, Gabrielle ressentit l'envie de se retrouver dans la chambre d'Isaure, comme si le seul fait d'être au milieu des objets qu'elle avait côtoyés suffirait à la lui rendre plus proche. Étendue sur le lit de sa sœur, elle se remémorait leurs après-midi où elles se réfugiaient là, fuyant la chaleur de l'été. Isaure la prenait sur ses genoux et lui lisait, sans jamais se lasser, des chapitres de son livre préféré, *Alice au pays des merveilles*. Elles regardaient ensemble les dessins, imaginant la petite fille poursuivant le lapin, le voyant se glisser dans le terrier.

Gabrielle reprit le livre qui s'ouvrit tout seul sur un passage qu'elles avaient lu maintes fois :

Son pied glissa et elle se retrouva dans l'eau. Sa première idée fut qu'elle était tombée dans la mer, mais elle finit par comprendre qu'elle était tombée dans ses larmes. Pourquoi ai-je tant pleuré ? Je vais finir par me noyer dans mon propre chagrin...

Chaque fois qu'elles lisaient ce passage, les deux sœurs avaient les larmes aux yeux, impressionnées par ce chagrin qui ne pouvait pas se tarir. Et, aujourd'hui encore, Gabrielle sentait la douce présence de sa sœur qui la serrait toujours contre elle pour la consoler, lui murmurant à l'oreille.

— Mais non, ma chérie, des chagrins pareils, ça n'existe que dans les contes. Ne pleure pas...

Gabrielle tourna la page et fut saisie de découvrir une photo d'Isaure, allongée dans l'herbe. À côté d'elle, la regardant amoureusement, un jeune homme que Gabrielle reconnut immédiatement – Antoine, malgré les années, avait gardé le même regard – l'enlaçait d'un bras protecteur. En voyant cette image qui dégageait une telle impression d'harmonie, d'amour fou, Gabrielle éprouva une émotion non dénuée d'envie. Sa sœur avait eu la chance de connaître un véritable amour avant de disparaître.

Elle retourna machinalement la photo et y découvrit une inscription tracée d'une petite écriture tremblée : *Tout nous sépare et pourtant, s'il le fallait, je pourrais mourir d'amour pour toi.*

Elle mit la photo dans sa poche. Était-ce un prétexte ou une nécessité ? Elle ne se posait pas la question. Il fallait qu'elle aille la rendre à son propriétaire.

Antoine était accoudé à la balustrade de la terrasse lorsqu'elle arriva à proximité du chalet. Elle gravit les quelques marches de l'escalier de bois et, pour se donner une contenance, lui tendit la photo en murmurant, d'une voix étranglée :

— Je crois que ceci vous revient...

Antoine regarda la photo et, tout en caressant le visage d'Isaure, il répéta, comme s'il se parlait à lui-même :

— Tout nous sépare...

Gabrielle compléta, comme dans un songe :

— Et pourtant, s'il le fallait, je pourrais mourir d'amour pour toi.

Puis, changeant de ton, elle se dressa face à Antoine :

— Comment avez-vous pu abandonner quelqu'un qui vous aimait tant ? Ma mère vous hait. Elle dit qu'Isaure est morte par votre faute, que vous l'avez abandonnée et qu'elle s'est tuée...

Antoine parut bouleversé.

— Pourquoi me dites-vous ça ? On m'a chassé, forcé à partir. Mais on s'était juré de s'attendre. Je lui ai écrit de nombreuses lettres. Elle ne m'a jamais répondu.

Gabrielle pâlit.

— Ma mère n'aurait pas pu mentir là-dessus... Elle adorait ma sœur, c'est impossible !

Antoine ne l'écoutait plus. Il regardait le lac, essayant de reprendre pied. Trop de douleur l'accablait, trop de doutes... Il balbutia.

— Alors, elle s'est tuée... Je m'en doutais, je le savais. Mais pourquoi ? On s'aimait tellement. J'étais prêt à tout pour elle. Comment a-t-elle pu avoir envie de me quitter ?

Gabrielle le regardait, accaparé par ses souvenirs. Elle ne trouvait pas les mots pour le consoler, elle se sentait de trop, comme si sa sœur était près d'eux, qu'il s'adressait à elle. Alors, elle tourna les talons et s'enfuit.

Antoine se rendit à peine compte du départ de Gabrielle. Il était plongé dans ses pensées. Il cherchait à comprendre. Peut-être son frère pourrait-il lui raconter ce qui s'était réellement passé. Il fallait, d'urgence, lui demander des explications.

Quand il arriva au domaine, Paul était dans la cour en train de passer au jet des cuves métalliques. Il leva la tête en entendant son frère arriver. Amer, il remarqua :

— Tu vois, en attendant que tu te décides à signer ta procuration pour la vente, je continue à faire marcher le domaine, ou plutôt ce qu'il en reste. Tu as le droit de me donner un coup de main !

Antoine avait décidé de ne pas répondre aux provocations. Il saisit le jet et entreprit de décrasser les traînées brunes qui maculaient les cuves. L'important était que Paul réponde à ses questions :

— Raconte-moi ce qui s'est passé après mon départ. Est-ce que tu as revu Isaure ?

— Oui, elle est venue une fois au domaine. Elle pleurait. Elle a demandé ton adresse à papa qui a refusé de la lui donner.

— Mais pourquoi ?

— Tu es naïf ou quoi ? On n'aurait jamais pu vendre notre vin. Les Castella faisaient la pluie et le beau temps à cette époque. Il n'était pas question de leur déplaire !

— Tu veux dire qu'ils ont fait pression sur papa ?

— Évidemment. Suzanne Castella ne supportait pas l'idée que tu touches à sa fille. Tu ne t'es jamais demandé pourquoi la police ne t'avait pas lâché quand on t'a soupçonné d'avoir poignardé un vendangeur au cours d'une bagarre ? Tu sais, c'est facile de faire courir des bruits... Et quand on est le premier employeur de la région, on vous écoute !

Antoine commençait à réaliser.

— Je comprends mieux, maintenant. Il va falloir que Mme Castella me rende des comptes.

À ces mots, sans même prendre congé de son frère, Antoine partit d'un pas décidé. Progressant à travers les rangées de pieds de vigne aux raisins encore verts, il se revoyait, un quart de siècle auparavant, tapi aux pieds des ceps, guettant l'ouverture des volets de la grande bastide pour apercevoir Isaure, encore ensommeillée, se pencher à sa fenêtre et lui adresser un baiser du bout des doigts. L'avenir leur apparaissait radieux. Elle saurait attendrir sa mère, faire admettre le grand garçon dans le domaine, et plus tard réunir les coteaux des deux propriétés comme ils uniraient leurs vies. Tout était tracé. Il ne pouvait pas en être autrement. Et pourtant... Quelqu'un s'était mis en travers de leur route. La colère grondait en lui pendant qu'il avançait à grandes enjambées. Suzanne Castella n'avait qu'à bien se tenir.

Il ne ralentit pas lorsqu'il aperçut Suzanne attablée devant de vieux livres qu'elle tentait de réparer. Il se campa devant elle pendant qu'elle le défiait de ses yeux bleus d'acier :

— Eh bien, monsieur Marange, toujours aussi sans gêne. Je ne crois pas vous avoir invité.

Antoine ne plia pas. Il la fit se lever, sans ménagement.

— Je sais tout, madame Castella. Vous avez fait chanter mon père. Vous l'avez obligé à me faire partir, à m'engager dans la marine. Vous avez tout manigancé. Maintenant, c'est l'heure de dire la vérité : qu'est-ce que vous avez fait des lettres que j'ai envoyées à Isaure ?

Suzanne le toisa, ne pouvant réprimer un sourire méprisant.

— Vous délirez, monsieur Marange. Je ne vois pas à quoi vous faites allusion.

Antoine laissa éclater sa rage.

— Vous êtes un monstre. Je sais que vous avez empêché Isaure de lire mes lettres. Si elle les avait reçues, elle m'aurait rejoint. Vous êtes une meurtrière, et vous le savez fort bien.

Suzanne trouva la force de hurler.

— Je vous interdis, vous entendez, je vous interdis de m'insulter comme ça. Sortez, sortez immédiatement...

Antoine fit demi-tour, mais, dans un dernier défi, il jeta :

— J'obéis, mais, sachez-le, j'empêcherai mon frère de vous vendre nos terres. Vous nous avez déjà fait trop de mal, c'est fini, je ne laisserai pas Paul vous livrer ce qui nous reste. J'ai les mêmes droits que lui, ne l'oubliez pas.

Une fois Antoine parti, Suzanne s'autorisa enfin à laisser couler les larmes que sa fierté l'avait obligée à retenir face à son ennemi. Elle avait toujours su que sa si belle, si brillante petite fille ne pouvait pas s'allier à cette brute de Marange. Elle avait tout de suite vu quand elle s'était entichée de lui, elle avait tout fait pour la détacher de lui, elle ne pouvait pas le laisser gâcher la vie de sa merveilleuse petite fille. Oui, elle l'avait fait partir, mais elle ne le regrettait pas.

14

Gabrielle regarda sa montre. Bientôt midi et demi. La matinée avait été morne. En se jetant dans le travail, elle avait espéré oublier tout ce qu'elle avait découvert depuis vingt-quatre heures. Mais c'était peine perdue, elle n'arrivait pas à effacer de sa mémoire sa conversation avec Antoine. Sa mère était-elle un monstre ? Pourquoi aurait-elle menti, pourquoi aurait-elle délibérément conduit Isaure au désespoir alors que, depuis sa mort, elle ne paraissait plus que l'ombre d'elle-même. C'était trop dur pour Gabrielle d'envisager, un seul instant, une telle éventualité. Elle aurait voulu aller vers Suzanne, lui poser des questions, mais le courage lui manquait. Elle se retrouvait comme une petite fille devant sa mère si autoritaire. Jusqu'alors, elle avait eu une vie tranquille, toute tracée. Elle avait d'abord été l'ombre de sa sœur, puis celle de Josépha. Elle avait ensuite rencontré Nicolas qu'elle avait épousé parce que cela lui semblait dans l'ordre des choses. Et cette union paisible, peu à peu, avait été érodée par l'habitude. Elle avait eu peur de s'engager dans l'aventure du développement du domaine et avait préféré se réfugier dans cette librairie où elle pouvait s'évader par la lecture. Mais la réalité était en train de la rattraper et elle ne savait comment l'affronter.

Elle fut interrompue dans sa rêverie par l'irruption d'Anna qui entra, hors d'haleine, dans la boutique.

— Excusez-moi, vous alliez fermer. Je me suis dépêchée, mais j'ai été retenue par une maman à la sortie de l'école.

Gabrielle sourit machinalement, encore perdue dans ses songes.

— Non, ce n'est pas grave. En quoi puis-je vous aider ?

— Eh bien, je cherche un livre qui a été écrit il y a très longtemps par un médecin..., le docteur Lormier. Je suppose que ce doit être un pédiatre ou quelque chose comme ça. Mais je n'ai ni le titre ni le nom de l'éditeur.

Gabrielle sourit, un peu étonnée de la fébrilité d'Anna, d'ordinaire si sereine.

— Pas de problème. Je vais bien arriver à le trouver, votre Lormier. Repassez dans la soirée. J'en profiterai pour vous donner vos faire-part, l'imprimeur doit me les livrer tout à l'heure.

Anna sembla tomber des nues.

— Les faire-part ? Ah oui, c'est vrai ! Je ne sais pas où j'ai la tête... Bon, merci, à ce soir !

Elle recula, embarrassée, et fit choir une pile de livres en regagnant la porte.

— Décidément, je suis trop maladroite !

Elle se précipita dehors et, comme elle s'apprêtait à traverser la rue, un crissement de freins le fit bondir en arrière.

Un jeune homme brun baissa sa vitre et lui dit, railleur :

— Vous avez une drôle de façon d'arrêter les garçons dans la rue ! Bonjour, vous me reconnaissez ?

Anna refit surface.

— Bien sûr, vous êtes le père d'Alice... J'étais perdue dans mes pensées. Merci d'avoir freiné !

Robin sortit de la voiture et s'avança vers elle.

— Pour la peine, vous devez accepter de prendre un verre avec moi. Regardez, ces fauteuils nous tendent les bras.

Prise au dépourvu, Anna ne trouva aucun argument pour refuser et ils se dirigèrent vers la terrasse.

Une fois installés devant un café, les deux jeunes gens recouvrèrent leur sérieux. Robin rompit le silence :

— J'ai fait des recherches sur cette histoire d'homme mort dont ma fille a parlé et...

Anna poursuivit :

— C'était un jeune couvreur qui est tombé du toit en 1972. J'ai retrouvé une coupure de presse dans les archives de l'école.

— C'est exact. Mais comment Alice peut-elle le savoir ? Vous n'en avez jamais parlé en classe ?

— Non, jamais. Mais j'ai observé Alice, et elle semble avoir un don de double vue.

Robin l'interrompit d'un geste.

— Non, mademoiselle...

— Fauve..., Anna Fauve.

— Ah, oui, c'est vrai, vous me l'aviez dit quand je suis venu vous voir à l'école. Vous permettez que je vous appelle Anna ? Donc, Anna, je vous préviens que vous ne me ferez pas croire aux phénomènes paranormaux, aux parapsy machin chose. Pour moi, ce sont des histoires de bonnes femmes...

Anna se rebiffa. Décidément, ce garçon manque quelque peu de délicatesse, pensa-t-elle.

— Merci pour les bonnes femmes ! Vous avez une hypothèse rationnelle, vous qui êtes un homme, donc beaucoup plus malin que nous, pour expliquer comment votre fille connaissait la mort du couvreur...

— Oh, elle a dû en entendre parler par un autre élève ou par quelqu'un de la cantine qui était là lors de l'accident.

Anna secoua la tête.

— L'accident a eu lieu pendant les vacances, et c'était bien avant la naissance d'Alice. Non, je ne comprends pas comment elle a pu être mise au courant.

— Vous savez, dans la police on est confrontés à beaucoup d'énigmes qui ne sont jamais résolues. Tout ce dont je suis sûr, c'est qu'Alice est très perturbée en ce moment, elle dort mal, elle est bizarre, mais j'imagine que c'est à cause de sa mère et moi. Notre séparation se passe très mal et elle doit en souffrir...

Anna reprit.

— Peut-être, mais ça n'explique pas le couvreur !

Robin se leva tout en se mettant à rire :

— Vous êtes plutôt du genre têtu ! Je dois retourner au boulot, mais je ne désespère pas de vous convaincre un autre jour. Voulez-vous dîner avec moi demain ? Un petit dîner aux chandelles, ça serait sympa !

Anna le regarda, stupéfaite devant autant d'aplomb.

— Eh bien, vous n'y allez pas par quatre chemins ! Vous êtes toujours aussi sûr de vous ? Vous savez, je vais me marier dans deux semaines... Je suis un peu débordée.

Robin ne se démonta pas.

— Vous voyez qu'il ne faut pas perdre de temps. Même quand on est maîtresse d'école, on peut faire des bêtises.

Il s'inclina cérémonieusement, comme s'il s'apprêtait à lui baiser la main.

— À bientôt, Anna, on aura sûrement l'occasion de se revoir d'ici peu. En attendant, je vais essayer de tirer cette affaire au clair avec Alice. Après tout, n'en déplaise à sa mère, j'ai le droit de parler à ma fille.

Sur ce, il sortit un billet de sa poche, le jeta sur la table et tourna les talons, laissant Anna, bouche bée, devant les deux tasses de café auxquelles ils n'avaient même pas touché. Anna le regarda partir, se maudissant intérieurement de ne pas avoir su le remettre à sa place. Pour qui se prenait-il ? Et pourquoi, malgré tout, ressentait-elle un trouble qu'elle ne parvenait à maîtriser ?

Deux heures plus tard, Robin et Alice étaient attablés chez le meilleur glacier de la ville. La petite fille était à moitié dissimulée derrière une énorme coupe surmontée d'une montagne de chantilly. Robin fit mine de lui voler un peu de crème en trempant son doigt dedans. Alice poussa un cri et plongea vivement sa cuiller dans la coupe. Robin s'exclama :

— Mange doucement. Si ta mère te voyait, je passerais encore un mauvais quart d'heure. Elle dirait que c'est l'abus de chantilly qui te fait inventer des histoires.

Alice essuya la moustache blanche qui garnissait sa lèvre supérieure.

— Mais, papa, c'est pas des histoires. Le monsieur mort dans la cour, je...

Robin lui mit le doigt sur la bouche.

— Je sais, ma puce. J'en ai parlé avec ta maîtresse... Anna, je crois...

— Arrête, papa, fais pas celui qui sait pas comment elle s'appelle. Tu es amoureux d'elle, je le sais bien !

Robin la regarda, interloqué. Sa fille devait vraiment avoir le don de double vue. Elle disait tout haut ce que lui-même ne s'était pas encore avoué !

— Comment tu sais ça, toi ? Tu fais bien la maligne, je trouve.

Alice releva le nez qu'elle avait presque plongé dans sa glace.

— C'est pas vrai, peut-être ?

Devant l'air embarrassé de son père, charitablement, la petite fille décida de changer de conversation.

— Au fait, j'ai un chat.

— Ta mère t'a offert un chat ?

— Non, pas elle.

— C'est qui alors ?

Alice haussa les épaules.

— Je sais pas. Il s'appelle Chester. Tu viens, je vais te le montrer.

— Tu sais bien que ta mère n'apprécie pas que je vienne à la maison.

— Mais, papa, il n'est pas chez nous ! Il est au bord du lac. Viens !

Robin regarda sa montre.

— Alice, il faut que je te ramène tout de suite. Ta mère doit être folle d'inquiétude. Elle va m'arracher les yeux. Tu me montreras Chester un autre jour. S'il existe vraiment... Ça ne serait pas par hasard un chat un peu fantôme qui jouerait au croquet avec une méchante reine ?

— Oh, papa ! Ce chat-là, c'est celui d'*Alice au pays des merveilles*. Moi je te parle d'un vrai chat. Je te dis qu'il est près du lac.

Robin prit les mains de sa fille qu'il caressa doucement.

— Mais oui ! Je te crois. On ira le voir un autre jour, mais promets-moi une chose : je ne veux pas que tu ailles toute seule au lac, OK ?

Alice, soudain grave, hocha la tête.

— OK.

15

Anna sortit de la librairie, un livre à la main, hébétée. Il lui semblait que le ciel lui était tombé sur la tête. Gabrielle avait retrouvé le livre du docteur Lormier qu'avait lu Mme Fauve vingt ans plus tôt et venait de le lui remettre.

Anna relut le titre, pour se convaincre qu'elle n'avait pas rêvé : *Adopter et savoir révéler.*

Elle se sentait désemparée. Elle aurait voulu en parler à sa mère, obtenir des explications, mais c'était impossible. Depuis son attaque, Josiane Fauve ne communiquait plus que par signes. Anna se sentait impuissante devant cette barrière de mutisme qui s'élevait entre elles au moment où elle aurait eu le plus besoin de la briser. Le silence que sa mère avait laissé planer sur la naissance d'Anna ne pouvait plus être rompu.

Anna courait maintenant dans la rue. Il fallait qu'elle voie Guillaume, qu'elle lui parle. Il saurait apaiser ses doutes, la rassurer.

Hors d'haleine, elle ouvrit la porte de l'appartement. Guillaume était en train de préparer le dîner. Elle se jeta dans ses bras. Il lui releva le menton et s'étonna de ses yeux rougis.

— Qu'est-ce qu'il t'arrive, ma chérie ? Qui t'a fait pleurer ?

Sans un mot, Anna lui tendit le livre qu'elle avait gardé serré contre elle depuis qu'elle était sortie de la librairie.

Guillaume l'entraîna sur le canapé et feuilleta l'ouvrage du docteur Lormier. Il caressa les longs cheveux auburn d'Anna.

— Eh bien, il n'y a pas de quoi se mettre dans ces états-là. Ça n'est pas parce que ta mère a acheté un bouquin qu'il faut en déduire...

Anna s'énerva.

— Maman a lu cinq bouquins dans sa vie. Si tu crois que c'est un hasard...

Guillaume sourit.

— De toute façon, qu'est-ce que ça change ? Pour moi, que tu sois sa fille ou qu'elle t'ait recueillie, ça ne fait aucune différence. Tu pourrais être la fille de la reine d'Angleterre, je t'aimerais toujours.

Anna le regarda avec effarement. Tout à coup, il lui semblait qu'ils étaient à des kilomètres l'un de l'autre.

— Mais tu ne te rends pas compte ! Ça n'est pas le moment de plaisanter. Pour moi, ça change tout...

Guillaume se releva, soudain grave.

— Mais on s'aime toujours, n'est-ce pas... Tu es sûre qu'il n'y a rien d'autre ?

Anna, troublée, ne lui répondit pas. Elle reprit le livre et le feuilleta machinalement. Guillaume la regarda longuement, mais elle ne paraissait même pas s'apercevoir de sa présence. Alors, il prit sa veste et sortit.

16

Le jour de l'anniversaire de Suzanne était arrivé, au grand déplaisir de toute la famille. L'ambiance n'était vraiment pas à la fête. Mais, chez les Castella, la tradition était la tradition, et il n'était pas question d'y déroger, même si un cyclone avait traversé le domaine.

Pour s'épargner les préparatifs de la soirée, Éléna s'était réfugiée dans sa chambre avec Anaïs en prétextant des révisions urgentes à faire. Les deux jeunes filles étaient à plat ventre sur le tapis, le nez dans leurs livres de cours lorsque Gabrielle entra, portant, pliée sur son bras, la robe d'Isaure qu'Anaïs avait convoitée. Elle la lui tendit.

— Tiens, Anaïs. J'ai cru comprendre qu'elle te plaisait. Je te la donne.

Anaïs la prit, un peu gênée.

— Merci. Mais si la vieille chouette le sait, elle va être furieuse !

Gabrielle sourit,

— La « vieille chouette » n'en saura rien. Ça sera un secret entre nous trois. Et puis, elle t'ira vraiment bien ! Pour l'instant, descendez au salon car c'est le moment de procéder à la cérémonie de l'anniversaire.

À contrecœur, les deux jeunes filles descendirent l'escalier et retrouvèrent Suzanne qui les attendait en compagnie de Nicolas. Celui-ci fit sauter le bouchon d'une bouteille de champagne et commença à emplir les coupes. Il en offrit une à sa belle-mère tandis que Gabrielle apportait un gâteau surmonté de deux bougies. Suzanne remarqua ironiquement :

— Au moins, vous avez limité les dégâts, il vaut mieux ne pas compter les dizaines quand on arrive à mon âge !

Elle se pencha pour souffler les bougies d'un air faussement enjoué. Tout le monde applaudit. Madame mère pouvait être satisfaite, les apparences étaient sauves, même si chacun aurait donné n'importe quoi pour être ailleurs.

Nicolas leva son verre :

— Joyeux anniversaire, belle-maman !

Et il avala son champagne cul sec. Suzanne le regarda avec mépris.

— Combien de fois faudra-t-il que je vous répète qu'on ne boit pas du champagne comme du jus de pomme ? Le vin, ça s'apprécie, ça n'est pas fait pour désaltérer. Comment voulez-vous qu'on vous prenne pour un viticulteur éclairé avec ces manières de rustre ?

Gabrielle tenta de détourner la conversation en attrapant le paquet qu'elle avait dissimulé derrière un fauteuil. Elle le tendit à sa mère et dit en lui déposant un baiser sur la joue :

— J'espère que ça te plaira. C'est Josépha qui l'a choisi.

Suzanne déplia le peignoir couleur myosotis et le reposa aussitôt sur le fauteuil en remarquant, mi-figue, mi-raisin :

— Sacrée Josépha, elle a toujours eu un goût très sûr... Elle et ta sœur avaient un don pour s'habiller. En plus, elle a su trouver un cadeau en rapport avec mon grand âge. Il ne manque plus que les pantoufles. Tu la remercieras de ma part.

Pour dissiper le malaise provoqué par cette remarque acerbe, Nicolas s'assit et commença à découper le gâteau. Anaïs se précipita et prit place en face de lui. Pendant que Gabrielle passait les assiettes, son mari sentit un pied nu se nicher entre ses cuisses. Il sursauta. Face à lui, Anaïs le fixait, un petit sourire aux lèvres.

Nicolas se leva brusquement, repoussa sa chaise et renversa son verre.

— Excusez-moi. Il faut que je m'en aille. J'ai une conférence téléphonique avec des clients chinois chez mon banquier. Ça se passera à vingt-deux heures avec le décalage horaire et j'ai promis d'y aller avant pour préparer l'entretien. Je suis désolé, ça me barbe mais je n'ai pas le choix.

Tandis qu'il se penchait vers Suzanne pour l'embrasser, elle murmura :

— Dépêchez-vous, les femmes détestent attendre.

Nicolas rougit jusqu'aux oreilles, jeta un coup d'œil sur Gabrielle, mais celle-ci était occupée à ramasser les morceaux de verre et, manifestement, n'avait rien entendu. Il sortit précipitamment. Anaïs le suivit des yeux d'un air moqueur et appela Éléna :

— Tu viens, il n'y a plus rien d'intéressant à faire ici !

Et elles regrimpèrent l'escalier en étouffant un fou rire.

Suzanne et Gabrielle se retrouvèrent seules. Elles se firent face. Gabrielle entama les hostilités.

— Alors, tu l'as eue, ta réunion de famille ? Tu es contente ?

— Bien sûr ! Tout va pour le mieux. Ta fille est inséparable d'une petite garce qui court après ton mari. Quant à lui, tous les prétextes sont bons pour ne pas passer la soirée à la maison. Dieu sait où il est allé ! Je te trouve bien peu curieuse. Et, en plus, tu me regardes comme si je t'avais torturée depuis ton enfance. En tout cas, merci pour le gâteau, il était très bon. Le champagne aussi, d'ailleurs je vais m'en resservir une petite coupe.

Gabrielle sentit monter en elle une bouffée de colère. Sa mère dépassait les bornes. Et ses insinuations à propos de son mari lui étaient insupportables. Quels comptes Suzanne avait-elle à régler avec elle-même pour avoir autant envie de faire du mal aux autres ? Et où était Nicolas ? Gabrielle prit son portable et composa le numéro de son mari. Le répondeur était branché. Elle ne laissa pas de message.

Les insinuations de Suzanne n'étaient pas dénuées de fondement. Elle se serait même probablement réjouie de voir Nicolas et Alexandra enlacés sur le lit défait. Nicolas caressait pensivement les épaules de sa maîtresse. Il était troublé. Cette relation qu'il avait d'abord considérée comme une aventure de plus, qui lui permettait de s'évader de l'atmosphère pesante du domaine, prenait de plus en plus d'emprise sur lui.

Il déposa un baiser sur les lèvres de la jeune femme et soupira :

— J'aimerais rester toute la nuit comme ça, contre toi. Toutes les nuits. Qu'est-ce que tu m'as fait ? Tu m'as emprisonné !

Alexandra se détacha de lui brutalement.

— Ah, non ! La prison, ça n'est pas mon truc. Je ne te demande rien. La vie de couple, j'ai déjà donné, et trop donné. Maintenant, tout va bien. Le statut de maîtresse de cinq à sept me convient parfaitement. Je t'aime bien, Nicolas, on est bien au lit ensemble. Mais je ne compte pas laver tes chaussettes et pousser un caddie avec toi dans un supermarché le week-end.

Nicolas ne voulut pas laisser transparaître sa déception. Il se leva et commença à s'habiller en déclarant, d'un ton désinvolte :

— Tu as sans doute raison. On est probablement mieux comme ça, en amoureux clandestins... Je vais regagner le bercail, et on se retrouvera demain, comme d'habitude. Je t'appellerai sur le portable dès que je pourrai m'échapper.

Sans laisser à Alexandra le temps de répondre, il la prit dans ses bras, l'étreignit un instant.

— Au revoir, mon amour, dors bien, toute seule dans ton grand lit. À demain.

Il s'éclipsa après une révérence moqueuse. Une fois seule, Alexandra s'approcha de la fenêtre pour voir sa voiture démarrer. Elle laissa retomber le rideau, se jeta sur son lit et enfouit la tête dans son oreiller. Elle était triste et heureuse à la fois. Nicolas avait réagi comme elle le souhaitait. Robin et ses infidélités étaient encore trop présents dans son cœur pour qu'elle ait envie de souffrir à nouveau. Mais elle aurait tellement aimé qu'il la force à changer d'avis...

Inconscient de ce qu'il avait provoqué, Nicolas roulait à vive allure vers le domaine Castella, sans remarquer qu'une moto le suivait depuis la maison d'Alexandra. Le crépuscule lui permettait seulement de distinguer la route que balayaient les phares jaunes de sa voiture. Il arriva devant le cimetière dont le haut mur surplombait le fossé. La pluie se mit à tomber et, à travers le mince espace frayé par les essuie-glaces, il eut la désagréable surprise de reconnaître Anaïs poussant son scooter. Elle portait la robe d'Isaure que Gabrielle lui avait donnée et paraissait transie.

Nicolas ralentit et s'arrêta à côté d'elle.

— Qu'est-ce qu'il se passe ?

— Je ne sais pas, il ne veut plus redémarrer. Je ne dois plus avoir d'essence. Vous ne pouvez pas me ramener ?

Nicolas résista à l'envie de l'envoyer promener.

— Tu crois que ce sont des heures pour traîner ? Attends, on va mettre ton scooter dans ce taillis pour qu'on ne le voie pas de la route. Il ne manquerait plus que ça qu'on te le pique. Ton père viendra le chercher demain.

Nicolas attrapa le guidon et poussa péniblement sur l'herbe boueuse l'engin dont les roues patinaient. Il le lâcha derrière le buisson et ne put éviter d'être agrippé par une des ronces qui pendaient. Il l'arracha de son col en jurant...

— Merde !

Anaïs examina son cou et voulut le toucher.

— Mais vous êtes blessé !

Nicolas la repoussa énergiquement.

— N'en rajoute pas. Entre dans la voiture, tu vas attraper la crève.

Anaïs obéit, mais se mit à grelotter. Attendri par son allure de petit oiseau mouillé, Nicolas prit un plaid et le posa sur ses genoux. Aussitôt, Anaïs lui saisit la main et la mit entre ses cuisses. Nicolas hurla.

— Ça suffit, maintenant, arrête ton manège ! Je te ramène chez toi, un point c'est tout !

Et il démarra. Derrière eux, la moto qui les avait suivis démarra à son tour. Son conducteur remit dans son blouson l'appareil photo dont il s'était servi pendant toute la scène.

Anaïs ne s'avoua pas vaincue. Elle fit une nouvelle tentative en posant sa main sur la cuisse de Nicolas.

Celui-ci la repoussa encore une fois.

— Arrête. Tu n'es qu'une sale gamine. Tu oublies que tu as l'âge de ma fille. Et puis, je suis marié, j'aime ma femme.

Anaïs éclata de rire.

— Oh, le couplet du mari fidèle, ça n'est pas la peine. Ça ne vous va vraiment pas. Vous trompez Gabrielle quasiment sous ses yeux. Même moi, je vous ai déjà vu, avec votre chérie... Si je voulais...

Nicolas, hors de lui, freina brusquement.

— Si tu voulais quoi ?

Anaïs le nargua.

— Vous perdriez tout...

Nicolas, fou de rage, lui cria :

— T'es qu'une conne, une sale petite conne.

Impulsivement, Anaïs le gifla et sortit de la voiture en criant.

— Mais vous ne comprenez vraiment rien. Je vous aime. J'en peux plus, et si vous ne m'aimez pas, je préférerais encore mourir.

Et, sanglotant, elle se mit à courir dans la boue, droit devant elle.

Nicolas sortit à son tour de la voiture et la poursuivit à travers les fourrés.

— Anaïs, ne fais pas l'idiote. Reviens.

La pluie continuait à tomber, diluvienne. La jeune fille courait sans y prendre garde, le visage trempé autant de larmes que de gouttes de pluie. À bout de souffle, elle s'arrêta net au bord du lac où Nicolas la rattrapa. Elle continuait à sangloter et son désespoir finit par le toucher. Il la prit dans ses bras et elle lui tendit son visage comme une gamine qui demande pardon. Il ne put résister à son désarroi et se mit à l'embrasser. Elle lui enserra les épaules et répondit à son étreinte.

Non loin de là, cachée derrière un arbre, une ombre les observait.

Un peu plus tard, tous phares éteints, Nicolas rangea la voiture devant la propriété et entra dans la cuisine. Il se débarrassa de sa veste trempée qu'il étendit sur une chaise. Il s'assit sur un tabouret, épuisé, n'osant monter dans sa chambre où devait l'attendre Gabrielle. Celle-ci, malgré toutes ses précautions, l'avait entendu. Depuis des heures, elle était postée derrière la fenêtre, guettant son retour. Elle apparut dans l'embrasure de la cuisine, pieds nus, les cheveux défaits et, comme une enfant perdue, se suspendit à son cou.

— J'étais inquiète. Quelle heure est-il ?

Avant que Nicolas eût pu répondre, elle vit la marque qui zébrait son cou.

— Qu'est-ce que tu t'es fait ?

Nicolas plaqua vivement sa main sur sa griffure.

— Ce n'est rien, je me suis égratigné en déchargeant du matériel pour le mettre à l'abri de la pluie.

Et, mû par une impulsion, il serra violemment sa femme contre lui, tout en chuchotant :

— Je t'aime, mon amour, je ne te quitterai jamais.

Gabrielle sourit, un peu étonnée. Elle l'embrassa sur sa blessure. Peu à peu, leurs baisers devinrent plus passionnés. Nicolas lui arracha sa chemise de nuit et ils se mirent à faire l'amour adossés à la porte de la cuisine, avec une ardeur qu'ils avaient oublié de ressentir l'un pour l'autre depuis longtemps. Puis, sans dire un mot, ils remontèrent dans leur chambre, et, pour une fois, s'endormirent enlacés.

Pour Nicolas, le sommeil fut de courte durée. Cette journée avait été trop riche en bouleversements et il ne parvenait pas à trouver le repos. Il se leva et, debout près de la fenêtre, s'abandonna au spectacle du lac qui luisait au loin, essayant de mettre de l'ordre dans ses idées. Il aurait voulu parler à Gabrielle, mais celle-ci dormait d'un sommeil agité. Une fois de plus, les rêves venaient la visiter.

Elle courait à perdre haleine dans la forêt. Ses nattes brunes battaient sur son dos. Elle cria :

« Isaure, Isaure, je t'en prie, réponds-moi... J'ai peur, toute seule. Où es-tu ? Je te promets, je ne le ferai plus... »

Se prenant les pieds dans une racine, elle trébucha, et, le visage baigné de larmes, elle supplia :

« Reviens, Isaure. Je ne t'embêterai plus, je te le promets. Réponds-moi ! »

La petite fille reprit sa course et s'arrêta près du lac, et là, une vision cauchemardesque la cloua au sol. Le corps sans vie d'Isaure flottait au milieu du lac, ses longs cheveux épars entourant son visage encore serein dans la mort.

Gabrielle hurla et se dressa sur le lit. Nicolas se précipita vers elle et, la serrant contre lui, tenta en vain de la consoler de ce chagrin qu'il ne comprenait pas.

Non loin de là, dans la maison d'Alexandra, une petite fille était, elle aussi, en proie aux cauchemars. Soudain, Alice hurla :

— On l'a tuée..., on l'a tuée.

Sa mère accourut. Elle alluma la lumière et prit Alice dans ses bras. Celle-ci sanglotait :

— J'ai peur, maman. J'ai peur.

17

Au domaine Marange, Jeanne marchait de long en large dans le salon. Il était près de dix heures et Anaïs n'était toujours pas descendue pour le petit déjeuner. Connaissant le caractère ombrageux de sa fille, elle hésitait à frapper à sa porte. Et pourtant, si elle ne se réveillait pas, elle allait encore sécher des cours, ce qui n'était vraiment pas le moment, à un mois des examens.

Jeanne chercha une aide auprès de son mari. Paul était dehors, occupé à fendre des bûches. Elle l'appela par la fenêtre.

— Paul, Anaïs n'est toujours pas réveillée. Tu ne veux pas venir ?

Paul haussa les épaules.

— Ça n'est pas la peine. Son scooter n'est pas là. Elle a dû rester chez les Castella en compagnie d'Éléna. Avec le temps qu'il faisait hier soir, elle a dû préférer rester à l'abri.

— Tu as raison. Elle aurait pu prévenir, quand même. Je vais l'appeler tout de suite.

Ce fut Gabrielle qui décrocha.

— Bonjour Jeanne... Anaïs ? Non, je ne crois pas. Attendez, je vais demander à Éléna.

Éléna, qui était affalée dans un fauteuil en train de feuilleter un magazine, leva le nez.

— Qu'est-ce qu'il y a ?

— Anaïs a dormi ici cette nuit ?

— Non, elle est partie après le dîner. Pourquoi ?

— Jeanne la cherche. Elle n'est pas chez elle et son scooter non plus.

Gabrielle reprit le combiné.

— Jeanne, ne vous inquiétez pas. On va bien la retrouver. Elle est peut-être passée chez d'autres copains. On va mener notre enquête et on se tient au courant.

Éléna apostropha sa mère.

— Qu'est-ce que tu racontes ? Tu sais bien qu'elle n'a pas l'habitude d'aller chez d'autres copines. Je suis sa meilleure amie, et la seule ! Pourvu qu'elle n'ait pas eu un accident !

Gabrielle attrapa ses clefs de voiture.

— Je ne voulais pas alarmer sa mère, mais tu as raison. Viens, on va refaire son trajet en voiture !

Elles s'engouffrèrent dans la petite Renault de Gabrielle et partirent à travers les vignes en direction du village. Éléna scrutait les bas-côtés de la route pendant que sa mère conduisait. Elle grogna.

— Ralentis, merde ! Comment veux-tu que je voie quelque chose !

Soudain, après le long mur du cimetière, elle poussa un cri.

— Arrête ! Vite ! Je crois que j'aperçois quelque chose.

Gabrielle freina brutalement. Elles descendirent précipitamment et, derrière le taillis, elles découvrirent le scooter d'Anaïs dont une roue dépassait. Paniquées, elles regardèrent tout autour d'elles, craignant de voir la jeune fille blessée. Mais elles ne décelèrent aucune trace de pas dans l'herbe boueuse.

Gabrielle examina de plus près le scooter et se tourna, soupçonneuse, vers sa fille.

— Il a été déposé là. Elle n'est pas tombée. Éléna, si tu sais quelque chose, dis-le. Elle n'aurait pas eu un rendez-vous galant ? Dis-moi la vérité !

Éléna se tordit les mains nerveusement.

— Maman, je te jure que je ne sais rien. Elle faisait des mystères sur ses amoureux, mais je ne sais pas si elle s'inventait des histoires ou si elle les vivait réellement. Elle est peut-être allée se réfugier dans le chalet du lac. Il pleuvait tellement.

Gabrielle approuva.

— Tu as raison, allons explorer de ce côté-là.

Tout en marchant dans le sentier qui menait au lac, Gabrielle avait du mal à surmonter son anxiété. Les images de ses rêves, du drame de son enfance affluaient, lui oppressaient le cœur. Elle revoyait sa sœur flottant sur le lac, dans sa robe fleurie. Aussi se crut-elle victime d'une hallucination lorsque, sur la rive, elle aperçut un corps inerte, vêtu d'une robe qui avait appartenu à sa sœur, à plat ventre, les cheveux éparpillés sur l'eau. Elle hurla :

— Isaure !

En écho, le cri déchirant d'Éléna retentit :

— Anaïs ! Non !

Pendant que la jeune fille était saisie d'une crise de nerfs, Antoine accourut, attiré par les cris. Il s'agenouilla devant le corps sans vie d'Anaïs. Il la saisit doucement par les épaules, la tira jusqu'à la terre ferme en la remettant sur le dos. Il dégagea ses longs cheveux collés sur son visage qui apparut, exsangue, les traits empreints d'une terreur intense.

À la vue de sa nièce, un vertige le prit. Où irait-il puiser le courage d'annoncer cette horreur à son frère ? Celui-ci l'avait prié de ne plus remettre les pieds au domaine depuis sa décision de s'opposer à la vente. Les ponts étaient coupés entre eux, et il allait devoir les franchir pour lui apprendre qu'il avait perdu sa fille. Il lui semblait que la mort planait au-dessus de lui depuis son retour.

Antoine, d'un pas lourd, franchit le seuil de la maison de son frère. Dès qu'il l'aperçut, Paul se dressa devant lui, les mâchoires serrées, et lança, haineux :

— Qu'est-ce que tu fais là ? Je t'ai déjà dit ne plus foutre les pieds ici. Tu ne vas pas continuer à me gâcher la vie !

Jeanne arriva, le visage ravagé par l'inquiétude.

— Vous avez des nouvelles d'Anaïs ? Elle a disparu.

Antoine baissa les yeux. Il lui en coûtait de faire souffrir les seules personnes qui lui restaient proches, mais il n'avait pas le choix.

— Oui, on l'a retrouvée.

— Où est-elle ? Elle a eu un accident ?

Antoine prononça tout bas.

— Oui... Elle est morte... près du lac...

Jeanne s'écroula. Paul se précipita pour la soutenir. Antoine s'approcha alors, saisit la main de son frère et de sa belle-sœur et ils se tinrent embrassés, incapables de bouger, submergés par la douleur.

Robin fit signe à son avocat de s'asseoir. Il balaya les dossiers qui encombraient son bureau afin de laisser la place à celui que maître Luccioni déposait devant lui. Il remarqua, amer :

— Que de paperasses pour un divorce ! Alors que tout pourrait être si simple ! Mais Alexandra veut la guerre, elle l'aura. Je veux avoir le droit de voir ma fille quand bon me semble, et rien ne pourra m'en empêcher.

L'avocat sortit une épaisse enveloppe du dossier.

— Avec ça, vous avez des chances de gagner.

Robin s'étonna :

— Qu'est-ce que c'est que ça ?

— J'ai fait appel à un détective privé. Vous étiez au courant que votre femme avait un amant ? Il a pris quelques photos qui peuvent vous intéresser. Elles sont toutes fraîches, elles datent d'hier soir.

Robin repoussa l'enveloppe avec dégoût.

— Ah non, maître. Je ne mange pas de ce pain-là. Je me fous royalement de savoir si Alexandra a un amant. Je veux ma fille, mais je ne compte pas utiliser ce genre d'argument, c'est trop minable.

— Très bien, monsieur Keller, mais, croyez-moi, votre femme, elle, ne vous fera pas de cadeaux. Si vous voulez vraiment la garde alternée, réfléchissez. Dans ce genre d'affaire, tous les coups sont permis et la délicatesse ne sert pas à grand-chose.

À ces mots, l'avocat se leva et sortit, laissant l'enveloppe sur le bureau. Robin commença à regarder les photos. Sur la première, Nicolas et Alexandra étaient en train de s'embrasser passionnément sous un porche. Il ne put retenir un pincement au cœur. Il allait poursuivre lorsqu'un jeune inspecteur fit irruption dans son bureau.

— Robin, venez tout de suite. On vient de découvrir le corps d'une jeune fille près du lac.

Robin glissa le paquet de photos dans son tiroir et se leva brusquement.

— On sait qui c'est ?

— C'est la fille de Paul et Jeanne Marange, Anaïs.

— Les parents sont prévenus ?

— Oui, c'est son oncle, Antoine Marange, qui a découvert le corps en même temps que Gabrielle Castella et sa fille, qui étaient parties à sa recherche. Il habite à côté du lac. Il est allé annoncer la nouvelle aux parents de la jeune fille.

Robin sortit précipitamment de son bureau. Il s'engouffra dans la voiture de police, suivie d'une ambulance, et ils s'acheminèrent vers le lac, les sirènes hurlant lugubrement. L'enquête commençait.

18

Exténuées, Gabrielle et Éléna arrivèrent devant la maison au moment où Nicolas sortait de sa voiture. Éléna se jeta dans les bras de son père en sanglotant. Nicolas la regarda, ahuri.

— Mais, qu'est-ce qu'il se passe ? Qu'est-ce qu'il y a ?

Éléna ne parvenait pas à articuler. Elle regardait son père, désespérée, mais incapable d'énoncer cette vérité qu'elle ne pouvait pas admettre. En une semaine, elle était devenue adulte. Jusqu'alors, pour elle, la mort était une notion abstraite qu'elle avait appris à connaître en même temps que l'existence d'Isaure, et, soudain, la mort d'un être jeune se matérialisait de cette façon atroce. Il lui semblait qu'elle ne pourrait jamais effacer de sa mémoire le visage exsangue d'Anaïs...

Elle se tourna vers sa mère, l'appelant à l'aide.

Gabrielle murmura d'une voix blanche :

— Anaïs... Elle est morte. On dirait qu'elle s'est noyée.

Nicolas blêmit et ferma les yeux Il sentait encore la bouche avide de la jeune fille se coller à la sienne. Et maintenant, elle n'était plus. Peu à peu, la peur se mêla à la consternation. Si quelqu'un l'avait vu en compagnie de la jeune fille, il serait en tête de la liste des suspects. Comment pourrait-il se justifier ? Il rouvrit les yeux. Sa fille et sa femme le regardaient, intriguées. Nicolas n'avait jamais fait preuve d'une grande affection envers Anaïs et il paraissait bouleversé. Il reprit pied dans la réalité. Éléna avait besoin de lui. Il ouvrit la porte et ils rentrèrent tous trois dans la maison.

Quand Gabrielle ouvrit les volets, le soleil emplit sa chambre. Le jour s'annonçait lumineux, paisible, alors que la tempête lui taraudait l'esprit. Elle en voulait à tout le monde. Nicolas était parti travailler sans lui dire un mot. Sa mère avait accueilli la nouvelle de la mort d'Anaïs avec une impassibilité qui l'avait révoltée et Éléna, recroquevillée sur sa douleur, s'était enfermée dans sa chambre, se réfugiant dans un mutisme obstiné alors que Gabrielle aurait tant voulu parler de ce qu'elle ressentait, partager avec elle son désarroi.

Ne supportant plus l'atmosphère ouatée de la bastide, elle décida de partir ouvrir la librairie. Au moins l'univers familier des livres lui serait moins hostile.

La matinée s'écoula dans le train-train du quotidien. Les clients passaient, et, contrairement à son habitude, Gabrielle évitait d'entamer la conversation. Elle n'avait plus aucun ressort. Elle n'avait aucun enthousiasme à faire partager. Elle allait fermer lorsque la haute silhouette d'Antoine se profila dans l'embrasure de la porte. Il entra et demanda, anxieusement :

— Comment avez-vous passé la nuit ? Est-ce que ça va ?

Gabrielle soupira, soulagée de pouvoir enfin exprimer ses sentiments.

— C'est fou, la mémoire. J'avais occulté tant de choses... Je n'aurais jamais cru revivre cette scène... D'abord Isaure, et maintenant Anaïs...

— Comment ça ?

— C'était un après-midi, j'avais six ans... On cherchait Isaure depuis le matin. La veille, je lui avais chipé un peigne en écaille et je croyais qu'elle m'en voulait. Qu'elle avait disparu à cause de ça. Je suis allée du côté du lac. Je courais, je courais, en l'appelant... Et c'est moi qui l'ai découverte, dans l'eau, morte. J'avais tout oublié, et puis je m'en suis souvenue cette nuit... brutalement.

Gabrielle éclata en sanglots.

— Tout est de ma faute... C'est une malédiction !

Antoine la fit asseoir sur le sofa réservé aux lecteurs. Il ne savait comment l'apaiser.

— Ce n'est pas une malédiction. Ce n'est qu'une affreuse coïncidence...

Gabrielle redoubla de sanglots.

— Mais vous ne comprenez pas ? Elles sont mortes au même endroit, dans les mêmes circonstances. Tout ça, c'est de ma faute !

— Comment pouvez-vous dire ça ? Rien n'est de votre faute !

Gabrielle se leva, il lui semblait qu'elle ne pourrait plus s'arrêter de parler. Tout ce qu'elle avait réprimé sortait en un flot de paroles.

— Mais si, tout est de ma faute. Ma mère avait raison, je n'aurais jamais dû ouvrir cette chambre. J'ai ranimé les fantômes, exhumé les secrets si soigneusement enfouis. Hier Anaïs portait une robe d'Isaure que je lui avais donnée... Si ça se trouve, c'est ça qui...

Antoine lui mit la main sur la bouche.

— Qu'est-ce que vous allez chercher ? Vous n'y êtes pour rien. C'est complètement irrationnel. Et en même temps, je vous comprends ; moi aussi j'ai l'impression d'être à l'origine d'événements que je ne maîtrise pas. Mais vous, je vous en conjure, ne vous sentez coupable de rien.

Les grands yeux bleu lagon noyés de désespoir de Gabrielle étaient levés vers lui, semblant l'appeler au secours. Ils lui rappelaient tant, dans leur maturité, ceux d'une jeune fille qu'il avait aimée si fort qu'il ne put résister. Il saisit Gabrielle dans ses bras. Elle enfouit son visage contre son épaule et il caressa tendrement les cheveux d'ébène qui couvraient ses épaules pendant que ses larmes se tarissaient, peu à peu.

Gabrielle fut la première à se dégager. Ils se regardèrent en silence pendant un long moment. Elle se sentait encore plus perdue. Elle allait parler quand Antoine, esquissant un geste maladroit de la main, se dirigea vers la porte de la librairie d'un pas hésitant. Elle ne fit rien pour le retenir.

Antoine reprit le chemin du chalet du lac. Celui-ci avait recouvré sa sérénité habituelle. Les eaux limpides n'étaient troublées que par le clapotis de la cascade. On aurait pu croire qu'il ne s'y était rien passé si, tout autour de la rive où avait été découverte Anaïs, un ruban n'avait été tendu pour préserver les traces que les enquêteurs examinaient méticuleusement.

Accoudé à la balustrade de la terrasse, dans les flots du lac, Antoine revoyait le regard de Gabrielle, si démunie, si isolée dans son désespoir. Elle l'émouvait : il retrouvait en elle l'innocence d'Isaure alliée à la sensualité d'une femme dans sa plénitude. Il n'avait pas su trouver les mots pour la consoler. Pourtant il comprenait son sentiment de culpabilité car il le partageait. Lui aussi avait l'impression que, partout où il passait, il semait le malheur. D'abord Isaure, puis maintenant sa nièce. Jusqu'à Josépha, qui lui avait toujours paru si solide ; il n'avait pas su déceler son amour, même s'il se sentait incapable de le partager.

Antoine s'assit sur les marches de l'escalier. Il fallait qu'il se ressaisisse. Paul et Jeanne avaient besoin de lui. Peut-être le fait de veiller sur eux serait-il un moyen d'échapper à ce sentiment d'échec dont il n'arrivait pas à se départir.

L'après-midi dans la librairie avait paru sans fin à Gabrielle. Elle essayait de lire les romans qu'elle venait de recevoir, mais les lignes se brouillaient devant ses yeux et son esprit vagabondait. Au bout de quelques pages, elle se rendait compte qu'elle n'avait pas la moindre idée de ce qu'elle venait de parcourir et reposait l'ouvrage dans les rayons.

Elle avait bien tenté d'entreprendre Yann en le conseillant sur les livres qu'il pourrait essayer de lire, mais il lui opposait un silence buté. L'heure n'était pas à la culture. Son esprit était auprès d'Éléna qui pleurait sans relâche la mort de son amie. Il en voulait à Gabrielle de ne pas être auprès de sa fille, et il s'en voulait de ne pas avoir le courage de lui en parler.

Dès que six heures sonnèrent, il ne se fit pas prier pour baisser le rideau de la boutique. Ils partirent, chacun de son côté, sans avoir pu évoquer ce qui leur avait occupé l'esprit toute la journée.

Au dîner, les Castella ne furent pas plus prolixes. Sitôt la table débarrassée, prétextant une migraine, Gabrielle monta dans sa chambre. Contre toute attente, elle s'endormit immédiatement et n'entendit même pas Nicolas se glisser dans leur lit, beaucoup plus tard.

En revanche, au milieu de la nuit, le bruit d'un claquement de fenêtre la réveilla. Nicolas dormait, le visage enfoui dans l'oreiller. Elle alluma la lumière et son mari se retourna vers le mur en grognant. Le bruit de claquement se faisant de plus en plus lancinant, Gabrielle se leva et, pieds nus, sortit de la chambre. Dans le couloir obscur, elle aperçut un rai de lumière qui filtrait sous la porte de la chambre d'Isaure. Elle pâlit. Qu'allait-elle encore découvrir ? Elle tourna précautionneusement la poignée et entrebâilla la porte. Elle sursauta en voyant sa mère qui fermait la fenêtre.

— Maman, qu'est-ce que tu fais là ? Tu as vu l'heure ?

— Tu vois, je referme la fenêtre. C'est toi qui l'avais ouverte ?

— Non. Je ne suis pas venue dans la chambre aujourd'hui. Allez, viens, maman. Va te reposer. Je sais ce que tu ressens...

Suzanne l'interrompit, amère.

— Ne crois pas ça.

Gabrielle tenta un geste vers sa mère...

— Tu te trompes. Je sais ce que représentait Isaure pour toi. J'ai souffert, moi aussi... Elle est morte, il faut surmonter ton chagrin..., même s'il est ravivé aujourd'hui.

Suzanne se roidit. Sans regarder sa fille, elle murmura :

— La logique veut que ce soient les parents qui partent avant les enfants, pas le contraire. Et tu sais pourquoi ? Parce que c'est inhumain de survivre à ses enfants ! Et c'est ce que je fais depuis des années... Survivre...

Comme Antoine plus tôt, Gabrielle se sentit impuissante devant tant de douleur. Elle aurait voulu prendre sa mère dans ses bras mais celle-ci, pour masquer les larmes qu'elle ne parvenait pas à réprimer, sortit de la chambre, laissant sa fille immobile au milieu de la pièce. Elle s'assit tristement sur le lit et reprit le livre d'*Alice au pays des merveilles* qui était toujours sur la table de chevet. Le livre s'ouvrit sur le large sourire de Chester, le chat. Alice, le voyant, disait : « C'est le chat du comté du Chester : je vais enfin pouvoir parler à quelqu'un. » Isaure et Gabrielle avaient souvent inventé la conversation entre Alice et le chat. Et, maintenant, Gabrielle se retrouvait seule, sans même avoir un chat à qui communiquer sa peine. Une fois de plus, elle s'étendit sur le lit, tentant de faire revivre le passé.

19

Ce matin-là, chez Guillaume et Anna, l'ambiance était chargée d'électricité. Guillaume buvait son café à petites gorgées en observant d'un air désapprobateur sa fiancée en train de mettre sens dessus dessous un carton sur lequel était inscrit « Famille Fauve ». Anna s'exclama :

— Je ne comprends pas ! Tous les papiers de maman sont là ! Il doit bien y avoir une trace, un indice... Je ne sais pas, moi. On n'adopte pas un enfant aussi facilement... Il faut que j'interroge ma mère. Je t'en prie, emmène-moi à l'hôpital.

Guillaume hocha la tête.

— Anna, tu te fais du mal pour rien. Tu sais bien que ta mère, dans l'état où elle est, ne pourra rien te dire. Et, de toute façon, qu'est-ce que ça change ? Elle et son mari t'ont élevée. Quand tu étais malade, c'est eux qui t'ont soignée. C'est eux qui ont fêté tes anniversaires. Ce sont tes vrais parents, je ne vois pas la différence !

Anna le regarda comme s'il était tout à coup devenu un étranger. La colère la submergeait.

— Parce que, pour toi, c'est pareil. Quand on aura des enfants, je leur dirai quoi ? « Votre grand-mère n'est pas votre grand-mère, enfin, si, c'est votre grand-mère, mais ce n'est pas ma mère ! » Pour toi, ça change rien. Eh bien, pour moi, si, ça change tout, ça ME change !

Guillaume prit l'air penaud.

— Excuse-moi, tu sais, pour moi il n'y a qu'une chose importante. C'est qu'on s'aime, c'est qu'on va se marier. Ça n'est pas compliqué. Enfin, pour moi, en tout cas. Je suis un être simple. C'est pour ça que tu m'aimes. Je ne suis pas compliqué, tu as toujours dit que c'était une de mes qualités. Alors, maintenant, ne dis pas que c'est un défaut.

La démonstration désarma Anna. Elle lui déposa un baiser sur la joue et tenta d'adopter un ton léger.

— Tu as raison. Pardonne-moi, je suis trop nerveuse. Ça doit être les gènes... mais lesquels ? C'est ça la question ! Allez, dépose-moi à l'école, ça vaudra mieux !

Guillaume, soulagé, attrapa les clés de sa voiture et sa veste et, prenant la main d'Anna, il s'exclama, insouciant :

— Eh bien, voilà... ! Elle est pas belle la vie ?

Quand ils arrivèrent devant la cour de l'école, ils virent un petit attroupement. Les enfants étaient accroupis en rond et criaient à qui mieux mieux. Intriguée, Anna s'avança et découvrit Alice portant dans ses bras un joli petit chat roux au pelage tigré. Les enfants se poussaient pour essayer de le toucher. Anna le caressa et demanda :

— Où l'as-tu trouvé ?

Alice répondit tranquillement :

— Ça n'est pas moi, c'est lui qui m'a trouvée.

Anna, attendrie, effleura les petites mèches frisottantes de la fillette.

— Quelle drôle de petite fille tu fais !

Alice poursuivit en grattouillant le menton du petit chat :

— Il s'appelle Chester, tu sais, comme dans *Alice au pays des merveilles*. Il est mignon, n'est-ce pas ? Est-ce que je peux l'emmener en classe ?

La petite fille serra le petit chat contre elle. Celui-ci se débattit et sauta par terre. Il s'éloigna, au petit trot. Alice essaya de le rattraper en criant :

— Chester... Chester ! Reviens !

Mais le chat se coula entre deux barreaux de la grille et disparut.

Anna frappa dans ses mains.

— Allez, les enfants, la récréation est terminée !

Alice resta quelques instants, les bras ballants, les yeux fixés sur la grille, puis elle trottina vers la classe en décrivant un large cercle au milieu de la cour.

Robin s'arrêta devant la porte des Marange. Il avait une difficile mission à accomplir et se préparait à frapper à l'huis. Mais, comme si elle devançait son hésitation, la porte s'ouvrit avant qu'il eût entamé son geste. Jeanne se tenait devant lui. Toute la détresse du monde se lisait sur ses traits défaits. Son visage s'était creusé après ces nuits sans sommeil. Telle une somnambule, elle s'avança vers lui. Il se présenta.

— Robin Keller. Je suis chargé de l'enquête sur la disparition de votre fille.

Elle lui fit signe d'entrer. Dans la salle, Paul était assis devant la cheminée et contemplait, d'un air absent, l'âtre aux cendres éteintes. Il leva la tête et demanda d'une voix rauque :

— Vous avez du nouveau ?

Robin acquiesça.

— Le médecin légiste vient de me remettre le rapport d'autopsie.

Il hésita avant de poursuivre.

— Ce n'était pas un accident... Votre fille ne s'est pas noyée, elle a été assassinée...

Jeanne se laissa tomber sur une chaise.

— Vous voulez dire qu'on l'a agressée ? Est-ce qu'on l'a...

— Non, votre fille n'a pas été violée. Elle est morte très vite... Je veux dire qu'elle n'a pas souffert !

— Qu'est-ce qui s'est passé, alors ?

— Son agresseur l'a frappée par-derrière. Le coup du lapin. Elle a eu les cervicales brisées. Puis elle a été tirée jusqu'au bord du lac.

Paul ferma les yeux. L'image de sa fille, disloquée sous les coups de son agresseur, le révulsait. Il marmonna.

— Ma petite fille. Quand on trouvera le mec qui a fait ça, il passera un sale quart d'heure. Il devait avoir une force phénoménale !

Robin le détrompa.

— Pas forcément. Il suffisait d'être très nerveux, sous le coup de la panique ou de la frustration. On ne peut exclure aucune hypothèse. Je vais avoir besoin de votre aide. Il faudra m'indiquer tous les gens qu'elle fréquentait, les lieux où elle avait l'habitude d'aller.

Paul sourit amèrement.

— Oh, depuis qu'elle avait eu un scooter pour ses seize ans, elle vivait sa vie. Elle prenait un peu la maison pour un hôtel.

Jeanne bondit. Elle ne pouvait pas supporter qu'on attaque sa fille.

— À son âge, on a envie d'être indépendant.

Elle poursuivit d'une voix étranglée :

— Mais sous ses dehors bravaches, c'était encore une petite fille. Ma petite fille...

Elle cacha son visage dans ses mains, laissant ses larmes couler sans retenue. Paul s'approcha d'elle et, maladroitement, lui effleura l'épaule. Robin se sentant de trop, osa une dernière question, tout en se dirigeant vers la porte :

— Est-ce qu'elle avait un journal intime ? Les jeunes filles de cet âge en tiennent souvent...

Jeanne releva vaillamment la tête.

— Vous avez raison. Je n'en ai pas connaissance, mais je vais chercher. Peut-être pouvez-vous interroger Éléna Castella. C'était la meilleure amie de ma fille. Elle saura peut-être quelque chose que nous ignorions.

Paul reconduisit Robin jusqu'à sa voiture.

— Merci. J'espère que vous trouverez très vite le salaud qui a fait ça !

— Je ferai mon possible, dit Robin en démarrant.

En franchissant le carrefour qui séparait le domaine des Marange de celui des Castella, Robin fut frappé par le contraste entre les deux propriétés. Chez les uns, tout respirait la désolation. Les clôtures, à l'abandon, laissaient pendre des fils de fer rouillés que personne n'avait rajustés depuis des années, les ceps mal taillés soutenaient des grappes de raisin dont les grains ne parvenaient pas à s'épanouir et étaient environnés d'herbes folles qui les étouffaient petit à petit.

Chez les autres, les vignes étaient tracées au cordeau, la terre était binée, retournée soigneusement, il semblait que les vendanges seraient fructueuses ; les grappes tendaient leurs grains gonflés de suc vers le soleil couchant. La voiture emprunta la grande allée garnie de gravillons méticuleusement ratissés. La famille Castella était attablée sur la terrasse, devant la maison. Robin salua Suzanne et Gabrielle, puis il se tourna vers Éléna.

— Je viens de chez Paul et Jeanne Marange. Ils m'ont dit que vous étiez très liée à leur fille. Je dois vous interroger car le rapport du médecin légiste est formel. Il ne s'agit pas d'un accident. Elle a été assassinée. Vous savez peut-être quelque chose qui pourrait nous mettre sur la piste de son agresseur.

Éléna se blottit contre sa mère. Sous le choc, elle cherchait protection auprès de celle qui, lorsqu'elle était enfant, trouvait toujours les mots pour la consoler.

Robin sortit un carnet de sa poche.

— Il semble qu'Anaïs allait à un rendez-vous quand elle est partie de chez vous. Est-ce que vous savez si elle avait un petit ami ?

— Non, je ne crois pas... Elle faisait des allusions, mais elle ne voulait pas dire qui c'était. Et je ne sais même pas si c'était vrai.

Suzanne ne put s'empêcher d'intervenir.

— Cette gamine, elle voulait toujours jouer les vamps, mais elle n'avait pas le mode d'emploi !

Gabrielle lança un regard noir à sa mère.

— Maman, tu oublies qu'Anaïs est morte. Tu n'as donc aucune compassion !

Puis se tournant vers sa fille :

— Continue, ma chérie. Elle ne t'a rien dit qui pourrait nous donner un indice ?

Éléna fouilla dans ses souvenirs.

— Je crois qu'elle m'a dit, un jour, qu'il était marié... Ah, mais voilà papa !

Nicolas sortait de sa voiture, intrigué de voir une voiture de police dans la cour. Éléna se jeta en pleurant dans ses bras, mais avant qu'elle ait pu prononcer une parole, Gabrielle prit doucement sa fille par la main et l'entraîna à l'intérieur de la maison.

Reconnaissant Nicolas, Robin accusa le coup. Il ne s'attendait pas à rencontrer aussi vite l'homme dont il avait la photo dans son tiroir, enlaçant tendrement son ex-femme. Il tendit froidement la main à Nicolas en se présentant :

— Robin Keller, je suis venu interroger votre fille comme toutes les personnes qui ont vu Anaïs le soir de sa mort. Et je crois que, vous aussi, en faites partie.

En entendant le nom de Robin, Nicolas, lui aussi se sentit mal à l'aise. Pour lui, Robin, jusque-là, n'était qu'un personnage fantomatique qui causait des ennuis à Alexandra, mais qui n'avait pas d'existence réelle. Se retrouver en face de lui, et dans ces circonstances, le mettait dans une position plus qu'inconfortable. Mais il n'en laissa rien paraître et fit front :

— Bien sûr, c'est normal. Que désirez-vous savoir ?

— Anaïs a dîné chez vous. À quel moment a-t-elle quitté la maison ?

— Je ne sais pas. J'avais une réunion de travail et suis parti avant elle...

— On peut vérifier ?

— Bien sûr.

— Et à quelle heure êtes-vous rentré ?

Avant même que Nicolas ait ouvert la bouche, Suzanne intervint :

— À dix heures et demie.

Robin surprit le regard qu'ils échangeaient et demanda, soupçonneux :

— Vous en êtes sûre ? Je ne vous avais pas demandé de répondre.

Nicolas sourit d'un air embarrassé :

— Ma belle-mère passe son temps les yeux rivés sur l'horloge, surveillant les allées et venues de tout le monde. Elle est beaucoup plus fiable que moi !

Robin s'inclina.

— Bon. Je crois que c'est tout pour aujourd'hui. N'hésitez pas à me contacter si un détail vous revient en mémoire. Je vous demande de ne pas quitter la région. Vous serez convoqué plus tard au commissariat pour votre déposition ainsi que votre femme, votre fille, et vous aussi, madame.

Impassible, Suzanne lui tendit la main pour prendre congé.

Lorsque la voiture se fut éloignée, elle se tourna vers son gendre et le regarda, un rien méprisante :

— Ne me remerciez pas, surtout !

— De quoi ?

— De mon intervention.

Debout, face à face, ils se défiaient du regard. Ils ne virent pas Gabrielle qui était redescendue de la chambre d'Éléna. Elle avait entendu leurs dernières paroles et, pétrifiée, s'était plaquée contre le mur, dissimulée par la tenture. Nicolas, adoptant un ton détaché, brava sa belle-mère.

— De toute façon, j'aurais dit la même heure... Mais, vous avez raison, mieux vaut un alibi solide, avec les flics, on ne sait jamais. Ils ont tellement l'esprit tordu...

Suzanne explosa.

— Arrêtez cette comédie. Si j'ai fait ça, ce n'est pas pour vous. C'est pour les Castella. Vous n'allez pas détruire tout ce que j'ai eu tant de mal à édifier pendant toutes ces années, tout ça à cause de vos sales petites coucheries !

— Qu'est-ce que vous voulez dire ?

— Parce que vous croyez que tout le monde n'est pas au courant ? Je vous ai vus. Vous vous donnez tellement peu de mal pour vous cacher. Il n'y a que Gabrielle qui est aveugle. Tout le monde sait que vous couchez avec cette femme... Vous êtes allé la rejoindre ce soir-là, n'est-ce pas ? Inutile de nier !

Nicolas baissa les armes.

— Oui ! et alors ? Je ne vois pas le rapport avec Anaïs.

Suzanne se versa un verre de scotch et le but, cul sec.

— Le rapport, mon pauvre Nicolas, c'est que vous ne pouvez pas voir passer un jupon ou une minijupe sans courir après. Si vous croyez que je n'ai pas vu votre petit manège avec cette pauvre gamine...

Nicolas s'insurgea.

— Mais c'est elle qui s'imaginait des trucs. J'ai passé mon temps à la repousser. Et ça ne fait pas de moi un criminel !

Suzanne ricana.

— Ça, ce sera à vous de le prouver...

Hors de lui, Nicolas lui tourna le dos pendant qu'elle rentrait dans la maison où elle se retrouva nez à nez avec Gabrielle. Elle fit semblant d'ignorer la question qui se lisait dans le regard éperdu de sa fille et, la repoussant doucement à l'intérieur, lui dit :

— Quelle journée éprouvante ! Tu as une mine épouvantable. J'espère que tu as réussi à calmer Éléna. Heureusement que nous sommes ensemble, ça nous aidera à surmonter tous ces moments difficiles.

Gabrielle regarda sa mère avec un mélange de stupéfaction et d'horreur. Celle-ci, sans y prêter la moindre attention, décocha une dernière flèche en montant l'escalier :

— C'est quand même curieux. À peine cet Antoine Marange est-il revenu qu'on retrouve cette pauvre gamine morte. Il y a de ces coïncidences !

Gabrielle déambulait à travers les vignes. Depuis sa tendre enfance, chaque fois qu'elle avait eu un problème à résoudre, elle était partie au milieu des vignobles. La beauté de la terre pierreuse l'apaisait. Elle s'asseyait au pied d'un cep, respirait le doux parfum des raisins verts, et elle parvenait toujours à recouvrer la paix. Mais, aujourd'hui, trop de questions l'assaillaient, trop de désillusions venaient troubler sa vie jadis si limpide. En quelques jours, il lui semblait que tout son univers s'était réduit en miettes. Tout à ses pensées, elle marchait d'un pas vif et se trouva bientôt aux abords de la ville. Alors une évidence lui apparut : il fallait qu'elle se confie à Josépha. Elle seule était suffisamment généreuse et franche pour l'écouter et la conseiller sans détour. Elle se dirigea donc vers l'hôpital. C'était l'heure de la fin des consultations, elle était sûre de trouver son amie.

Celle-ci ne la déçut pas. Elle l'accueillit avec sa chaleur habituelle, l'installa dans son bureau, lui fit un café et, étendant comme à son habitude ses jambes sur la table, déclara en souriant :

— Allons-y ! Vide ton sac ! Docteur Josépha est prête à t'écouter.

Gabrielle sourit tristement et entreprit de raconter à son amie tout ce qu'elle avait découvert. Quand elle en arriva aux preuves de l'infidélité de Nicolas, Josépha s'exclama :

— Les frasques de ton mari ne m'étonnent qu'à moitié. Ce n'est pas faute de t'avoir prévenue. Souviens-toi, quand je t'ai conseillé de prendre un amant... Les couples trop sages, ça casse. Et tu as une idée de qui ça peut être, cette femme ?

Gabrielle secoua la tête.

— Je me fous de savoir qui c'est ! Ce qui me rend malade, c'est que maman était au courant et qu'elle ne m'a rien dit. C'est ce qui me fait le plus mal. Elle m'a toujours menti, pour ma sœur, pour mon mari. En plus, elle déteste Antoine Marange. Elle dit que rien ne serait arrivé s'il n'était pas revenu.

Josépha rit, un rien provocante...

— Elle délire. En plus, Antoine était avec moi ce soir-là.

Gabrielle accusa le coup, sans rien laisser paraître. Elle reprit.

— Quel cauchemar ! Quel salaud a pu s'attaquer à une fille de seize ans ? C'est atroce.

» Et, puis... il y a autre chose. Maintenant que je sais que Nicolas ment, je doute de tout. Il a menti tout à l'heure aux policiers. Et il a une griffure au cou pour laquelle il donne des explications pas très claires... Oh Josépha, je ne sais plus où j'en suis !

Josépha la secoua gentiment.

— Allons, ne tombe pas dans l'excès inverse. Ce n'est pas parce que ton mari a une maîtresse, ce qui est, somme toute, assez banal, qu'il faut l'accuser de tous les maux ! Tu ne crois quand même pas qu'il a tué Anaïs ?

Gabrielle baissa les yeux et ne répondit pas. Elle se leva, embrassa Josépha et prit le chemin de la librairie.

Dès qu'elle se retrouva seule, Josépha reprit sa position favorite et décrocha son téléphone. Il fallait maintenant qu'elle pense à elle ! La sonnerie résonna longuement et un répondeur se déclencha. Elle prit une longue inspiration et, d'un ton désinvolte, laissa un message :

« Salut Antoine, c'est Josépha. Tu es encore en vadrouille ! Je voulais savoir comment tu allais... Si tu veux, on pourrait dîner ensemble, demain soir par exemple. Enfin, si t'as pas envie, c'est pas grave. Et surtout, arrête de culpabiliser... ! »

Un rire moqueur retentit derrière elle pendant qu'elle raccrochait.

— Alors, petite sœur, toujours pas guérie ! Ne me dis pas que tu es retombée amoureuse de ce type !

Josépha se retourna vers Mathieu qui se tenait dans l'embrasure de la porte. Elle prononça lentement :

— Ben, je te le dis pas.

Mathieu s'emporta.

— Il a gâché ton adolescence. C'est à cause de lui que tu t'es jetée dans les études, et ensuite dans les bras de tous ceux qui passaient. Il ne peut pas te laisser tranquille ?

Josépha s'accouda sur son bureau et lui sourit affectueusement.

— Tu n'es quand même pas venu uniquement pour me faire la morale. Qu'est-ce que tu veux ?

Mathieu jeta négligemment une boîte de médicaments sur la table.

— J'en ai plus. J'ai essayé de ne plus en prendre, mais j'en ai marre de passer mes nuits les yeux ouverts à attendre le matin.

— Tu veux que je te trouve un lit à l'hôpital. Tu sais, j'ai avancé dans mes recherches... Je pourrais t'aider. Il faut arriver à analyser pourquoi tu ne dors pas.

Mathieu coupa court.

— Je suis pas un cobaye. Et, de toute façon, y a rien à comprendre. Fais-moi une ordonnance, c'est tout ce que je te demande.

Josépha chercha son regard, mais comme il détournait les yeux elle soupira, prit son stylo et commença à rédiger l'ordonnance.

20

Alexandra fit irruption dans la chambre de sa fille. Elle bouillait de colère. Robin n'était toujours pas là et Alice n'était pas prête. Elle était en train de boucler son petit sac à dos dans lequel elle avait entassé tous les objets qu'elle jugeait indispensables pour le week-end avec son père : ses sandales roses, les petits cailloux qu'elle avait ramassés près du lac, une petite brosse pour coiffer Chester si elle le trouvait, des crayons de couleur et des rubans pour retenir ses cheveux. Alexandra y ajouta des vêtements de rechange, une chemise de nuit et la trousse de toilette de sa fille. Elles entendirent un crissement de freins devant la maison et Robin entra en trombe. Alice se suspendit à son cou. Son père lui rendit ses baisers et la reposa, l'air embarrassé.

— On y va ? demanda la petite fille.

— Écoute, Alice, je suis désolé, mais je ne vais pas pouvoir te prendre ce week-end. Avec l'enquête...

Alexandra bondit.

— Ah bien, bravo ! Merci de me prévenir au dernier moment ! Quand je pense que tu prétends vouloir te battre pour la garde alternée, et tu n'es même pas fichu de prendre ta fille un week-end sur deux.

Robin allait se justifier quand Alice lui demanda :

— Tu crois que quelqu'un l'a tuée ?

— Qui ça ?

— Ben, la jeune fille du lac ?

Robin eut un haut-le-corps.

— Comment tu sais ça ?

Alice haussa les épaules en signe d'ignorance.

Robin et Alexandra se regardèrent, stupéfaits. Personne n'avait parlé du meurtre à Alice et elle l'évoquait comme si c'était naturel. Décidément, cette petite fille vivait dans un univers auquel ils n'avaient pas accès. Tristement, elle reprit son petit sac à dos.

— Alors, papa, tu viendras quand me chercher ?

Robin se tourna vers Alexandra.

— Ça dépend de ta mère. Alexandra, est-ce que tu acceptes que nous échangions nos week-ends ?

Alexandra secoua la tête.

— Alors, là, il n'en est pas question. Je ne suis pas une marionnette que tu peux agiter à ta guise. Ton week-end, c'est ton week-end. J'en ai assez de subir tes caprices. La loi, c'est la loi.

Robin, exaspéré, embrassa tendrement sa fille et partit en claquant la porte. Il s'assit dans sa voiture et resta un instant immobile. Plus aucune conciliation n'était possible avec son ex-femme. Certes, il l'avait trompée et elle ne lui avait pas pardonné ce coup de canif dans leur contrat. Elle l'avait flanqué à la porte, et maintenant elle lui faisait payer cher son erreur. Maître Luccioni avait raison, c'était la guerre, il faudrait employer les grands moyens pour avoir le droit de voir Alice à sa guise.

Il chercha son paquet de cigarettes dans sa poche et un papier s'en échappa. C'était le dessin d'Alice. Il le contempla avec effarement. Anna avait eu raison de s'alarmer : la jeune fille aux longs cheveux, barbouillée de rouge, habillée d'une robe champêtre et couchée au bord du lac rappelait singulièrement Anaïs gisant sur la berge.

Il fallait qu'il voie d'urgence la jeune institutrice. Il saisit son portable et l'appela.

Anna était déjà assise au café où il lui avait donné rendez-vous lorsque Robin arriva. Elle l'accueillit en remarquant, amusée :

— Toujours la ponctualité familiale ! Heureusement que vous m'avez dit que vous vouliez me voir le plus tôt possible.

Robin mit un genou à terre.

— Pourrez-vous jamais me pardonner ma goujaterie ?

Puis, reprenant son sérieux, il s'assit et posa le dessin d'Alice sur la table.

— Je voulais vous reparler du dessin. C'est vrai que je n'ai pas fait grand cas de votre inquiétude, l'autre jour, mais, depuis, vous êtes sûrement au courant qu'une jeune fille est morte. Et ma fille a exactement représenté Anaïs, sa robe, le bord de l'eau, et cela bien avant le meurtre. Comment l'expliquez-vous ? Tous les éléments y sont. C'est à devenir fou !

Anna eut le triomphe modeste.

— Vous voyez que j'avais un peu raison de vous alerter l'autre jour ! Je crois que votre petite fille a une sensibilité hors du commun. Elle voit des choses que nous ne percevons pas.

Robin, au souvenir de l'allusion d'Alice à son attirance envers Anna, rougit. Il constatait qu'elle ne s'était pas trompée... Pour une fois, il perdait de sa belle assurance devant l'innocence de la jeune fille. Il alluma une cigarette et murmura :

— Peut-être suis-je trop rationaliste...

Anna sourit, attendrie de voir qu'il perdait l'aplomb qui l'avait tant agacée. Elle découvrait que derrière le dragueur impénitent se cachait un être moins sûr de lui et cette fragilité, pourtant bien dissimulée, la touchait. Elle décida de lui faire confiance... ou presque, en lui demandant ce qui lui tenait le plus à cœur. Elle se lança.

— Est-ce que je peux vous demander un conseil ?

— Je ne vois pas comment je pourrais vous le refuser !

— Voilà, j'ai un ami, un... vieil ami qui vient de découvrir qu'il avait été adopté et il ne sait pas très bien...

Robin compléta :

— Comment entamer des recherches.

Anna hocha la tête, confuse de lui mentir, mais elle ne pouvait se résoudre à dire toute la vérité.

— Il n'a plus ses parents ?

Anna, incapable de parler, fit signe que non.

— Si l'accouchement a eu lieu sous X, c'est très difficile de retrouver les origines de quelqu'un. Essayez de me donner plus de détails et je verrai ce que je peux faire.

À ce moment, le portable de Robin sonna. On le demandait d'urgence au commissariat. Pendant qu'il répondait, Anna se leva, lui fit un signe de la main et s'esquiva. Il la regarda pensivement marcher d'un pas pressé vers la sortie. Il pressentait qu'elle ne lui avait pas tout dit et il avait déjà envie de la revoir.

Anna ne parvenait pas à surmonter le trouble qui l'avait saisie en se trouvant en compagnie de Robin. Elle, si droite, n'osait pas dire à Guillaume qu'elle avait vu Robin, comme si c'était une mauvaise action. Pour différer son retour à la maison et les mensonges par omission qu'elle allait être obligée de commettre, elle décida de rendre visite à Suzanne Castella. Au moins elle ferait œuvre utile en récoltant des livres pour ses élèves.

En arrivant devant la bastide, elle s'arrêta, envahie d'une étrange émotion. La beauté de la façade dorée dont les volets couleur de mousse s'ouvraient largement sur les vignes l'impressionnait, mais, en même temps, elle ne l'effrayait pas. Elle qui avait toujours vécu dans des endroits exigus entra d'un pas ferme dans la vaste salle dont la porte était restée entrebâillée. Suzanne l'accueillit avec une chaleur inaccoutumée.

— Comme vous avez bien fait de venir ! J'ai préparé tous les livres. Je les ai réparés car certains étaient en bien mauvais état. Ils ont été beaucoup aimés et beaucoup lus !

Anna s'approcha de la pile de volumes.

— Et vous les avez même recouverts ! Merci, mais nous aurions pu le faire !

Une expression de tristesse passa dans les yeux délavés de Suzanne.

— Oh, ça me passe le temps, ça me change les idées...

Anna fit quelques pas autour de la salle et respira profondément.

— Comme c'est beau ici. Il y a une atmosphère particulière. On sent que ces lieux ont une histoire, un passé.

Suzanne la prit familièrement par le bras.

— Mais ça ne semble pas vous effrayer. Moi, quand je suis arrivée dans ces murs, lorsque j'étais jeune mariée, j'étais morte de peur. Il faut dire qu'avant de rencontrer Édouard, je ne vivais pas dans le même monde. Mes parents n'avaient jamais eu de ferme. Je me suis tout de suite attachée au domaine, et maintenant je ne pourrais pas vivre sans lui.

Continuant à faire le tour de la salle, Anna remarqua le tableau du lac. Elle s'exclama, admirative :

— Quelle merveille ! Il s'en dégage une poésie incroyable... Le choix des couleurs, le trait, tout est parfait. Qui l'a peint ?

Suzanne hésita à répondre.

— Quelqu'un de ma famille... Il y a longtemps.

— Eh bien, c'était quelqu'un de très doué. Est-ce que vous me permettriez d'en prendre une photo ? Je fais étudier à mes élèves la nature en peinture, et j'aimerais leur montrer ce tableau.

Impulsivement, Suzanne décrocha le tableau du mur et le tendit à Anna.

— Prenez-le. Une photo, c'est nul. Il vaut mieux qu'ils voient l'original. Mettez-le dans votre classe et gardez-le tant que vous voudrez. J'aime bien l'idée que des enfants dessinent en le regardant.

Anna, confuse, le serra contre elle. Elle fixait, intriguée, cette femme dont la réputation de froideur avait fait le tour de la ville et qui montrait autant de générosité à son égard. Décidément, il ne fallait pas se fier aux apparences...

21

Alexandra raccompagna ses clients à la porte de l'agence. Elle était épuisée. Depuis une heure, ils tergiversaient, tantôt prêts à signer un contrat de promesse de vente, tantôt se ravisant pour essayer d'obtenir un rabais. Elle avait reçu des instructions drastiques du propriétaire de l'appartement et, malgré l'envie qu'elle avait de conclure la vente, elle ne pouvait négocier. Et pourtant..., depuis un mois, elle n'avait mené à terme que la location du chalet pour Antoine. Elle sentit la lassitude l'envahir. Comment allait-elle faire face aux frais d'avocat dans sa lutte contre Robin ? Elle ne voulait pas baisser les bras, mais en avait-elle les moyens ?

Elle se réfugia au fond de l'agence et allait allumer une cigarette quand Nicolas entra en trombe. Il paraissait paniqué. Il s'effondra dans un fauteuil et prit les mains d'Alexandra. Les serrant convulsivement, il lui raconta l'entrevue avec Robin ainsi que l'intervention de Suzanne. Enfin, il ne lui cacha rien de sa rencontre avec Anaïs. Alexandra eut du mal à garder son sang-froid :

— Si je comprends bien, tu es suspect dans l'affaire que couvre mon ex... Ça n'est vraiment pas de bol ! Et qu'est-ce que c'est que cette gamine dont tu ne m'avais jamais parlé ?

— Mais il n'y avait rien à raconter. C'était une copine de ma fille !

— Qui t'a quand même embrassé sur la bouche...

— Mais je l'ai repoussée. Je ne me suis pas laissé faire.

Alexandra le regarda ironiquement.

— Alors, tu es un héros, un vrai saint. Une jeune fille délurée et jolie se jette sur toi et tu la repousses ? Qui va te croire ?

— Si tu ne me crois pas, personne ne le fera. Tu te rends compte. Je suis dans la merde !

» En plus, j'ai eu l'impression que Robin sait, pour nous. Il a été très froid, distant. Il ne m'a même pas serré la main. Je suis sûr qu'il ne va pas me faire de cadeaux !

Alexandra soupira.

— Là, il faut arrêter la parano. Si tu veux, tu peux lui dire qu'on est ensemble, je crois qu'il s'en fout. À moins que tu ne souhaites pas perturber ton bonheur conjugal sans nuages...

Nicolas, pour éviter de répondre, la plaqua contre lui et commença à l'embrasser au creux de son décolleté. Comme il devenait plus pressant, elle se dégagea brusquement.

— Non, Nicolas, ça n'est vraiment pas le moment ! Et en plus, je n'en ai pas envie.

Nicolas, cachant mal son désappointement, la lâcha. Décidément, tout se retournait contre lui. Il se sentait perdu. Il avait toujours cru pouvoir compter sur son charme pour se sortir des situations épineuses, et il lui semblait que celui-ci n'opérait plus.

Alexandra s'était plongée dans ses dossiers comme s'il n'existait pas et il partit, la tête basse.

22

Éléna regardait avec étonnement la pancarte qui se balançait sur la porte de la boutique de sa mère : « Je reviens dans un instant. » Elle essaya de regarder à travers la vitre, mais elle ne vit personne à l'intérieur. Elle avait espéré trouver Yann en l'absence de sa mère qui était retenue au domaine pour accueillir un groupe de négociants à qui il fallait faire les honneurs de la propriété. Dépitée, elle allait partir quand elle aperçut Yann qui arrivait en moto. Il monta sur le trottoir et enleva son casque, libérant sa tignasse ébouriffée. Il ouvrit précipitamment la porte et entraîna Éléna dans l'arrière-boutique du magasin. Il l'enlaça, mais elle détourna la tête.

— T'étais où ?

— Au commissariat. Ils ont fait une descente au foyer et on a tous été convoqués.

— Alors ?

Yann se mit à rire.

— Eh bien, j'ai dit que j'étais amoureux fou de sa meilleure amie...

Éléna le regarda avec stupeur.

— Tu es devenu fou ou quoi ?

— Mais non, je déconne. Je la connaissais même pas, cette fille.

Éléna se rembrunit.

— Tu sais, je n'arrête pas de penser à elle. Elle me manque. Je n'ai plus que toi...

Elle se blottit dans ses bras et il commença à l'embrasser tout en lui murmurant à l'oreille :

— C'est dingue, nous deux. Normalement on aurait jamais dû se rencontrer. J'étais plutôt avec des voleurs de bagnoles qu'avec des jeunes filles de bonne famille...

— Et moi, j'étais plutôt programmée pour les fils à papa avec de grosses bagnoles...

Ils se regardèrent et dirent, presque en même temps :

— Mais je t'aime !

Ils éclatèrent de rire, mais Éléna fut saisie d'un haut-le-cœur.

— Excuse-moi ! dit-elle en se précipitant dans les toilettes.

Elle claqua la porte au nez de Yann, ahuri, et se mit à vomir. Celui-ci allait lui porter secours quand la voix de Gabrielle retentit dans l'entrée :

— Yann ! Mais qu'est-ce que tu fabriques ? Pourquoi as-tu mis cette pancarte ?

Il se plaqua devant la porte des toilettes et bredouilla :

— Je voulais mettre un peu d'ordre sans être dérangé par les clients.

Gabrielle leva les bras au ciel.

— Dérangé par les clients ! Non, mais je rêve ! Figure-toi que tu es là pour être dérangé par les clients. Si tu ne fais pas d'efforts, n'oublie pas que je vois ton juge dans dix jours. Il vaudrait mieux que je n'aie pas à me plaindre de toi, tu saisis ? Et qu'est-ce que tu as rangé, au juste ?

Ravi de la diversion, Yann l'attira dans le coin opposé de la boutique et lui montra une pile de livres qu'ils venaient de recevoir. Il demanda, empressé :

— Est-ce que vous pouvez choisir ceux qu'il faut que je mette en vitrine ?

Pendant que Gabrielle se penchait sur les ouvrages, Éléna ouvrit précautionneusement la porte des toilettes et sortit sur la pointe des pieds par l'arrière de la boutique.

Arrivée dans la rue, elle reprit son souffle. Elle était toujours en proie à la nausée qui lui avait soulevé le cœur. Elle traversa la chaussée et s'engouffra dans une pharmacie. Par chance, la pharmacienne qui la connaissait depuis son enfance n'était pas là. Une jeune stagiaire la regardait d'un air interrogateur.

— Mademoiselle ?

— Je voudrais quelque chose contre la fatigue. J'ai tout le temps mal au cœur...

La jeune fille lui tendit une boîte de médicaments. Éléna allait payer quand elle se ravisa et chuchota, s'assurant qu'il n'y avait personne d'autre dans le magasin :

— Et puis, je voudrais aussi... un test de grossesse.

Le soleil déclinait à l'horizon et il ne restait plus qu'Alice dans la cour de l'école lorsque Anna sortit de la classe.

— Ta maman est encore en retard, dit-elle en consultant sa montre.

Alice haussa les épaules. Elle avait bien d'autres préoccupations. Elle regardait les barreaux de la grille de la cour. Elle demanda à sa maîtresse :

— Tu crois qu'il va revenir ?

— Qui ça ?

— Chester ! Ça fait deux jours que je ne le vois plus...

Anna s'accroupit à côté de la petite fille.

— Tu as l'air de beaucoup l'aimer.

Alice secoua ses nattes en signe d'approbation. Anna embrassa la joue de la fillette et la rassura :

— Alors, si tu l'aimes aussi fort que ça, il va revenir. Maintenant, il faut que je ferme l'école. Assieds-toi sur le banc en attendant ta maman. À demain...

Alice obéit. Elle s'installa à l'abri d'un platane, son cartable posé à côté d'elle. Une petite brise soufflait à travers les feuilles. Alice ferma les yeux pour en écouter le frémissement. Soudain, celui-ci se transforma en un murmure indistinct, comme une voix. Alice ouvrit les yeux, sauta sur ses pieds, et, guidée par une voix qu'elle seule entendait, elle s'éloigna en direction du lac.

Lorsqu'elle emprunta le petit sentier escarpé qui menait à la berge, une brume de chaleur nimbait les flots d'une lueur orangée. Arrivée sur la rive, Alice n'éprouva aucune surprise d'apercevoir Isaure alanguie à la lisière du lac, paraissant l'attendre. La petite fille ôta ses sandales et s'assit familièrement à côté d'elle.

— Je me demandais si je te reverrais. Tu sais, je suis si triste, Chester est parti...

Isaure regarda au loin, souriant, sans lui répondre. Alice suivait son idée...

— Ma maîtresse m'a dit que, si je l'aimais très fort, il reviendrait, forcément.

Elles furent interrompues par l'arrivée de Gabrielle. Celle-ci venait du chemin qui menait au chalet d'Antoine. Elle l'avait appelé vainement et, prise d'une impulsion incontrôlable, elle se dirigeait vers le lieu qui était indissociable de sa sœur. Elle sursauta en voyant la petite fille, pieds nus, son cartable sur le dos. Elle se projeta dans le passé quand elle jouait avec Isaure, au sortir de l'école. Alice paraissait en grande conversation, mais elle ne saisissait pas avec qui.

— Qu'est-ce que tu fais là, toute seule ? demanda-t-elle à la petite fille.

Celle-ci lui répondit, impatientée :

— Mais, je ne suis pas toute seule ! Regarde !

Elle montra du doigt Isaure, mais, à sa place, ne luisait que le sable vierge de toute trace. Seul un léger bruissement venant des eaux donnait vie à l'endroit désert.

Gabrielle allait répondre quand un miaulement à fendre l'âme déchira le silence. Alice se précipita.

— Chester !

Une patte rousse apparut derrière les fourrés, puis un museau humide de rosée, et, enfin, le petit chat mordoré se risqua jusqu'à elle, se frottant contre ses jambes.

— Mon Chester, où étais-tu passé ?

Gabrielle bondit.

— Comment appelles-tu ton chat ?

Alice rectifia :

— Il s'appelle Chester. Mais il n'est pas très obéissant. Il n'en fait qu'à sa tête. C'est peut-être pour ça qu'on s'entend bien..., conclut-elle en gratouillant le menton qu'il lui tendait.

Gabrielle caressa, elle aussi, le petit chat. Elle dit, tout autant à l'adresse de la fillette que pour elle-même :

— Ma sœur, elle aussi, avait un chat roux. Il était exactement comme celui-là. Lui aussi n'en faisait qu'à sa tête... Et elle l'avait appelé Chester, comme le tien.

Alice sauta sur ses pieds. Il lui en coûtait, mais elle proposa :

— Tu veux que je le lui rende ?

Gabrielle s'émut de la générosité spontanée de la petite fille. Elle se leva aussi et, lui effleurant la joue, elle murmura :

— Tu es gentille, mais c'était il y a longtemps, ça ne peut pas être le même...

Alice leva vers Gabrielle des yeux interrogateurs.

— Elle est où, ta sœur ?

— Elle est partie...

Alice, sans une hésitation, déclara :

— Elle va revenir. Bon, maintenant, il faut que je m'en aille. Tu viens, Chester...

Et elle entreprit l'ascension du petit chemin, s'accrochant aux branches basses des chênes verts, Chester sur ses talons.

Gabrielle les suivit des yeux, pensive. Elle reporta son regard sur le lac, toujours embrumé. Elle percevait un léger murmure, comme si quelqu'un voulait lui parler, mais elle ne comprenait pas. La solitude lui pesait encore plus en ces lieux qu'elle avait partagés si souvent avec sa sœur. Elle décida de retourner au domaine. Au moins, là-bas, la présence tangible d'Isaure au milieu de ses souvenirs la rassurait.

Dès qu'elle fut entrée dans la chambre d'Isaure, Gabrielle tendit la main vers la bibliothèque. Mais elle ne rencontra qu'un espace vide là où elle avait rangé le roman de Lewis Carroll. Surprise, elle balaya la pièce du regard. *Alice au pays des merveilles* était ouvert sur la table de chevet, comme s'il l'attendait. Les nerfs de Gabrielle, déjà mis à rude épreuve, la lâchèrent. Elle saisit le livre et se jeta sur le lit en le serrant contre elle. La porte s'ouvrit et Éléna entra. Gabrielle la regarda comme si elle avait vu un fantôme. Avant même que sa fille eût ouvert la bouche, elle l'apostropha.

— C'est toi qui as pris ce livre ?

— Non, maman, il faut que je te parle...

Gabrielle ne l'entendit pas. Elle se mit à arpenter la chambre.

— Je ne comprends pas. Je l'avais mis ici, et maintenant il est là, dit-elle fébrilement en désignant successivement l'étagère et la table de chevet. Il se passe des choses pas normales ici.

Éléna contemplait sa mère avec stupéfaction. Il lui semblait voir une étrangère.

— C'est toi, maman, qui n'es pas normale. Tu te prends la tête pour un livre alors qu'il y a plus grave en ce moment, tu ne trouves pas ?

À ces mots, elle fondit en larmes. Gabrielle remit les pieds sur terre.

— Excuse-moi, ma chérie. Mais il me semble que je vis dans un cauchemar permanent. J'essaie de me raisonner, mais j'ai beau faire... Tu voulais me parler ?

Éléna s'essuya les yeux.

— Non, ça n'a pas d'importance...

Et elle sortit, à pas lents.

En bas de l'escalier, elle trouva son père, occupé à déboucher des bouteilles du domaine Marange. Il fallait qu'il teste ce vin dont il convoitait les vignes. Il en sirota une gorgée et fronça le sourcil. Il faudrait travailler sérieusement la vinification pour lui donner un niveau acceptable ! Il se tourna vers sa fille.

— T'as vu ta mère ?

Éléna acquiesça :

— Oui, elle n'a pas l'air bien. Tu ferais bien de t'en occuper.

Sans qu'on l'ait entendue, Gabrielle apparut. Elle s'approcha et se servit un verre de vin. Éléna regarda ses parents qui ne lui prêtaient plus aucune attention. Le cœur gros, elle remonta dans sa chambre. Nicolas tenta un rapprochement. Il enlaça sa femme en demandant :

— Ça va ?

Gabrielle se prêta sans répondre à ses caresses. Puis soudain, elle le mordit dans le cou. Nicolas poussa un cri.

— Mais ça va pas ! Tu es devenue complètement folle !

Gabrielle le regarda, narquoise ;

— Je croyais que tu aimais ça. À moins que tu préfères que je te griffe ! ajouta-t-elle en découvrant la marque encore bien apparente.

Déstabilisé, Nicolas se rajusta en grommelant.

— Qu'est-ce que tu es en train d'imaginer ?

Gabrielle laissa libre cours à sa colère. Elle allait enfin trouver la force d'affronter son mari. Elle le regarda droit dans les yeux.

— Je n'imagine rien. Je sais que tu me trompes, comme tout le monde le sait dans la maison. J'ai été la dernière à l'apprendre. Surtout, ne nie pas, ce serait pire. Plus tu mens, plus tu me dégoûtes.

Nicolas se sentit pris au piège. Il tenta de la prendre dans ses bras, mais elle se dégagea.

— Je ne t'aime plus, Nicolas. Je ne supporte même plus de te sentir près de moi, que tu me touches... C'est fini.

Elle respira un grand coup. Après tous ces jours cauchemardesques, elle s'éveillait. Maintenant qu'elle avait rompu le silence, elle aurait peut-être le courage d'affronter le souvenir de sa sœur. Certes, Isaure peuplerait encore ses rêves, mais, peu à peu, elle parviendrait à chasser les fantômes et ne garderait que les réminiscences de leur enfance complice.

23

Anna, elle aussi, était déterminée à éclaircir le passé pour qu'il cesse de la hanter. Bien que ce ne soit plus les heures de visite, elle avait convaincu les infirmières de l'autoriser à rester au chevet de sa mère. Elle tenait à la main le livre du docteur Lormier *Adopter et savoir révéler* pendant que sa mère la regardait sans bouger. Elle s'approcha et lui chuchota :

— Tu l'as pourtant lu ce livre ! Et tu n'en as tenu aucun compte. Tu es restée muette. Et pourtant, tout au fond de moi, il me semble que je l'ai toujours su. Tu ne m'as jamais parlé de ta grossesse, et c'est vrai que je ne vous ressemblais pas du tout, ni à toi, ni à papa. Mais je vous aurais aimés pareil, si vous m'aviez dit que vous n'étiez pas mes vrais parents.

Sa mère ne bougeait pas. En proie à la rage, Anna secoua sa mère.

— Pourquoi m'avez-vous toujours menti ? C'est ça que je ne supporte pas. Vous m'avez trahie. Comment as-tu pu me faire ça ?

Mme Fauve détourna la tête. Anna se mit à pleurer.

— Guillaume m'avait dit de ne pas t'en parler. Mais je ne peux pas vivre dans cette incertitude. Comment as-tu pu me jouer la comédie comme ça ?

Le portable d'Anna se mit à sonner. S'essuyant les yeux, elle répondit.

— Oui, Guillaume. Je suis encore à l'école, qu'est-ce qu'il y a ?

Guillaume faillit s'étrangler à l'autre bout du fil.

— Mais tu es folle ! Tu as oublié qu'on dînait ce soir avec nos témoins pour préparer le mariage ! On a fini de boire l'apéritif. Qu'est-ce qu'on fait ?

Anna avait tourné le dos à sa mère. Elle balbutia.

— Excuse-moi. J'avais complètement zappé le dîner. Mais j'ai encore plein de copies à corriger. Dînez sans moi. Je suis désolée. J'arrive le plus vite que je peux... À tout à l'heure.

Elle remit le téléphone dans son sac en pensant : le mensonge, c'est contagieux. Mais je n'ai vraiment pas le courage de les voir...

Sa mère était toujours tournée du côté du mur. Anna s'effondra sur une chaise et se mit à sangloter. Entendant ses pleurs, une infirmière entra et tenta de la réconforter.

— Il faut être courageuse, mademoiselle... C'est dur de voir sa mère comme ça, mais...

Anna sauta sur ses pieds. Elle reprit le livre qu'elle avait déposé sur le lit et répondit à l'infirmière :

— Ce n'est pas ma mère.

Et elle s'enfuit en claquant la porte, laissant l'infirmière stupéfaite. Celle-ci redressa Mme Fauve sur ses oreillers. Sur son visage privé de toute expression, de grosses larmes coulaient.

Anna était garée devant chez elle. Elle regarda les invités prendre congé de Guillaume et partir tout en riant un peu trop fort. Elle ne se sentait pas fière, mais elle était à cent lieues des préparatifs du mariage. Ce n'était pas la faute de Guillaume. Il était tel qu'elle l'avait rencontré deux ans auparavant. Gentil, attentif, amoureux. Elle ne pouvait rien lui reprocher, c'était elle qui avait changé. Et plus la date du mariage approchait, plus la panique la saisissait. Un malaise s'était instauré entre eux depuis la découverte de la lettre de sa mère. La recherche de son identité tournait à l'obsession tandis que son fiancé semblait en faire peu de cas. C'était la première fois qu'ils n'étaient pas à l'unisson et cela la déconcertait.

Elle se décida à sortir de la voiture et mit la clé dans la serrure. La porte s'ouvrit instantanément, comme si Guillaume était resté derrière à la guetter. Il l'embrassa légèrement et proposa, comme si de rien n'était :

— Il y a du poulet dans le four. Tu en veux ?

Prise au dépourvu, elle bredouilla :

— J'ai grignoté des biscuits à l'école. Je n'ai pas faim.

Guillaume affecta de ne pas remarquer son embarras et mit les assiettes dans le lave-vaisselle. Anna, maladroitement, s'enquit :

— C'était sympa ?

Guillaume ne parvint plus à se contenir.

— Tu imagines, supersympa. Ils se sont bien fichus de ma gueule. « Des copies à corriger », il a des yeux de quelle couleur, Monsieur « copies à corriger » ? J'imagine déjà leurs commentaires en sortant d'ici : « On savait bien que ça ne pouvait pas marcher. Elle est trop intello pour lui... »

Anna rougit.

— Je suis désolée !

Guillaume jeta une assiette sur le carrelage.

— Qu'est-ce que tu veux que ça me foute, que tu sois désolée ! Je n'arrive pas à comprendre pourquoi tu m'as fait ça, Anna !

Dissimulant ses larmes, Anna entreprit de ramasser les morceaux. Le bruit de la faïence brisée avait calmé d'un coup Guillaume. Il s'accroupit à côté d'Anna et nicha sa tête contre son épaule.

— Pardonne-moi, ma douce. Mais je ne te reconnais pas. Je suis perdu sans toi.

Anna lui caressa doucement les cheveux. Elle n'avait pas envie de commencer des explications. Elle ne voulait pas lui faire de mal. Pour ce soir, l'orage était passé, mais le fossé qui s'était creusé entre eux n'était pas pour autant comblé.

24

Gabrielle était couchée, seule dans son lit. Les yeux grands ouverts, elle regardait le plafond. L'image d'Isaure ne la quittait pas. Elle la revoyait, avec ses longs cheveux tombant jusqu'à sa taille si fine. Elle, qui n'avait que six ans, enviait sa sœur tout en l'admirant ; elle tirait sur ses nattes pour les faire pousser plus vite, serrait sa ceinture pour concurrencer la silhouette d'Isaure, se pinçait les joues pour leur donner la délicatesse rosée qui rehaussait la carnation de son aînée. Celle-ci était son modèle et elle la faisait obéir docilement à tous ses caprices : lors de leurs jeux, la fillette comptait consciencieusement jusqu'à cent, appuyée contre un arbre pour laisser à sa sœur le temps de se cacher, elle gardait et choyait son petit chat roux pendant qu'elle se rendait à de mystérieux rendez-vous. Ce chat qu'elle avait appelé Chester, comme celui de l'étrange petite fille qu'elle avait vue près du lac et qui lui ressemblait tant. Tous ces mystères déroutaient Gabrielle, elle se sentait entraînée dans un tourbillon où le passé et le présent se mêlaient. Elle ne parvenait pas à s'endormir et, lorsqu'elle entendit un claquement de fenêtre au-dessus de sa tête, elle se dressa d'un bond et se précipita dans la chambre d'Isaure. La fenêtre était grande ouverte. Gabrielle allait la refermer lorsqu'elle aperçut, au loin, une forme blanche qui s'enfuyait dans la nuit. Sans prendre la peine de se chausser, Gabrielle dévala l'escalier et se mit à poursuivre la silhouette nacrée qui courait dans l'obscurité. Elle se mit à crier :

— Isaure ! Isaure !

Elle entendit un rire qui lui rappela celui de sa sœur, vingt-cinq ans plus tôt.

Elle poursuivit sa course folle et atteignit la rive du lac, hors d'haleine. Les eaux étaient calmes, seul un mince croissant de lune se reflétait dans ses flots paisibles simplement animés par le doux clapotis de la cascade. Une main se posa sur son épaule. Gabrielle sursauta en entendant la voix d'Antoine :

— Vous allez prendre froid !

Elle répondit par une question.

— Qu'est-ce que vous faites là ?

Antoine sourit.

— Ça serait plutôt à moi de vous poser la question. Vous êtes là, en chemise de nuit...

Gabrielle croisa les bras sur sa poitrine, prenant conscience de sa quasi-nudité. Mais la vision de sa sœur ne la quittait pas.

— Vous l'avez vue, Isaure. Elle était là, devant moi. Elle courait, alors je l'ai suivie...

Antoine l'enveloppa de ses bras.

— Elle est toujours avec vous, comme elle est aussi avec moi. Moi aussi je la vois, moi aussi je l'entends. Elle vous manque, c'est tout. Calmez-vous.

Gabrielle releva la tête, comme pour lui demander protection.

— Comment voulez-vous que je me calme ? Je la vois partout, les livres qu'elle lisait apparaissent et disparaissent. Même son chat est revenu...

— Chester ?

— Oh ! ne vous moquez pas de moi ! Je l'ai vu. Vous devez me prendre pour une folle !

Sans répondre, Antoine accentua son étreinte. Il respira ses cheveux noirs, y appuya ses lèvres. Gabrielle se laissa faire un instant, puis se détacha brusquement. Elle le regarda avec égarement.

— Mais qu'est-ce qu'on est en train de faire ?

Et elle partit en courant tandis qu'Antoine la suivait des yeux sans essayer de la retenir.

Après une nuit sans sommeil, Gabrielle tentait de remettre de l'ordre dans ses idées tout en buvant son thé matinal. Les rites quotidiens du domaine Castella étaient bouleversés. Suzanne s'était fait servir son petit déjeuner dans sa chambre et Gabrielle se rendit compte qu'Éléna n'était pas descendue pour partager le repas avec elle. Les volets de sa chambre étaient ouverts, attestant de sa présence, mais elle évitait de rencontrer sa mère. Soudain, Gabrielle fut saisie de remords. Elle avait la chance d'avoir sa fille auprès d'elle et il lui semblait qu'elle ne profitait pas suffisamment de sa présence. Depuis leur conversation dans la chambre d'Isaure où elles s'étaient senties si proches, une distance s'était à nouveau établie entre elles. Bientôt Éléna serait adulte, elle quitterait définitivement la maison et sa mère aurait raté des moments d'intimité qui lui manqueraient plus tard. Ses pensées la conduisirent vers Jeanne Marange. Celle-ci ne pouvait plus espérer partager quoi que ce soit avec sa fille si ce n'est les souvenirs. Anaïs l'avait définitivement quittée et c'était inéluctable. Gabrielle frémit à l'idée de la douleur que devait endurer une mère devant la perte de sa fille. Elle commençait à entrevoir ce que Suzanne avait voulu lui dire. Les parents ne peuvent que survivre lorsqu'ils perdent un enfant. C'est une souffrance trop forte pour trouver encore l'énergie de vivre, de savourer les instants des saisons, des petits plaisirs quotidiens. Malgré toute la rancœur qu'elle éprouvait vis-à-vis de sa mère, Gabrielle, émue à l'évocation de cette douleur qu'elle pressentait, rentra dans la maison pour la chercher. Suzanne était dans le salon, astiquant un vase en argent. Elle n'accorda pas un regard à sa fille. La carapace s'était refermée sur cette femme dont l'orgueil prédominait sur toute émotion. Déstabilisée, Gabrielle fit quelques pas dans le salon et s'immobilisa devant le mur vide où une trace claire délimitait la place où avait été suspendu le tableau d'Isaure. Toutes ses bonnes résolutions de conciliation s'évanouirent.

— Qu'est-ce que tu as fait du tableau ? demanda-t-elle d'un ton acide.

Imperturbable, Suzanne continua à frotter le vase.

— Je l'ai prêté...

— Ah bon ! Mais à qui ?

— À l'école. Anna Fauve apprend aux enfants à peindre des paysages en ce moment. Ça sera un joli modèle, non ? Ils pourront même le garder, tiens, au point où on en est...

Gabrielle regarda sa mère avec horreur. À l'évidence, c'était la méchanceté qui l'aidait à survivre, pas l'amour de son prochain. Elle se planta devant Suzanne en secouant la tête.

— Décidément, je ne te comprends pas... Par exemple, pourquoi te donnes-tu tant de mal pour défendre Nicolas ?

— De quoi parles-tu ?

— C'est une vocation chez toi, de cacher la vérité ?

Suzanne ne pouvait pas nier plus longtemps l'évidence. Elle admit, doucereuse :

— Mais, ma chérie, je cherchais à te protéger !

Gabrielle fut clouée sur place. Aux yeux de sa mère, tous les moyens étaient permis pour préserver l'apparence d'un équilibre familial. À bout d'arguments, elle préféra sortir. Elle se dirigea vers son refuge favori, les allées bordées de vignes où personne ne viendrait l'accabler sous de nouveaux mensonges.

Suzanne rangea calmement le vase rutilant sur la grande table ovale de chêne. Elle s'apprêtait à y placer des roses fraîchement cueillies quand la porte s'ouvrit avec fracas.

Antoine, hors de lui, se précipita dans la pièce en vociférant :

— Qu'est-ce que vous êtes encore allée raconter aux flics ? Je sors du commissariat. Robin Keller est allé chercher de vieilles histoires de bagarre qui ne peuvent venir que de vous ! Pourquoi vous acharnez-vous contre moi ?

Suzanne le toisa avec mépris.

— Je ne comprends rien à vos délires, monsieur Marange.

— C'est ça, faites l'innocente. Mais vous ne vous lasserez donc jamais de nous pourrir la vie ? Après mon père et mon frère...

Suzanne se mit à rire. Elle laissa exhaler sa haine.

— Votre père n'a pas eu besoin de moi pour se pourrir la vie. Il vous avait, c'était bien suffisant !

Attiré par les éclats de voix, Nicolas fit irruption dans la pièce.

— Qu'est-ce qui se passe ? Et qui êtes-vous ?

Sur sa lancée, Antoine rétorqua :

— Et vous ? Je suppose que vous êtes Nicolas Aubry, celui qui vient agiter son chéquier sous le nez de mon frère pour qu'il abandonne notre propriété. Vous croyez que vous pouvez tout acheter ?

Suzanne siffla :

— Monsieur Marange, bientôt vous viendrez ici en rampant pour nous supplier...

Nicolas renchérit, moqueur :

— Tout comme votre frère a dû le faire pour me demander de racheter ses terres.

Hors de lui, Antoine attrapa Nicolas par le col.

— Je te ferai ravaler ces paroles, de gré ou de force !

Les deux hommes, fous de rage, se mirent à se battre. Nicolas hurla :

— Foutez le camp, vous m'entendez, foutez le camp !

Antoine lança un dernier coup de poing dans la figure de son adversaire et sortit en lançant :

— Je n'en ai pas fini avec vous, madame Castella...

Il roulait à vive allure dans l'allée qui menait à la grille lorsque Gabrielle apparut, sortant des vignes du domaine. Elle portait une robe en coton fleurie comme Isaure les aimait et son visage était mangé par ses grands yeux bleus dans lesquels se lisait la détresse la plus profonde. Elle se mit en travers de la route, le contraignant à s'arrêter. Elle s'approcha si près de la portière qu'Antoine se résolut à ouvrir. Surmontant sa gêne, elle murmura :

— Je voulais vous dire, pour cette nuit...

Antoine eut un sourire amer :

— Ne vous fatiguez pas. Occupez-vous plutôt de votre mari, je crois que je lui ai pété le nez... On n'a rien à faire ensemble. Regardez-vous, regardez-moi.

Sans l'écouter, Gabrielle se pencha vers lui et, impulsivement, l'embrassa. Il ne put résister et il l'étreignit, comme la veille. Ils restèrent un moment enlacés, s'embrassant sans retenue. Antoine fut le premier à reprendre ses esprits. Il se dégagea doucement et lui dit tristement :

— Qu'est-ce que vous espérez, Gabrielle ? Honnêtement, votre famille, j'en ai ma dose. Oubliez-moi, ça sera mieux pour tout le monde.

Il démarra, laissant Gabrielle au bord de la route, désemparée.

25

Le croissant de lune s'était un peu épaissi. Il projetait une faible lueur dans la chambre d'Alice. Celle-ci ne dormait pas. Attablée à son petit bureau, tirant la langue en signe de concentration, elle dessinait, à l'aide de ses feutres multicolores. Les feuilles s'entassaient à côté d'elle, alors qu'une fois de plus elle traçait la silhouette d'une jeune fille dont la longue robe était badigeonnée de traits carmin. Le vent se leva et Alice tendit l'oreille. Un murmure plaintif semblable à des pleurs bruissait depuis le lac. Alice posa ses stylos, se leva, ouvrit la porte-fenêtre qui donnait sur le jardin et s'enfonça dans la nuit.

Arrivée près du lac, elle ne fut pas surprise d'apercevoir, dans la pénombre, la silhouette d'Isaure, le visage luisant de larmes sous la lueur de la lune. La jeune fille lui sourit tristement et lui fit signe d'avancer dans l'eau.

Alice ôta ses chaussons, retroussa le bas de son pyjama et entra dans le lac. Elle avait de l'eau jusqu'à mi-chevilles lorsqu'elle aperçut un objet scintillant sur les fonds sableux. Elle se pencha et plongea la main dans l'eau. Elle en retira une petite clé un peu rouillée suspendue à une chaîne brisée.

Isaure continuait à pleurer, silencieusement. Alice tenta de la consoler.

— Tu sais, c'est pas grave. On peut sûrement la réparer. Tu veux que je te la donne ?

Sans prononcer une parole, la jeune fille tendit la main vers le chalet d'Antoine. Puis elle se retourna et se fondit dans les flots.

Alice monta l'escalier qui menait à la terrasse. Elle jeta un coup d'œil à l'intérieur de la maison par la fenêtre dont le volet était resté ouvert. Pas âme qui vive ! Alors elle déposa la petite clé sur la table de bois. Puis elle remit ses chaussons et, à petits pas pressés, elle retourna se coucher. Le vent avait soulevé les feuilles qu'elle avait dessinées et elles étaient maintenant éparpillées sur le sol comme un tapis de désolation.

Gabrielle, tout en empaquetant un livre, ne quittait pas Yann des yeux. Le jeune homme, toujours aussi hirsute et débraillé, était en conversation avec une cliente. Il paraissait énervé. La cliente aussi. Le ton monta.

— Enfin, jeune homme. Vous ne savez pas qui a écrit ces ouvrages admirables sur la marche à pied dans le désert mauritanien... Il est très connu, voyons !

Yann se mit à rire, provocant.

— J'ai lu *Le Crabe aux pinces d'or* quand j'étais petit, mais je ne crois pas que ça soit ça que vous cherchiez.

La cliente leva les yeux au ciel.

— Comment peut-on travailler dans une librairie et être aussi inculte...

Gabrielle s'approcha vivement d'elle.

— Je sais ce que vous désirez, madame. Je vais vous montrer ce que nous avons en rayon.

Yann partit vers la réserve et s'alluma une clope. Jamais il n'y arriverait ! Il se sentait plus bas que terre malgré ses airs bravaches. Gabrielle raccompagna la cliente à la porte. Voyant de la fumée s'échapper de l'arrière-boutique, elle se précipita.

— Mais qu'est-ce qu'il te prend ?

Yann, gêné, écrasa sa cigarette sous son talon.

— Écoutez, madame Aubry, je suis désolé, mais ça ne marchera jamais. Les bouquins, la culture, c'est pas mon truc. Vous perdez votre temps avec moi...

Gabrielle lui prit le bras, touchée par le désespoir du jeune homme.

— Voyons, Yann, je t'ai choisi parmi quinze garçons en réinsertion parce que j'ai tout de suite senti que je pouvais te faire confiance. Tu ne vas pas tout bousiller maintenant.

— Mais ça m'humilie. Moi, j'ai quitté l'école en troisième, j'ai déconné grave, et je me retrouve à faire le guignol devant des vieilles qui veulent suivre des mecs dans le désert !

Gabrielle sourit et l'entraîna dans le magasin. Attrapant un album dont la couverture était composée d'une photo de sable doré se découpant sur un ciel céruléen, elle le mit entre les mains de Yann.

— Pour ta gouverne, il s'agit de Théodore Monod, et c'est remarquable ce qu'il écrit. Tiens, je te le prête, et en plus il y a des images. Non, je plaisante ! Je n'ai aucunement l'intention de t'humilier. Allez, à demain ! conclut-elle en lui donnant une petite tape sur l'épaule.

Yann lui sourit, un peu honteux, et partit, le livre sous le bras.

Une fois seule Gabrielle perdit l'air assuré qu'elle avait affecté toute la journée. Depuis qu'elle avait quitté Antoine, elle ne pouvait le chasser de ses pensées. L'intermède avec Yann l'avait distraite un moment de son trouble, mais, maintenant qu'il était parti, elle avait l'impression de se débattre dans des sables mouvants. Elle décida de se raccrocher une fois de plus à celle qui était toujours son rocher, son point d'ancrage. Elle composa le numéro de Josépha. Celle-ci était encore à l'hôpital. Elle était de garde, mais Gabrielle pouvait venir. Il ne fallait pas perdre les bonnes habitudes...

Une heure plus tard, Gabrielle, couchée en chien de fusil sur le canapé de cuir du cabinet de Josépha, essayait de faire le point tout en évitant soigneusement, elle ne savait pourquoi, de parler d'Antoine. Son amie était allée quérir une bouteille de vin dans son placard et lui en versait un verre. Elle paraissait épuisée, sans ressort. Elle trempa ses lèvres dans le liquide violacé et grimaça.

— D'où tu sors ça ?

— C'est un patient qui voulait me remercier de lui avoir redonné la clé des songes...

Gabrielle retrouva le sourire pour remarquer.

— Eh bien, il a dû la reperdre ! Ça serait plutôt une vengeance. Fais-moi penser à te faire porter une caisse du vin du domaine. J'ai honte que ma meilleure amie en soit réduite à servir une piquette pareille !

Josépha le goûta à son tour.

— Mais il est très bon, ce vin. Tu vois tout en noir, tu ne me ferais pas une petite déprime, par hasard ?

Gabrielle se leva et regarda tristement par la fenêtre.

— Oh, y a vraiment pas de raison ! Tout s'écroule autour de moi : mon mari me trompe, ma mère me ment depuis des années, Anaïs est assassinée... Pourquoi veux-tu que je sois déprimée ?

Josépha proposa doucement.

— Écoute... tu pourrais peut-être prendre un petit calmant pendant quelques jours...

— Au moment où je me réveille enfin, tu voudrais m'assommer. Voyons, Josépha, ce n'est pas ça dont j'ai besoin !

Josépha n'hésita plus. Elle prit une clé dans son sac et la tendit à Gabrielle.

— Il faut que tu prennes l'air. Tu te souviens du petit mas que mon père avait restauré. Tu devrais y aller. Ça te permettra de faire le point, de respirer un peu, loin des tiens.

Gabrielle n'osait pas prendre la clé.

— Mais il y a Éléna, maman...

Josépha lui mit de force la clé dans la main.

— Arrête de penser aux autres. Pense à toi. Tu les préviens que tu vas prendre l'air, et c'est tout.

Gabrielle se laissa convaincre, mais implora :

— Tu ne veux pas venir avec moi ?

— Ce soir, je ne peux pas. On s'appelle demain, OK ?

Elles s'embrassèrent. Gabrielle se sentait un peu réconfortée. Il ne lui restait qu'une chose à faire : elle appela Éléna et laissa un message : « Chérie, je ne serai pas là ce soir. Je t'expliquerai. Bisous. »

Lorsque Éléna entendit le message de sa mère, elle ne se posa aucune question, elle y vit surtout une aubaine de retrouver son amoureux sans avoir à inventer un prétexte. Elle l'appela sur son portable et ils se donnèrent rendez-vous dans le petit palais aux bougies, derrière les palissades. Elle allait enfin pouvoir partager le secret qui lui pesait depuis qu'elle avait utilisé le test de grossesse... Elle aurait aimé en parler à sa mère, mais celle-ci paraissait si lointaine, inabordable qu'elle avait renoncé à se confier à elle.

Elle arriva la première et entreprenait d'allumer les bougies quand Yann surgit derrière elle et l'embrassa dans le cou. Elle sursauta et porta la main à sa bouche, saisie d'un haut-le-cœur.

Yann se mit à rire.

— C'est tout l'effet que je te fais ?

Éléna se retourna et le regarda droit dans les yeux.

— Non, Yann. Je suis enceinte.

Il marqua un temps d'arrêt et devint écarlate. Ses yeux s'emplirent de larmes et il murmura d'une voix tremblante.

— T'es sûre ? Mais c'est géant... T'es vraiment sûre ?

— Oui, j'ai fait le test.

Yann sauta de joie, l'entraînant dans un tourbillon.

— Tu te rends compte ? On va avoir un petit gars !

Éléna, étourdie, l'arrêta dans son élan.

— Et si c'est une fille ?

Yann prit l'air soucieux.

— Bon, allez, on la prendra quand même... Même si les filles, c'est un peu des chieuses !

Éléna se sentait au comble du bonheur. Elle avait tellement appréhendé la réaction de Yann, et celle-ci dépassait ses espérances. Néanmoins elle s'inquiéta :

— Comment on va faire ?

Yann se mit à genoux devant la jeune fille.

— Eh bien, on va faire comme tout le monde ! On va se débrouiller. Je vais bosser comme un dingue... Fais-moi confiance pour une fois, toi, fais-moi confiance... On m'a jamais fait confiance...

Il attira Éléna à lui et ils s'étendirent sur le matelas parsemé de pétales de roses séchés. Il souleva son tee-shirt et posa sa tête sur son ventre en le caressant doucement. Au milieu des bougies à demi consumées, ils paraissaient deux enfants perdus dans une île, loin du monde, emplis d'une félicité que rien ne pouvait altérer.

26

Robin sortit les documents de la photocopieuse. Il avait enfin un prétexte pour revoir Anna. Il relut le protocole de recherche pour les accouchements sous X qu'il avait déniché dans ses archives. Anna serait contente de lui. Il pourrait peut-être monnayer les photocopies contre une promesse de dîner. Ce qui, au début, était une plaisanterie était devenu pour lui une envie obsédante. Il admirait la jeune institutrice pour sa droiture envers son fiancé, mais il rêvait qu'elle s'en départe à son profit... Il consulta sa montre. L'heure de sortie de l'école était passée, ce qui lui éviterait de se trouver nez à nez avec Alexandra. C'était le bon moment pour rencontrer Anna seul à seule.

Lorsqu'il arriva devant l'école, Anna traversait la cour en courant. Avec un large sourire, il lui tendit le dossier et commença :

— J'ai fait des recherches pour ce que vous m'avez demandé...

Anna l'interrompit.

— Excusez-moi, on vient de m'appeler de l'hôpital. Ma mère a eu un malaise, elle est en réanimation.

Robin n'hésita pas une seconde.

— Je vous accompagne.

Ils s'engouffrèrent dans la voiture et Robin enclencha la sirène. Au moment où il déboîtait, Guillaume se gara devant l'école. Il les regarda passer, n'en croyant pas ses yeux. Comment sa fiancée pouvait-elle avoir oublié qu'il venait la chercher pour l'emmener à l'hôpital ? À moins que l'état de sa future belle-mère ne se soit aggravé depuis qu'Anna l'avait appelé. Mais que faisait ce flic avec elle ? Il resta un instant interloqué avant de redémarrer.

Anna pleurait silencieusement en regardant sa mère à travers la vitre. Celle-ci paraissait inconsciente. On lui avait branché une multitude d'appareils et elle respirait grâce à un masque à oxygène. Robin l'entraîna vers la salle d'attente. Anna se cacha le visage dans ses mains en murmurant :

— C'est de ma faute, tout est de ma faute...

Robin lui tendit un mouchoir et, tentant de la calmer, il demanda :

— Cet ami qui faisait des recherches... c'est vous, n'est-ce pas ?

Anna se moucha.

— Oui... J'ai découvert par hasard que j'avais été adoptée... J'en ai parlé à ma mère, je lui ai posé des questions, et voilà le résultat.

Robin tourna la tête en direction de Mme Fauve.

— Seulement, vous n'aviez pas le choix. Il fallait que vous le lui demandiez.

Anna se sentit soulagée que quelqu'un partage enfin ses angoisses.

— Oui, c'était une question...

Robin compléta :

— De survie...

— Oui. Il faut absolument que je sache. Mais je n'ai aucun indice, aucun détail...

— Commencez par la maternité où vous avez été déclarée. Ils sont tenus par le secret médical, mais si vous obtenez le nom des femmes qui ont accouché ce jour-là, je vous aiderai à retrouver leur trace.

Anna leva vers lui un regard interrogateur.

— Pourquoi faites-vous tout ça pour moi ?

— Mon père a disparu lorsque j'avais dix ans et je n'ai plus jamais eu de signe de lui. Je n'ai jamais eu le courage de le chercher. Vous savez, les circonstances étaient différentes, il battait ma mère et je ne suis pas sûr d'avoir envie de le revoir. Mais je vous comprends... Malgré tout, parfois, il me manque...

Sa voix s'étrangla dans sa gorge. Anna lui saisit la main au vol. Ils restèrent un moment silencieux, puis Robin déposa un baiser au creux du poignet de la jeune fille en murmurant :

— Merci. Merci pour ce moment...

Incapable de poursuivre, il se leva et se dirigea vers l'ascenseur. La porte s'ouvrit et Guillaume en sortit. Ils se croisèrent du regard sans échanger un mot.

Robin sortit à pas lents de l'hôpital, plongé dans ses souvenirs. En les évoquant, il avait ravivé une douleur latente qu'il tentait habituellement de garder enfouie au fond de lui, mais la partager avec Anna l'avait rapproché d'elle et il en éprouvait un bonheur qu'il ne s'expliquait pas.

Il rejoignit à petite allure le commissariat et s'enferma dans son bureau. Quelqu'un frappa timidement à la porte. C'était Jeanne Marange. Les traits tirés, des cernes bleus soulignant ses yeux rougis, elle s'approcha et lui tendit un petit carnet fermé d'un ruban et orné d'un grand A calligraphié.

— Vous m'avez demandé de chercher dans les affaires de ma fille. Voilà, j'ai trouvé ça. C'est son journal intime.

— Vous l'avez lu ?

Jeanne secoua la tête.

— Je n'ai pas eu le courage. Je n'aurais jamais fait une chose pareille si elle était encore en vie, vous comprenez. Alors je ne veux pas la trahir maintenant qu'elle n'est plus là... Je vous en prie, ne parlez pas de ce carnet à mon mari. Il ne le supporterait pas.

Devant tant de détresse, Robin ne trouvait pas les mots. Il la raccompagna à la porte en bredouillant :

— Merci de votre confiance. Cela nous aidera peut-être à trouver le meurtrier. Je vous avertirai dès que j'aurai du nouveau.

Une fois la porte refermée, Robin s'assit près de la fenêtre. Il tournait et retournait le calepin entre ses mains. Il éprouvait des scrupules à violer l'intimité de la jeune fille, mais il pressentait que ce petit carnet allait le mettre sur une nouvelle piste. Il se décida à dénouer le ruban et commença à feuilleter le journal d'Anaïs. Un nom revenait sans relâche. Il lut :

Nicolas... Nicolas... Je n'arrive pas à faire autre chose que penser à toi. Aujourd'hui, tu m'as regardée et j'ai vu dans tes yeux le désir... Quand vas-tu me prendre dans tes bras ? J'ai envie que tu me portes et que tu m'emmènes... loin, très loin...

Le jour baissait et Robin continuait sa lecture. Il alluma le néon qui répandit sa lueur blafarde dans la pièce. Plus il avançait dans sa lecture, plus une conviction s'ancrait en lui :

Plus ça va, plus je sens que t'en peux plus, mon Nicolas, tu craques grave pour moi... La chaleur de ta main sur ma peau quand tu m'as aidée à retirer mon casque, ton trouble quand je t'ai offert une mèche de mes cheveux.... Je suis sûre que tu l'as respirée, pour me sentir en toi, mon amour... Je sais que tu attends que je fasse le premier pas. Demain..., je me lance...

Ce dernier paragraphe était daté de la veille de la mort d'Anaïs. Robin referma le carnet. Il fallait qu'il réfléchisse. Il ouvrit un tiroir de son bureau et jeta dedans le petit calepin. Il atterrit sur le paquet de photos que lui avait apporté son avocat. Machinalement, il s'en saisit et y jeta un coup d'œil. Il crut rêver : après les photos d'Alexandra et Nicolas enlacés devant l'agence de son ex-femme, les suivantes le laissèrent cloué sur place. Dans la pénombre, sur une route de campagne, Nicolas ouvrait la portière de sa voiture à une jeune fille aux longs cheveux que Robin reconnut sans peine. Puis une dernière photo : Anaïs assise dans la voiture, à côté de Nicolas.

Robin laissa retomber le paquet de photos sur la table. Désormais, le doute n'était plus possible. Il fallait maintenant qu'il attende l'aube pour arrêter Nicolas Aubry.

Sans pressentir le moins du monde le cataclysme qui allait s'abattre sur sa famille, Gabrielle conduisait prudemment, cherchant son chemin pour atteindre le petit mas du père de Josépha. Elle consulta la carte. Elle s'était égarée. Pourtant, il était tout proche, mais elle avait pris une mauvaise direction. Le plus simple était de repartir du lac d'où elle trouverait un chemin qui menait directement à sa destination. Elle manœuvra et reprit la route du lac. Marchant sur le bas-côté, elle aperçut une silhouette qu'elle identifia immédiatement. Antoine se retourna et lui fit signe. La raison aurait voulu qu'elle accélère, mais, bien au contraire, elle freina et s'arrêta. Antoine s'assit à côté d'elle. Il lui prit la main.

— Notre ange gardien doit veiller sur nous. Je vous cherchais pour m'excuser. Je me suis conduit comme un vrai con...

Gabrielle retira sa main, le feu aux joues.

— Mais non, vous aviez raison, on n'a rien à faire ensemble.

Antoine ébaucha un geste pour ouvrir la portière. Il regarda Gabrielle et ce qu'il lut dans ses yeux noyés, frangés de si longs cils qu'ils semblaient sans fond, lui fit retenir son bras. Il y avait tant de désarroi, d'appel au secours dans son regard bleu qui semblait perdu qu'il la prit dans ses bras. Gabrielle s'abandonna. Il lui semblait qu'elle avait touché le port après toutes ces turbulences. Ils s'embrassèrent à perdre haleine, comme s'il fallait rattraper en cet instant toutes les années qu'ils avaient perdues. Au bout d'un moment, elle redémarra et, sans un mot, ils se dirigèrent vers le petit mas.

Robin dormit sur le canapé de son bureau. Dès l'aube il partit chez les Castella, en compagnie de deux gendarmes. La maison s'éveillait quand la voiture se gara devant la porte.

Robin dut frapper un long moment avant que Nicolas, ébouriffé, lui ouvrît. Robin lui montra son mandat et prononça :

— Nicolas Aubry, vous êtes en état d'arrestation.

Nicolas le regarda avec stupéfaction.

— Mais j'ai rien fait. C'est quoi ces conneries ?

Robin, impassible, poursuivit :

— Veuillez me suivre.

Dans l'état d'hébétude où il se trouvait, Nicolas ne s'étonna même pas de voir surgir sa fille, venant du jardin. Yann l'avait déposée à la lisière de la propriété et elle ne s'attendait pas à trouver tant de monde éveillé dans la maison. Elle se jeta dans les bras de son père.

— Papa, papa ! Qu'est-ce qui se passe ? Où est maman ?

— Je ne sais pas, elle n'est pas rentrée cette nuit. Ne t'en fais pas, ma chérie, c'est sûrement une erreur. Essaie de joindre ta mère, de la prévenir.

Robin lui passa les menottes.

— Monsieur Aubry, vous vous expliquerez plus tard. Pour l'instant, suivez-nous.

De ses mains entravées, Nicolas envoya un baiser à sa fille et suivit les flics précédés par Robin. Éléna les regarda partir, abasourdie. Il lui semblait vivre un cauchemar. C'est sûr, elle allait se réveiller, tout cela allait s'effacer. D'une main tremblante, elle composa le numéro de sa mère. Il sonna dans le vide. Où était-elle donc passée ? Il fallait qu'elle la trouve d'urgence. Elle était peut-être chez Josépha Beaulieu. Celle-ci répondit à la première sonnerie. Elle rassura Éléna :

— Je sais où est ta mère. Ne t'inquiète pas, je vais la prévenir.

Josépha attrapa une veste et partit en direction du mas.

Gabrielle ouvrit les yeux. Elle sentit le bras lourd d'Antoine qui lui barrait la poitrine. Depuis qu'ils s'étaient endormis, ils n'avaient pas bougé. Précautionneusement, elle souleva son bras et se coula hors du lit. Soudain elle eut froid et couvrit son corps nu de la chemise de son amant. Le tissu rêche la fit frissonner, tout comme hier, lorsqu'il l'avait dévêtue et serrée contre lui.

Elle ouvrit sans bruit la porte de la salle de bains. Le soleil entrait par la baie aux carreaux translucides qui donnait sur la pinède. Elle se regarda dans le miroir avec étonnement. La femme qu'elle voyait dans sa plénitude lui paraissait une étrangère. Elle fit glisser la chemise sur le sol tiède, tourna doucement le robinet de la douche et s'offrit au filet d'eau fraîche. Une main lui caressa l'épaule. Antoine se tenait derrière elle. Il effleura son cou d'un baiser. Elle se retourna et lui rendit ses caresses. Peu à peu, leur étreinte se fit plus violente. Ils avaient à nouveau soif l'un de l'autre. Antoine plaqua Gabrielle contre la paroi de la douche et murmura :

— Viens, ma belle, j'ai tellement envie de toi.

Tout à leur amour, ils n'entendirent pas le bruit d'un moteur qui s'éteignait devant la maison.

Josépha entra et s'arrêta, pétrifiée, en voyant la robe de Gabrielle gisant au milieu du salon, emmêlée au jean d'Antoine. Et, comme si le doute ne devait pas avoir sa place dans son esprit, le rire de celui-ci, venant de la salle de bains, acheva de lui transpercer le cœur. Elle s'appuya un instant au chambranle, le souffle court, sonnée, incapable de faire un geste. Puis, elle tourna les talons et sortit de la maison.

Les deux amants entendirent la porte claquer. Ils s'immobilisèrent, tendant l'oreille, à l'affût d'une présence dans la maison. Antoine fit signe à Gabrielle de ne pas faire de bruit et se saisit d'une serviette dont il ceignit ses reins. Sur le seuil, il eut juste le temps d'apercevoir la voiture de Josépha avant qu'elle disparaisse au bout du chemin. Gabrielle le rejoignit après avoir passé un peignoir. Elle demanda, inquiète :

— Alors, c'était qui ?

— Josépha.

— Qu'est-ce qu'elle voulait ?

— Je ne sais pas, je suis arrivé trop tard. Je n'ai vu que sa voiture...

Et, d'une voix insouciante, il ajouta en enlaçant Gabrielle :

— De toute façon, si c'était important, elle serait restée. On ferait mieux de poursuivre ce qu'on avait commencé...

Le soleil était déjà à son zénith quand Gabrielle se résolut à rentrer au domaine. Elle conduisait comme dans un rêve. Elle regardait ses vignes comme si c'était la première fois qu'elle les traversait. Il lui semblait qu'elle avait grandi, les arbres lui paraissaient moins imposants, la maison plus chaleureuse. Sa fille l'attendait devant la porte. Elle se précipita vers elle.

— Maman, où tu étais ? On t'a cherchée partout.

Gabrielle remarqua alors deux policiers sortant de la maison, chargés de cartons.

— Mais qu'est-ce qu'ils font ? Qu'est-ce qu'il se passe ?

Éléna se mit à pleurer.

— Papa a été arrêté. Il est au commissariat depuis ce matin.

Gabrielle eut l'impression d'atterrir lourdement sur le sol. Sa mère apparut sur le perron. Elle avait du mal à cacher sa satisfaction sous une expression de circonstance. Un sourire au coin des lèvres, elle précisa :

— Tout a été perquisitionné dans la maison. Ils ont embarqué les vêtements que ton mari portait le soir du meurtre pour les analyser...

Éléna gémit :

— C'est pas possible, ça peut pas être lui...

Sans un regard vers Suzanne, Gabrielle prit sa fille dans ses bras et lui murmura en l'entraînant vers la maison :

— Ne pleure pas, ma chérie. C'est sûrement une erreur. On va se battre, n'aie pas peur. Je vais tout de suite aller au commissariat.

Éléna se laissa faire sans résistance. Elle se sentait soulagée. Sa mère était enfin là, elle allait prendre les choses en main.

Elle n'aurait pas été aussi sûre d'elle si elle avait pu assister à la scène qui se déroulait dans le bureau de Robin. Il avait enlevé les menottes de Nicolas qui regardait avec stupeur les photos étalées sur le bureau. Il n'avait mis que les clichés représentant Nicolas avec Alexandra. Celui-ci demanda d'une voix sourde :

— Vous me faites suivre, maintenant ! Qui a pris ces photos ?

— Un détective qu'a engagé mon avocat.

Nicolas le nargua.

— Je comprends : vous êtes jaloux et vous me faites payer le fait que je vous ai volé votre femme. Ça n'est pas joli, joli, monsieur Keller !

Robin secoua la tête.

— Non, détrompez-vous, c'est juste une arme dans notre bataille pour notre divorce. Il paraît que les secrets d'alcôve sont payants dans ces cas-là. C'est Alice, ma petite fille, qui en est l'enjeu. Sinon, vous pouvez vous taper Alexandra comme bon vous semble, ça m'est complètement indifférent. D'ailleurs, je crois bien que je suis amoureux de quelqu'un d'autre.

— Alors, pourquoi me montrez-vous ces photos ?

Robin sortit le second paquet de clichés.

— Eh bien, monsieur Aubry, quelquefois, dans les enquêtes, il se produit des miracles. Le photographe ne vous a pas lâché après votre petit intermède avec Alexandra. Et voici le résultat. Je trouve que vous avez une santé étonnante !

Il déposa les photos de Nicolas en compagnie d'Anaïs, près du lac.

Celui-ci blêmit. Une minute plus tôt, c'était encore le seigneur du domaine Castella qui demandait des comptes avec arrogance. Maintenant, il n'était plus qu'un accusé qui cherchait à se justifier. Il bredouilla :

— Je suis tombé par hasard sur Anaïs en rentrant au domaine. Elle était en panne de scooter et je l'ai aidée...

— Pourquoi n'avez-vous pas parlé de cette rencontre ?

— Parce que j'avais peur...

Robin le regarda fixement en sortant le petit carnet d'Anaïs de son tiroir.

— Peur ! Et ça, ça vous fait quoi ?

Nicolas prit le calepin et, stupéfait, commença à lire les dernières pages.

Il s'exclama.

— Mais c'est un délire total, je ne l'ai même pas gardée, sa mèche de cheveux !

Robin, impassible, conseilla :

— Continuez, vous allez voir, c'est de plus en plus intéressant.

Abasourdi, Nicolas déchiffra : *Toi et moi, ça sera de la folie.* Il jeta le carnet sur la table et dit d'une voix étranglée :

— Mais il ne s'est absolument rien passé.

Robin sauta sur ses pieds.

— Rien ? Vous appelez « rien » le cadavre d'une jeune fille, monsieur Aubry ? Je vais être obligé de vous placer en garde à vue. Je crois que vous feriez bien de contacter votre avocat... Vous pouvez lui téléphoner maintenant, si vous le souhaitez.

D'une main tremblante, Nicolas prit le téléphone et composa le numéro de Gabrielle.

Celle-ci, surmontant son trouble, prit les choses en main. Elle appela leur avocat. Avant même qu'elle ait eu le temps de lui exposer la situation, Maître Loubet s'exclama :

— J'allais venir chez vous pour la réunion. Je représente Nicolas.

Gabrielle sursauta.

— Quelle réunion ?

— Ne vous tracassez pas. De toute façon, votre mère s'occupe de tout.

Gabrielle resta stupéfaite. Tant de choses se tramaient sans qu'elle soit mise au courant. Elle répliqua :

— Maître, passez me voir avant la réunion. Nicolas a besoin de vous et je vous expliquerai pourquoi. C'est grave et urgent. Ensuite, si besoin est, nous irons à la réunion ensemble.

Lorsque Gabrielle entra dans le salon en compagnie de Maître Loubet, Suzanne la regarda d'un air interrogateur. Elle s'installa entre le chargé de compte de leur banque et le responsable de la gestion du domaine. Ils étaient en train d'éplucher les comptes, et ceux-ci n'étaient pas brillants. Manifestement, la situation était grave. Le banquier s'adressa à Suzanne :

— Votre gendre s'est engagé dans des frais disproportionnés avec les recettes du domaine. De plus, j'ai entendu dire qu'il a quelques démêlés avec la justice...

Suzanne se fit tout miel :

— Oh, vous savez, mon gendre est victime de rumeurs non fondées. Il sera bientôt blanchi. Ce qu'il nous faut, c'est un peu d'argent pour nous remettre à flot. Nos investissements renfloueront bientôt notre déficit. Nous avons toujours fait face à nos engagements.

Gabrielle l'interrompit.

— Si je vous suis bien, il faudrait encore emprunter ?

Le banquier acquiesça :

— Oui. Mais nous vous avons toujours été fidèles. Nous vous accorderions des taux raisonnables.

— Et nous nous enfoncerions encore plus dans l'endettement... C'est hors de question.

Suzanne regarda sa fille, balançant entre la stupéfaction et l'agacement.

— Mais qu'est-ce que tu connais aux affaires ? Depuis quand te mêles-tu de la gestion du domaine ?

Gabrielle se redressa.

— Depuis aujourd'hui. N'oublie pas que nous sommes à moitié moitié dans nos parts. Il me semble que j'ai droit au chapitre, même si tu ne m'y as jamais conviée.

Suzanne leva la main pour la retenir tandis que le banquier et le comptable échangeaient des regards consternés. Mais Gabrielle était lancée et elle avait décidé d'aller jusqu'au bout.

— Je crois que, plutôt que d'acheter, il serait plus raisonnable de mettre en vente le domaine.

Suzanne tenta de la fléchir.

— Mais enfin, Gabrielle, c'est le berceau de notre famille !

Gabrielle éclata de rire et, ouvrant la porte, lança :

— Notre famille ! Mais de quoi parles-tu ? Il n'y a plus de famille et tu es la seule à ne pas le voir !

À ces mots, elle sortit, laissant l'assemblée pantoise.

Gabrielle se sentait libérée d'un grand poids. Pour la première fois, elle avait pris la parole, n'avait pas été à la traîne de sa mère. Certes, elle l'avait provoquée en parlant de la vente du domaine. Mais, tout en restant attachée à cette terre, à cette maison qui l'avait vue naître, il lui semblait que, dans sa nouvelle vie, le plus important n'était pas là. Et cette nouvelle vie était désormais indissociable de celle d'Antoine. Elle sauta dans sa voiture pour aller le rejoindre. Il fallait qu'elle lui raconte son coup d'éclat.

Antoine faisait les cent pas sur la terrasse surplombant le lac. Les chênes bruissaient au vent, apportant un peu de fraîcheur à cette journée que le soleil menaçait de plomber. Soudain, il vit scintiller quelque chose sous le banc. Il se baissa et aperçut la petite clé qu'Alice avait déposée quelques heures plus tôt. Il la reconnut tout de suite. Isaure ne s'en séparait jamais. Depuis qu'il la lui avait donnée, elle était toujours suspendue à la chaîne qui était maintenant brisée et gisait à côté de la clé. Antoine les ramassa au moment où Gabrielle arrivait. Il était tellement plongé dans ses souvenirs qu'il la regarda un instant d'un air égaré. Elle se jeta dans ses bras. Ils se retrouvèrent comme s'ils ne s'étaient pas quittés pendant quelques heures. À mots hachés, la jeune femme lui raconta l'arrestation de Nicolas, la réunion... Entrelaçant ses doigts à ceux d'Antoine, elle murmura :

— Et si on larguait tout ? Si on partait loin, tous les deux ?

Antoine lui sourit et, alors qu'il allait répondre, Gabrielle sentit la clé dans le creux de la main de son amant. Elle la regarda avec surprise.

— Qu'est-ce que c'est que ça ?

— Je viens de la trouver sur la terrasse. Isaure la portait toujours à son cou. Tu ne t'en souviens pas ?

— J'avais six ans, Antoine ! C'est sa chaîne, tu en es sûr ?

Antoine sourit, un peu embarrassé.

— Je la lui avais donnée. Je ne peux pas me tromper.

Gabrielle examina la clé un peu rouillée.

— Tu sais comment elle est arrivée là ?

Antoine secoua la tête.

— Non, je pensais que tu en saurais plus. Je me demande comment elle a pu atterrir sur la terrasse. Je suis sûr qu'elle n'y était pas hier. Ça ne serait pas ta mère par hasard ?

Gabrielle hocha la tête.

— Non, ça n'a pas de sens. En plus, depuis ce matin, elle a eu autre chose à penser !

— Alors qui ? Cette clé n'est pas venue ici toute seule !

Gabrielle regarda pensivement le lac. L'onde se mouvait doucement, au rythme de la cascade. Elle détourna les yeux et les leva vers son amant.

— Tu vas me prendre pour une dingue... Si c'était Isaure ?

— Quoi ?

Les mots se bousculaient dans la bouche de Gabrielle.

— Depuis que j'ai ouvert la porte de sa chambre, j'ai l'impression qu'elle est là. Éléna entend des bruits, les livres changent de place, son chat revient.

— Ça ne peut pas être son chat !

— Non, mais il a le même pelage, cette petite fille, Alice, l'appelle Chester... Par moments, j'ai l'impression que ma sœur est à côté de moi. J'ai peur de devenir folle...

Antoine lui caressa la joue.

— Calme-toi. Ce ne sont que des coïncidences.

Gabrielle brandit la clé.

— Et ça aussi c'est une coïncidence. Non, elle n'est pas tombée du ciel. Elle veut nous dire quelque chose. C'est à nous de chercher. Tu trouves ça normal, toi, qu'Anaïs ait été assassinée à l'endroit où Isaure est morte, et en plus vêtue d'une de ses robes... Antoine, tu sais ce qu'on raconte sur les gens qui sont morts dans des circonstances étranges. Ils essaient de donner des signes. Maintenant, j'en suis sûre, ma sœur a été tuée. Comme Anaïs. Il faut que je découvre la vérité.

Antoine l'étreignit, sans mot dire. Lui aussi sentait qu'ils n'étaient pas seuls. Isaure veillait sur eux d'où elle était désormais. Mais il n'était pas sûr de vouloir connaître ce qui s'était réellement passé. Il avait surtout envie de tourner la page, de commencer une nouvelle vie. Néanmoins, pour apaiser Gabrielle, il lui promit d'appeler Robin et de lui parler de la clé, de tous ces phénomènes inexplicables qui se produisaient autour d'eux. Il devait y avoir, dans les archives du commissariat, une trace de l'enquête qui avait été menée au moment de la mort d'Isaure. Au moins, ils auraient des précisions sur les circonstances de la noyade.

27

Anna regardait la clinique des Glycines sans oser y entrer. Elle y était née plus de vingt ans plus tôt et elle était saisie d'angoisse à l'idée de franchir ce seuil qui, peut-être, allait la conduire à une vérité qu'elle espérait et redoutait tout à la fois.

Une jeune fille en blouse amidonnée, assise devant un ordinateur, lui sourit lorsqu'elle entra.

— Vous désirez, mademoiselle ?

Anna, rouge comme un coquelicot, lui expliqua confusément ce qu'elle cherchait.

La jeune fille partit aux archives chercher un registre qu'elle feuilleta pour trouver le nom des mamans qui avaient accouché ce jour-là. Elle suivait du doigt les listes. Elle demanda.

— Vous m'avez bien dit Fauve ?

— Oui, Josiane Fauve.

— Il n'y a personne de ce nom-là.

Cela n'étonna pas Anna qui se pencha sur le comptoir.

— Je sais que normalement ça ne se fait pas, mais pourriez-vous me donner la liste des personnes qui ont accouché à cette date.

Une femme plus âgée qui n'avait rien perdu de la conversation intervint :

— Charlotte, vous savez que c'est interdit par le règlement. C'est une atteinte à la vie privée et nous n'avons pas le droit de communiquer ce genre de renseignement.

La jeune fille regarda Anna, l'air confus.

— Je suis désolée. Vous voyez, je ne peux rien pour vous.

Anna se retint de pleurer. Elle chuchota :

— Écoutez, je vais me marier... et je ne sais même pas qui est ma vraie mère. Et vous avez peut-être la réponse sur ce registre. S'il vous plaît, laissez-moi le regarder.

La jeune fille, sentant le regard de sa collègue peser sur sa nuque, ferma à regret le registre et souffla :

— Pardonnez-moi, mais je ne puis enfreindre le règlement. Je risquerais ma place !

Anna s'inclina et partit, désespérée, vers le parking.

Elle mit le contact et, au moment où elle allait démarrer, elle vit Charlotte courir vers elle, un petit papier à la main. Anna baissa sa vitre et le papier atterrit sur ses genoux. La jeune hôtesse murmura :

— Surtout, ne dites rien, je serais renvoyée. Mais vous allez vous marier, je ne voudrais pas gâcher un si beau jour.

Elle s'enfuit pendant qu'Anna lisait la liste griffonnée. Il y avait cinq noms, sans adresse. Elle pensa, non sans un certain plaisir, qu'une fois encore elle aurait besoin de l'aide de Robin.

Celui-ci était, pour l'heure, aux prises avec Alexandra. Elle avait déboulé dans son bureau, toutes griffes dehors. Sans même le saluer, elle hurla :

— Il est où ? Je veux le voir.

Robin la fit asseoir et tenta de la calmer.

— Allons, c'est pas la peine de t'énerver. Je vais t'expliquer...

Son calme fit sortir Alexandra de ses gonds.

— À quoi tu joues, Robin ? Qu'est-ce que tu veux faire payer à Nicolas ? Ça te fait flipper qu'on soit ensemble ?

Elle avait atteint son but. Robin perdit son sang-froid. Il lui mit les photos sous le nez.

— Arrête de ramener tout à toi. Il n'était pas qu'avec toi sur ces photos. Et il n'y a pas que ça... Je mène une enquête criminelle, bordel !

Alexandra ne baissa pas les armes.

— Mais il est innocent. Je suis au courant pour cette fille. Il a juste essayé de la dépanner. Mais toi, tu essaies de me faire chier par tous les moyens parce qu'il me saute, et ça tu ne le digères pas.

Hors de lui, Robin l'attrapa par le bras. Elle le nargua.

— C'est ça, frappe-moi maintenant. Tu en crèves d'envie. Comme ton père... Les chiens ne font pas des chats.

Il la lâcha et lui hurla au visage.

— Non, je ne vais pas te frapper. Mais tu le mériterais. Tu ferais mieux de t'occuper d'Alice. Ça me semble plus important que ton amant !

— Tu vois, tu en parles encore. Tu ne peux pas l'encaisser.

À bout de nerfs, Robin donna un coup de pied dans une corbeille à papier. Il vociféra :

— Je me moque de tes amants. Tu peux les collectionner, je n'en ai rien à foutre. Et si tu veux savoir, je suis amoureux, donc tu fais ce que tu veux, sauf pour une chose : la garde d'Alice. Pour ça, je me battrai jusqu'au bout. Mets-toi ça dans la tête.

Alexandra, à bout d'arguments, sortit et claqua la porte du commissariat devant les flics abasourdis.

Une fois rentrée dans sa voiture, elle reprit son souffle. Robin allait le payer. Jamais elle ne le laisserait agir à sa guise. Elle composa le numéro de son avocat sur son portable.

— Maître, excusez-moi de vous déranger mais je sors du bureau de mon mari. Nous nous sommes disputés et il m'a frappée... Oui, vous savez, il a des antécédents. Son père était violent. Il battait sa femme et je m'aperçois que Robin, comme son père, est incapable de se dominer. J'ai peur pour ma fille... Que dois-je faire ?... Un certificat médical ? Bon, je vais m'en occuper.

Elle replia son portable en souriant. Robin allait perdre la guerre.

Elle vit soudain l'heure sur la montre de la voiture. Elle n'avait que le temps d'aller chercher Alice à la sortie de l'école. Celle-ci l'attendait dans la cour, jouant à la marelle. Elle avait lancé un petit caillou, avec précision, vers le ciel et sautillait d'un carré à l'autre pour finir la partie. Elle se pencha vers le petit galet, le saisit et se redressa en criant à sa mère :

— J'ai gagné ! J'ai atteint le ciel !

Alexandra serra sa petite fille dans ses bras. Elle lui était encore plus chère après cette journée tourmentée. Elle était prête à tout pour la garder.

Elles rentrèrent à la maison main dans la main. Tandis qu'Alice mettait la table et l'ornait de petites fleurs qu'elle avait dessinées et découpées, Alexandra prépara un dîner de fête, couronné d'une tarte aux fraises qu'Alice arrosa généreusement de crème Chantilly. Bientôt la petite fille se frotta les yeux et sa mère alla la border dans son lit après avoir installé ses peluches préférées autour de l'oreiller : un lapin au gilet rutilant et un petit chat roux tigré aux yeux rieurs. Elle ferma la porte-fenêtre, laissa une toute petite veilleuse allumée et sortit sans bruit.

Alexandra se coucha aussitôt. La journée avait été fertile en événements et elle aspirait au repos. Quelques instants plus tard, comme sa fille, elle dormait à poings fermés.

Les notes d'une comptine lui firent entrouvrir les yeux. Une petite voix chantait :

Aux marches du palais, aux marches du palais, y a une tant belle fille, lon la, y a une tant belle fille...

Alexandra reconnut la voix d'Alice. Elle s'assit sur son lit.

Elle a tant d'amoureux, elle a tant d'amoureux, qu'elle ne sait lequel prendre, lon la, qu'elle ne sait lequel prendre...

Alexandra se leva et entra, sur la pointe des pieds, dans la chambre de sa fille. La fenêtre était grande ouverte, les rideaux volaient au vent, et Alice, les couvertures rabattues sur ses pieds, dormait paisiblement tout en chantonnant :

C'est un p'tit cordonnier, c'est un p'tit cordonnier, qu'a eu sa préférence lon la, qu'a eu sa préférence...

Alexandra s'approcha du lit pour recouvrir sa fille. Des petits grains de quartz parsemaient le drap. Se penchant, elle s'aperçut qu'Alice avait les pieds pleins de sable. Ceux-ci avaient laissé des traces sur le sol, jusqu'à la porte-fenêtre qu'Alexandra referma. Elle déposa un baiser sur le front de sa fille et sortit lentement.

Elle ne parvint pas à retrouver le sommeil. Elle marchait en long et en large dans sa chambre, essayant de trouver une explication rationnelle au comportement de sa fille. Comment ce sable était-il arrivé là ? Elle ne s'était pas réveillée, et pourtant... Troublée, elle ouvrit sa fenêtre. Le vent était tombé, mais, au loin, en direction du lac, elle entendit une voix fredonner :

La belle, si tu voulais, la belle si tu voulais, nous dormirions ensemble, lon la, nous dormirions ensemble...

Dans le mitan du lit, la rivière est profonde lon la, la rivière est profonde...

Emplie d'inquiétude. Alexandra referma la croisée et tira les rideaux. La lune continua cependant à éclairer son visage cependant qu'elle essayait vainement de trouver le repos.

28

Suzanne revenait du jardin, une brassée de roses blanches serrée contre elle. Elle comptait profiter de la fraîcheur matinale pour les porter sur la tombe d'Isaure. Elle décrochait un large chapeau de paille du porte-manteau lorsqu'elle entendit marcher au premier étage. Posant les fleurs sur le guéridon de marbre, elle monta l'escalier avec difficulté. Elle se sentait si lasse. Il lui semblait que toutes les années qu'elle avait passées à maintenir le domaine contre vents et marées pesaient maintenant sur ses épaules d'une façon insupportable. La porte de la chambre d'Isaure était entrebâillée. Elle la poussa et découvrit Gabrielle fouillant dans les affaires de sa sœur. Elle trônait au milieu de cahiers, de dessins d'Isaure, épars sur le sol. Suzanne eut un haut-le-corps en voyant l'intimité de sa fille violée. Elle apostropha violemment Gabrielle :

— Qu'est-ce que tu es encore en train de faire ?

Gabrielle ne se laissa pas impressionner. Elle affronta sa mère :

— Je cherche à comprendre ce qui est réellement arrivé à Isaure. Et si elle ne s'était pas suicidée ? Est-ce que ça te dit quelque chose ? ajouta-t-elle en brandissant la clé et la chaîne brisée.

— Non, rien. À qui est-ce ?

Le calme apparent de Suzanne acheva de mettre sa fille hors d'elle. Elle attrapa une photo d'Isaure qu'elle lui mit sous le nez.

— Regarde ça. Isaure la portait tout le temps. Que je ne m'en souvienne pas, moi, c'est logique, j'étais toute petite. Mais toi... Tu te fous de moi !

Suzanne resta sur ses positions.

— Non, je vois bien que c'est un bijou, mais je ne m'en souviens pas. Où veux-tu en venir ?

— C'est un bijou tout à fait banal. Après vingt-cinq ans d'absence, il refait surface sur la terrasse du chalet d'Antoine Marange... Tout est normal.

Suzanne rassembla ses dernières forces pour résister à sa fille. Blême, elle répliqua.

— Cet Antoine Marange, qu'est-ce qu'il t'a encore mis dans la tête ?

Au comble de l'exaspération, Gabrielle attrapa sa mère par le col et la secoua sans ménagements.

— Change de disque, s'il te plaît. Ouvre les yeux... bon sang... Anaïs a été assassinée dans la robe d'Isaure, à l'endroit où elle est morte. Tu trouves ça normal ? Je suis sûre que tu me caches quelque chose ! Parle, je t'en prie, parle. On ne peut pas vivre toute notre vie dans les non-dits.

Suzanne vacilla. Elle leva la main vers son front. Gabrielle la lâcha, un peu honteuse de son emportement. Sa mère balbutia.

— Je ne me sens pas bien, Gabrielle. Tu ne te rends pas compte. Je suis à bout...

Gabrielle ne voulut pas rendre les armes. Sa mère s'était toujours montrée indestructible, elle devait encore employer une ruse pour l'émouvoir.

— Tu es un roc... Tu ne me fais pas pitié, maman. Tu prétends que tu es à bout, eh bien, moi aussi.

Suzanne la regarda, la physionomie pour une fois dépouillée de son arrogance. Sa fille l'ignora. Elle quitta la pièce, la petite clé serrée entre ses doigts tandis que sa mère se laissait tomber sur le lit d'Isaure.

Antoine était assis au bord du lac. Il ne pouvait détourner les yeux de ces flots qui lui avaient dérobé deux êtres qui lui étaient proches. La présence diffuse d'Isaure lui pesait. Tant qu'il était au loin, il y pensait comme à un être vivant qui lui manquait, mais il était sûr qu'il la retrouverait. C'était une sensation douce-amère qui l'avait accompagné pendant toutes ces années. Maintenant la cruauté de son absence s'alliait à celle, plus proche, de la mort de sa nièce. Il avait peu vu Anaïs, mais la souffrance de son frère le marquait dans sa chair.

Il se leva et se dirigea vers la maison qui l'avait vu naître. Celle-ci avait toujours cet aspect abandonné qui l'avait impressionné lors de son retour. Une herbe jaunâtre courait dans les allées et les massifs qui, jadis, croulaient sous les fleurs, attendaient en vain un arrosage qui les aurait régénérés. Antoine poussa la porte vermoulue et trouva son frère affairé à nettoyer une carabine. Il leva un œil morne vers son visiteur.

— Tu es au courant pour Nicolas Aubry ? Ça doit te faire plaisir, non ?

— Il est juste soupçonné, ne l'oublie pas...

Paul ferma sa carabine d'un coup sec.

— Justement... Avec tout le fric qu'il a, il va s'en tirer à coups d'avocat, mais moi, je ne le louperai pas !

Et il fit mine de viser avec son arme. Antoine s'interposa.

— T'es pas sérieux, là ?

— Tu veux que je te rappelle ce que ce salopard a fait à ma fille ?

Antoine fit un pas vers son frère.

— Paul, tu te souviens, il y a des années, tu m'as empêché de casser la gueule d'un mec qui m'avait piqué ma mob. Tu disais que la violence ne réglait rien. Tu te souviens...

Paul s'écroula sur une chaise en pleurant.

— Antoine, tu as raison. Je suis un con. Mais je me sens tellement seul. Jeanne souffre horriblement, elle se tait et je ne sais pas comment l'aider. Tu m'as manqué, tu sais.

Antoine mit la main sur son épaule.

— Toi aussi... Mais on s'est retrouvés. On va faire face ensemble ! Donne-moi cette arme, elle ne résout rien.

Vaincu, Paul lui tendit la carabine. Depuis un moment, Jeanne les observait depuis la cuisine attenante. Elle s'avança et ouvrit une armoire. Antoine y accrocha l'arme et la referma à clé. Les cheveux collés, le visage émacié, Jeanne n'était plus que l'ombre d'elle-même. Elle embrassa son beau-frère en murmurant.

— Merci. Je n'avais pas la force de lui parler. Vous savez, Antoine, je vois Anaïs partout. J'ai l'impression qu'elle va surgir sur son scooter, que tout ça n'est qu'un cauchemar.

» Et demain on va l'enterrer... Comment allons-nous supporter cette dernière épreuve... Ma petite fille, sous terre.

Elle se mit à sangloter. Paul s'approcha d'elle et ils se tinrent embrassés, puisant dans l'autre la force qu'ils ne trouvaient pas en eux-mêmes. Antoine les entoura de ses bras. Il se sentait à nouveau membre d'une famille, certes unie par un malheur inhumain, mais qui était SA famille.

29

Éléna regarda précautionneusement à l'intérieur de la librairie. Sa mère n'était pas là.

Yann venait d'ouvrir la boutique et rangeait des livres sur les étagères. Quand il aperçut la jeune fille, son visage s'éclaira. Sans se soucier d'être vus, ils se jetèrent dans les bras l'un de l'autre. Éléna gémit.

— Oh Yann, j'ai tellement peur pour papa ! Toi, tu sais ce que c'est la prison. C'est comme on raconte ?

— T'en fais pas, mon cœur. Pense plutôt à toi, à nous.

Éléna insista.

— Tu crois qu'il fait quoi, en ce moment ?

— Il fait comme les autres. Il attend la promenade. Et puis, il attend la nuit, que cette journée de merde se termine...

Éléna soupira.

— J'arrive pas à imaginer.

— Personne peut imaginer. Moi, je préfère penser à quelque chose de plus gai. Regarde, et surtout ne te moque pas de moi !

Il sortit une paire de petits chaussons de bébé de la poche de son blouson.

— J'en ai pris un rose et un bleu, comme ça je peux pas me gourer !

Éléna regarda Yann avec tendresse.

— Ce que tu peux être mignon ! Quand je pense qu'il y en a qui te prennent pour un gros dur ! Je t'aime, tu sais.

Ils s'embrassèrent, mais Yann reprit bientôt pied dans la réalité.

— Merde, ta mère m'a demandé de faire une course et elle va bientôt arriver. À ce soir, mon amour.

Ils se donnèrent un dernier baiser et il s'éclipsa sans voir Gabrielle, sur l'autre trottoir, qui les regardait avec effarement. Elle traversa lentement la rue et se planta devant sa fille, qui eut du mal à dissimuler sa gêne.

Yann enfilait son casque lorsqu'il se rendit compte qu'il avait oublié le paquet qu'il devait livrer. Se retournant, il vit Gabrielle et Éléna sur le pas de la porte. Depuis combien de temps sa patronne était-elle là ? Il fit la grimace. Il ne manquerait plus que ça, qu'elle nous ait vus, pensa-t-il. Mieux valait ne pas entamer les hostilités tout de suite. Il fit demi-tour et se dirigea vers la porte qui menait à la remise.

Gabrielle attrapa sa fille par le bras et alla droit au but.

— Qu'est-ce que tu fiches là ? Tu devrais être à ton cours de maths. Et en plus, qu'est-ce qui se passe avec Yann ? Ne nie pas, je vous ai vus...

Éléna protesta faiblement :

— Je croyais que tu l'aimais bien, qu'il était plein de charme et de bonne volonté...

— Oui, enfin, de là à ce que tu sortes avec lui. Il y a une petite différence... C'est un mec sympa, mais complètement paumé... N'oublie pas qu'il a fait de la prison...

Yann, tapi dans la remise, ne perdait pas une miette de la conversation, pendant qu'Éléna relevait :

— Comme papa !

Gabrielle haussa les épaules.

— Ne confonds pas tout. Ça n'a rien à voir... On ne sait jamais, il peut refaire des bêtises. Et puis, toi, tu dois entrer à la fac, vous n'avez pas le même avenir.

Éléna était déchirée entre le besoin de tout avouer à sa mère et la peur qu'elle lui inspirait. Ce fut cette dernière qui fut la plus forte. Elle choisit de ne pas faire de vagues :

— Oh, maman, je suis pas débile. Je sais tout ça. Mais de toute façon, ça n'a aucune importance. Y a rien entre Yann et moi, juste un petit flirt. Merde à la fin !

Gabrielle préféra la croire. Elle ajouta :

— Tu vois comment tu me parles ? Tu trouves qu'on n'a pas assez de problèmes comme ça pour qu'en plus on se dispute à propos de ce garçon ?

Éléna, de guerre lasse, approuva :

— Tu as raison, ça n'en vaut vraiment pas la peine.

Elle achevait à peine sa phrase qu'elle entendit la porte de la remise claquer. Elle pâlit et se précipita dans la rue au moment où Yann enfourchait sa moto.

Elle cria :

— Yann, attends !

Il tourna vers elle un visage décomposé, rabattit son casque et démarra en trombe, laissant Éléna désespérée sur le trottoir.

L'atmosphère de la prison glaça Gabrielle. Elle s'était préparée au choc, mais c'était au-delà de son imagination. Elle se laissa docilement fouiller et attendit Nicolas dans le parloir. Cela sentait tout à la fois la poussière, le renfermé et le détergent. Elle avait l'impression d'étouffer. Elle allait demander à sortir un moment quand elle entendit le bruit des verrous mal huilés qu'on ouvrait. Nicolas apparut, méconnaissable. Le beau gosse sûr de lui s'était métamorphosé en un pauvre type aux vêtements froissés, hirsute, qui semblait perdu. Il se précipita dans ses bras :

— Si tu savais comme c'est dur, ici.

Elle ne répondit pas à son étreinte et il la regarda avec étonnement. Elle aussi avait changé. Elle paraissait plus froide, plus assurée. Il s'écria :

— Tu ne me crois pas coupable, n'est-ce pas ! Pas toi !

Gabrielle recula et s'assit sur la chaise paillée qui faisait face à une petite table tachée de graisse. Elle dit, comme un peu lasse :

— Tu sais, je comprendrais très bien, Nicolas... Tu as pu perdre la tête avec cette gamine qui te tournait autour. Elle te provoquait, t'aguichait... À moi, tu peux tout dire... Tu ne risques rien...

Nicolas perdit ce qui lui restait d'assurance :

— Mais je te jure..., je te jure que je n'y suis pour rien ! J'ai déconné, c'est vrai, mais tu m'imagines une seconde en train de dézinguer une gamine ? Ici, c'est l'enfer, je suis l'enculé qui a tué une gamine... J'ai peur, Gabrielle, ils vont me faire la peau...

Gabrielle le vit avec stupéfaction se mettre à pleurer comme un gosse. Elle dit, comme si elle se parlait à elle-même :

— Comme tu as changé...

Nicolas se laissa tomber sur la chaise.

— Tu sais, je n'ai pas dormi de la nuit. Je n'ai pas arrêté de penser à mes erreurs...

— J'ai les miennes aussi. On ne s'est pas aimés comme il fallait.

Nicolas leva les yeux. Son visage s'illumina.

— Si je m'en sors, ça va changer, tu verras.

Gabrielle secoua la tête.

— Oui, ça va changer. Mais pas comme tu l'imagines... Je ne te laisserai pas tomber, mais ce n'est pas la peine de se voiler la face. On n'est plus un couple, Nicolas... Et je ne t'en veux même pas... Ça fait longtemps pour Alexandra ?

— Six mois...

Gabrielle n'eut pas peur de demander :

— Et tu l'aimes ?

Nicolas hocha la tête. Au moment où il allait poursuivre, le surveillant frappa à la porte et emmena le prisonnier. Gabrielle se leva et sortit par l'autre porte.

Une fois hors de la prison, elle respira goulûment l'air qui s'offrait librement à elle. Elle avait pris sa décision. Elle partit à grandes enjambées vers l'agence immobilière d'Alexandra. Celle-ci ne put réprimer un sursaut lorsqu'elle vit la femme de son amant entrer dans la boutique. Gabrielle prit les devants.

— On va éviter de se jouer la comédie, d'accord ! Il y a quelques jours, je vous aurais volontiers flanqué mon poing dans la figure, mais... on n'en est plus là. Je viens de voir Nicolas. Il va mal, mais il tiendra le coup...

Alexandra, gênée, murmura.

— Merci... Il doit tomber de haut, lui si insouciant, si sûr de lui. Heureusement qu'il vous a.

Gabrielle sourit devant l'absurde de la situation.

— Mais, non, vous vous trompez. C'est de vous qu'il a besoin. Il tient à vous, Alexandra, moi, je suis hors du jeu. Ça vous paraît peut-être étrange que je vous parle comme ça, mais les choses ont changé. Veillez sur lui, ce n'est plus à moi de le faire.

Et laissant Alexandra éberluée, elle sortit de l'agence.

30

Anna prit le couloir qui menait au service de réanimation. La salle où aurait dû être sa mère était vide. Elle eut un coup au cœur. Une infirmière s'approcha d'elle et la rassura :

— Si vous cherchez Josiane Fauve, elle va beaucoup mieux. On l'a reconduite dans sa chambre ce matin. Ça n'était qu'une fausse alerte. Elle a même pu manger quelque chose.

Anna se précipita au chevet de sa mère. Celle-ci lui sourit. Anna s'agenouilla à côté du lit.

— Pardonne-moi, maman. J'ai été dure avec toi, l'autre jour. Je m'en veux car je suis sûre que c'est ce qui a aggravé ton état. J'étais révoltée que tu aies pu me mentir, même par omission, mais j'imagine que tu le faisais pour mon bien...

Sa mère la regardait, les yeux humides. Anna poursuivit :

— Il n'y a rien de pire que de ne pas savoir... Maintenant que j'ai commencé, j'irai jusqu'au bout. Tu es celle qui m'a soignée quand j'étais petite, qui trouvait toujours les mots pour me consoler, tout ça je m'en souviens et je t'aime toujours autant, mais j'ai besoin de savoir d'où je viens. Il faut que tu le comprennes, maman, ne m'en veux pas.

Elle saisit la main de sa mère et y porta ses lèvres. Elle ne sut pas si elle rêvait, mais il lui sembla que sa mère accentuait la pression sur ses doigts.

En sortant de l'hôpital, Anna se sentait le cœur plus léger. Elle pouvait continuer son enquête sans avoir l'impression de trahir sa mère. Elle serrait le petit bout de papier que lui avait donné la jeune femme à la clinique. Sur cette liste devait figurer le nom de celle qui l'avait mise au monde. Elle se souvenait de la proposition de Robin. Il avait les moyens de trouver plus vite qu'elle ce qu'étaient devenues les cinq femmes inscrites sur la liste.

Elle entra au commissariat et demanda l'inspecteur Keller. Il la reçut tout de suite et répondit à ses excuses embarrassées d'une pirouette :

— Mais non, vous ne me dérangez pas. Je vais m'en occuper tout de suite. Et puis, c'était peut-être un excellent prétexte pour me revoir... Ce dont je me réjouis !

Anna résista à l'envie de lui tourner le dos. Il ne pouvait vraiment pas s'empêcher de faire montre d'un contentement de soi qui l'exaspérait. Mais au lieu de ça, elle se mit à rire en virant à l'écarlate. Décidément, elle n'arrivait pas à garder le contrôle de la conversation en face de lui. Elle tenta une faible défense :

— Écoutez, monsieur Keller...

— Robin.

— Écoutez, Robin, je vous remercie pour tout ce que vous faites, mais je ne voudrais pas que vous vous fassiez des idées à mon sujet.

Robin lui attrapa le bras.

— Ne vous inquiétez pas, je ne me fais aucune idée.

Et il l'enlaça, l'embrassant d'une façon un peu plus insistante qu'un simple camarade. Anna se laissa faire, puis pivota sur ses jambes et se sauva pour masquer son trouble. Robin la regarda partir en souriant.

Le téléphone sonna et il décrocha. C'était son avocat. Il avait de mauvaises nouvelles. Alexandra avait versé une nouvelle pièce au dossier et l'audience était reportée. La greffière n'avait pas voulu lui dévoiler la nature de la pièce.

Interloqué, Robin rappela à son défenseur qu'il devait lui donner l'identité du photographe qui avait fait les clichés de

Nicolas. Maître Luccioni ne la connaissait pas encore car il n'avait pas pu mettre la main sur son détective. Mais cela ne saurait tarder.

Robin raccrocha, songeur. Qu'avait pu inventer Alexandra pour que l'audience soit ajournée ?

Depuis son départ précipité de la librairie, Yann n'avait pas réapparu. Éléna avait laissé un message sur son portable toutes les heures, mais celui-ci restait désespérément muet. Elle décida de pousser jusqu'à leur « palais aux bougies », il s'y était peut-être réfugié. Le jour tombait et la jeune fille n'était pas très rassurée lorsqu'elle escalada la palissade. Quand elle eut sauté dans le terrain vague, elle fut encouragée par la vision d'une petite lueur qui pointait à la fenêtre du premier étage de la maison. Elle monta l'escalier quatre à quatre en appelant :

— Yann ! Yann !

Elle le découvrit, couché sur le matelas, achevant une canette de bière qui, à en juger par ses yeux vitreux, n'était pas la première. Il la leva vers elle :

— Je trinque à nos amours défuntes !

Éléna resta muette, ne sachant comment se justifier.

— Ça t'en bouche un coin, hein ! « Amours défuntes », j'ai lu cette expression dans un des livres que Madame ta mère m'a prêtés pour me sortir du caniveau... Tu vois, elle n'a pas réussi !

Éléna contemplait avec désespoir les dégâts causés par sa lâcheté. Comment pourrait-elle réparer ? Pourquoi n'avait-elle pas tenu tête à sa mère ? Elle dit faiblement :

— Dis pas ça ! Tu sais, j'ai pas pu lui dire..., c'était difficile...

Elle ne fit qu'attiser la colère de Yann.

— Qu'est-ce qui était difficile ? La vérité, c'est que tu as honte de moi, alors autant que je te donne raison... Allez, rends-les-moi !

— Quoi ?

— Les chaussons. Je veux plus avoir de môme avec toi. Savoir dans quelle famille il va tomber, ça me débecte. Allez !

Éléna sentit toutes ses perspectives d'avenir s'effondrer. Elle fouilla dans sa poche et laissa tomber les chaussons au milieu des canettes. Tout était devenu sale, son bonheur s'était effacé et il fallait qu'elle achève le processus de démolition que d'autres avaient commencé.

Antoine tenait Gabrielle prisonnière entre ses bras. Elle était arrivée, l'air grave, celui de la petite fille qui veut bien faire, qui a un devoir à accomplir. Avant qu'elle ait pu ouvrir la bouche, il l'avait entraînée dans sa chambre et avait commencé à la dévêtir. Malgré ses bonnes résolutions, elle avait succombé à l'attrait irrésistible du contact de sa peau. Maintenant, repus de caresses, ils étaient assis, l'un contre l'autre, sur la terrasse qui dominait le lac. Gabrielle essayait de reprendre ses esprits, de poursuivre la tâche qu'elle s'était assignée. S'efforçant de ne pas sentir la main qui, descendant de son front, après avoir suivi l'arête de son nez, lui caressait maintenant les lèvres, elle se détourna.

Antoine murmura dans le creux de son oreille :

— Qu'est-ce qu'il y a ? Qu'est-ce qui ne va pas ?

— Arrête de me regarder comme ça, comme un fantôme ! Je m'appelle Gabrielle, pas Isaure. Je t'ai observé, tu penses à elle quand tu es avec moi. Tu es avec elle quand tu fais l'amour avec moi, n'est-ce pas ?

Antoine la regarda, sans mot dire. Gabrielle attendit un instant, mais devant son silence, elle poursuivit, inexorablement.

— Elle sera toujours entre nous. Je le sais. Toute ma vie, j'ai été l'éternelle seconde et je le ressens encore avec toi. Pardonne-moi, Antoine, mais je ne peux pas le supporter.

Elle se leva tandis qu'Antoine retenait sa main dans la sienne.

— Qu'est-ce que tu es en train de faire, Gabrielle ?

Elle retira doucement sa main.

— Voler, voler de mes propres ailes...

Ils se regardèrent tristement. Ni l'un ni l'autre n'ébaucha un geste. Ils étaient écrasés par cette présence qui les réunissait et les séparait tout à la fois. Gabrielle descendit l'escalier et se dirigea vers le lac.

Elle approchait de sa voiture lorsqu'elle entendit une petite voix chantonner :

Aux marches du palais, il y a une tant belle fille lon la, y'a une tant belle fille...

Alice sautillait sur le chemin, ses petites nattes battant sur ses épaules au rythme de la chanson. Gabrielle sourit et reprit machinalement :

Elle a tant d'amoureux, elle a tant d'amoureux, qu'elle ne sait lequel prendre...

Alice s'arrêta net et demanda :

— Tu la connais ?

— Oh, oui, je la chantais déjà quand j'avais ton âge... Mais qu'est-ce que tu fais là à une heure pareille ?

— Oh, je me balade. J'aime bien le lac... Salut !

Gabrielle regarda la petite fille s'éloigner en sautant d'un pied sur l'autre et continuant à chantonner. Et soudain, elle se rappela comment elle avait appris cette chanson. Elle se revit, l'oreille collée à la porte de la chambre d'Isaure. Elle entendait les notes s'égrener, sortant d'une petite boîte à musique. Elle avait alors poussé la porte et avait surpris Isaure, couchée sur son lit, une boîte de laque rouge ouverte entre les mains. En voyant Gabrielle, sa sœur avait brusquement refermé la boîte et remis sa clé autour de son cou en s'écriant :

— Tu sais que tu n'as pas le droit d'entrer dans ma chambre sans frapper.

La petite fille s'était mise à pleurer.

— Pourquoi j'ai pas le droit de rester avec toi ? Pourquoi t'as pas le droit de sortir ? Je m'ennuie, toute seule !

Isaure avait alors pris un air mystérieux et avait murmuré :

— Un jour, je te dirai, je te dirai tout.

Gabrielle revoyait distinctement la boîte rouge, et la clé qu'elle avait dans le fond de sa poche était bien celle qui était suspendue, jadis, au cou d'Isaure. Il fallait qu'elle retrouve cette boîte ! Elle se précipita dans sa voiture et rentra à toute allure au domaine.

Elle grimpa dans sa chambre et entreprit de fouiller dans son armoire. Elle n'avait pas dû y mettre le nez depuis des années. Y étaient entassés pêle-mêle de vieilles photos, des livres de classe, des cahiers, des vinyles dont la pochette jaunie et froissée témoignait qu'ils avaient été beaucoup aimés et écoutés. D'une main impatiente, Gabrielle fit valser tous ces souvenirs. Tout au fond apparut la petite boîte laquée qu'elle avait rangée au fond de sa mémoire. Gabrielle y introduisit la clé rouillée et, comme par enchantement, elle s'ouvrit et commença à jouer pendant qu'une danseuse en tutu de porcelaine tournait sur elle-même.

Attirée par la musique, Éléna entra dans la chambre de sa mère.

— Mais qu'est-ce que tu fais, maman ?

Gabrielle plongeait dans ses souvenirs.

— Comment ai-je pu oublier ? Elle aimait tellement cette musique ; quand Isaure est morte, c'est la seule chose lui appartenant que j'ai gardée.

Éléna, curieuse, prit la boîte et souleva la danseuse.

— Regarde, maman, il y a quelque chose de caché dedans ! C'est une lettre.

Gabrielle commença à lire :

Tu vas bientôt partir, mon amour, et je vais devoir te quitter.

Le rouge lui monta aux joues. Elle voulait oublier Antoine et elle lisait une lettre qui lui était destinée ! Elle reposa la lettre comme si elle l'avait brûlée.

— Ça doit être une lettre destinée à un amoureux...

Éléna s'en saisit à son tour et la parcourut. Elle regarda sa mère en pâlissant :

— Ce n'est pas à un amoureux qu'elle écrivait. Regarde.

Et elles lurent ensemble :

Je ne sais pas encore si tu es une fille ou un garçon, mais je sais que je ne te connaîtrai pas. Tu seras élevé par d'autres parents. On me dit que c'est mieux pour toi, car je suis trop jeune... et seule... Ton père ne sait même pas que tu vas venir au monde. Mais je voudrais que tu saches que tu es le fruit d'un amour véritable.

Bouleversée, Gabrielle reposa la lettre. Elle murmura :

— Elle était enceinte et j'ai rien vu...

Éléna tenta un appel au secours.

— Maman, tu sais, ça arrive de ne pas voir...

Elle allait continuer, mais Gabrielle était déjà partie sur le sentier de la guerre.

— Et maman n'a rien dit. Elle va me rendre des comptes.

Et elle sortit à la recherche de Suzanne, laissant Éléna seule avec son secret trop lourd pour elle. À mille lieues du désarroi de sa fille, Gabrielle arriva comme une furie devant sa mère en brandissant la lettre.

— Tiens, lis ça ! Encore un de tes secrets. Qu'est devenu l'enfant d'Isaure ? Parle, j'en ai marre de tes mensonges !

Suzanne jeta un coup d'œil sur la lettre et la reposa. Dominant son émotion, elle répondit posément :

— Il n'a pas vécu. Elle a accouché prématurément. C'est ton père qui s'en est occupé et quand elle est rentrée, on n'a plus jamais parlé de cette histoire sordide. De toute façon, elle ne l'aurait pas gardé avec elle, elle était trop jeune. Elle n'allait pas gâcher sa vie...

Gabrielle regarda sa mère avec horreur.

— Comment as-tu pu cacher tout ça pendant tant d'années ? Mais tu es un monstre... Il n'y a que les apparences qui comptent ! Tu ne ressens rien !

Suzanne avait baissé les yeux. Elle paraissait épuisée.

— C'était peut-être par respect pour elle, pour ne pas salir sa mémoire. Tu ne sais pas ce que c'est de perdre un enfant. Elle me manquait, et toi, tu étais là. C'est vrai, je t'en ai voulu d'être vivante, toi, alors qu'elle avait disparu. Si j'avais été plus présente, si je m'étais mieux occupée d'elle, tout ça ne serait peut-être pas arrivé, mais tu m'accaparais. Je t'en ai voulu pour tout ça. Tu peux me traiter de monstre, mais c'est la vérité.

Gabrielle était anéantie. Sa mère tenta une dernière justification :

— Essaie d'imaginer ce que tu deviendrais si tu perdais Éléna. Tu n'y arrives pas, n'est-ce pas ? C'est trop inhumain. Cette souffrance-là, il faut la vivre pour la comprendre. Je suis désolée.

Gabrielle, suffoquée, reprit la lettre d'une main tremblante. Elle sortit sur la terrasse. Elle aurait voulu appeler Antoine, mais son orgueil l'en empêcha. Elle n'avait pas la force de lui parler après ce qui s'était passé entre eux quelques heures plus tôt. Alors, elle partit vers les vignes de son enfance pour tenter d'y retrouver son innocence et son insouciance perdues.

31

L'émotion était à son comble dans le petit cimetière balayé par le vent du sud lorsque Antoine acheva de lire le texte qu'il avait préparé pour sa nièce. Il lança sur le cercueil la rose qu'il tenait à la main et laissa la place à Jeanne. Celle-ci, soutenue par son mari, jeta à son tour une fleur. Paul se pencha vers la tombe d'Anaïs et ne put retenir ses sanglots. Il resta un instant courbé sous le poids de la douleur. Il ne parvenait pas à détacher son regard de cette boîte qui contenait les restes de sa fille. Cela lui semblait impossible de ne plus jamais la revoir. Antoine le prit par le bras et l'attira à l'écart pendant que la longue procession des amis des Marange rendait un dernier hommage à la jeune fille. Paul aperçut dans la foule Gabrielle et Éléna qui se tenaient un peu à l'écart. Il bondit, le chagrin faisant place à la haine. Mâchoires serrées, il murmura à l'adresse d'Antoine :

— Qu'est-ce qu'elles foutent là ? Fais-les dégager, sinon je m'en charge.

Gabrielle avait entendu la réaction de Paul et elle entraîna sa fille vers la sortie en lui disant :

— Viens, ma chérie. On reviendra plus tard pour lui dire au revoir.

Antoine arriva en courant. Tout en comprenant la réaction de son frère, il était troublé de revoir Gabrielle et il aurait voulu la serrer dans ses bras. Il se contenta de murmurer :

— Je suis désolé, en lui déposant un baiser sur la joue.

Elle le lui rendit en disant :

— On n'aurait pas dû venir. Antoine, hier soir, j'ai...

Elle s'interrompit, sentant le regard intrigué d'Éléna peser sur elle.

— Je t'en parlerai plus tard...

Et elle regagna sa voiture. Tandis qu'elles roulaient vers la maison, Éléna remarqua ironiquement :

— Finalement, ça ne te dérange pas trop que papa soit en prison. Quand je pense que tu me fais de la morale !

Gabrielle freina brusquement

— Qu'est-ce que tu racontes ?

Éléna, à bout de nerfs, explosa :

— Tu crois que je n'ai pas remarqué comment il te regardait ? Tu veux que je te dise, tu m'écœures !

Et elle se renfrogna dans son coin. Le mur d'incompréhension qui s'était dressé entre sa mère et elle lui paraissait infranchissable. Son père lui manquait, lui saurait l'écouter. Mais il était enfermé, et, elle en était sûre, innocent.

Robin sortit du commissariat en compagnie d'Anna sous l'œil goguenard de ses collègues. Les résultats de son enquête étaient maigres. Il avait identifié quatre des cinq personnes inscrites sur la liste d'Anna. La dernière devait avoir disparu car il n'avait pas retrouvé sa trace. Anna leva les yeux vers Robin. À chaque fois que leurs regards se croisaient, il éprouvait un trouble indéfinissable. Elle avait une telle expression d'abandon, de douceur dans ses grands yeux châtains qu'il perdait toute la belle assurance qu'il affichait d'habitude.

Il tenta de masquer son émotion par une plaisanterie :

— Vous pourriez me remercier, quand même !

— Comment ?

— En m'invitant à dîner, bien sûr !

Anna sourit. Pour une fois, elle avait un alibi...

— Ce serait vraiment avec plaisir, mais ce soir j'enterre ma vie de jeune fille !

— Je ne peux rien contre ça, mais, au moins, vous m'autorisez à vous accompagner en voiture ?

Anna acquiesça. Ils n'échangèrent plus une parole jusqu'à ce qu'il la dépose devant la porte de l'appartement de son amie Cathy qui avait organisé la soirée. Enterrer sa vie de jeune fille lui semblait surréaliste. Le compte à rebours avait commencé et il allait s'achever lorsqu'elle revêtirait sa robe de mariée et monterait jusqu'à l'autel pour lier sa vie à Guillaume. Ce qui lui avait paru aller de soi dans sa vie de jeune fille sans histoires, quelques semaines auparavant, avait été emporté dans la tempête provoquée par la quête de sa vraie mère. Trouver ses racines était maintenant la seule chose qui lui importait et Guillaume était sorti de sa bulle pendant que Robin y entrait. Aussi, lorsqu'elle arriva chez Cathy, entourée de toutes ses camarades de classe déjà un peu éméchées et qu'elle reçut un serpentin dans la figure, elle éprouva une forte envie de s'enfuir à toutes jambes. Elle s'efforça de faire bonne figure, mais elle ne se sentait vraiment pas au diapason. Les filles riaient, lançaient des plaisanteries salaces conformément à la tradition et Anna cherchait un prétexte pour s'éclipser sans vexer ses amies. Elle finit par invoquer une migraine tenace pour prendre congé et elle dévala l'escalier. Arrivée dans la rue, elle respira profondément de soulagement. Une voiture vint se ranger contre le trottoir. Robin la regardait sans mot dire. Sans hésiter, elle monta dans le véhicule qui démarra. Robin demanda :

— On va où ?

Elle se laissa aller sur le siège. Elle était à bout de résistance. Elle murmura :

— Où vous voulez.

Il était cinq heures du matin quand Anna introduisit doucement la clé dans la serrure de sa porte. Elle n'eut pas à la pousser, Guillaume l'ouvrit en grand et la laissa passer.

Elle esquissa un sourire gêné :

— C'est gentil de m'avoir attendue.

Guillaume l'attrapa par le bras.

— Arrête les conneries, Anna ! T'étais où ? Cathy a appelé vers minuit parce que tu avais oublié ton pull. Alors, ça n'est pas la peine de me raconter des histoires.

— Mais, je n'avais pas l'intention de te mentir. Voilà : j'ai fait l'amour avec un autre. Je sors de chez lui... Et ne me demande pas d'explications, je n'en ai aucune !

Anna se mit à pleurer.

Guillaume réagit violemment.

— Moi, j'en ai une. Tu es devenue complètement folle. Je ne comprends rien à tes comportements. On va se marier dans cinq jours et tu fais n'importe quoi.

Anna se libéra d'un coup :

— C'est vrai que tu ne comprends rien. J'ai reçu un choc énorme et tu n'en tiens aucun compte. Je cherche ma vraie mère et toi tu ne parles que du mariage, du mariage. Pour moi, ce n'est plus l'essentiel, est-ce que c'est clair ?

Guillaume attrapa ses affaires et dit en claquant la porte :

— Ce que je comprends, surtout, c'est que tu me prends pour un con.

Anna resta seule, les jambes coupées, mais soulagée d'un grand poids. Au moins, il n'y avait plus d'ambiguïté. Plus de mensonges.

32

En sortant du tribunal, Robin n'arrivait pas à contenir sa fureur. Le juge lui avait signifié que sa femme avait porté plainte contre lui pour des coups qu'il lui aurait infligés. Alexandra avait même produit un certificat médical et des photos de son bras orné d'un gros bleu. Robin avait, en vain, évoqué la possibilité d'un faux mais la sentence était tombée, sans appel : il n'était plus autorisé à rencontrer sa fille et une assistante sociale lui rendrait visite pour évaluer ses capacités à honorer son droit de garde avant qu'une décision définitive ne soit prise.

Robin bouillait. Mais il regrettait déjà de ne pas avoir su garder son calme devant le juge. Il s'était énervé, était sorti en claquant la porte et cette attitude ne jouerait certainement pas en sa faveur.

Il fallait qu'il voie Alexandra. Qu'il lui dise sa colère devant le stratagème qu'elle avait échafaudé pour le priver d'Alice. Il entra comme une tornade dans l'appartement et hurla :

— T'es vraiment la reine des salopes ! Comment as-tu pu inventer des trucs pareils ! J'aurais vraiment dû te casser le bras !

Elle ne fut pas en reste de compliments.

— Et toi tu n'es qu'un sale con !

— Je ne sais pas comment j'ai pu vivre toutes ces années avec toi...

Pendant que le ton montait entre eux, une petite fille était assise sur son lit, les mains plaquées sur ses oreilles. Entendre ses parents se déchirer à ce point était plus qu'elle n'en pouvait supporter. Elle se leva et sortit par la porte-fenêtre. Elle s'éloigna vers le lac, accompagnée du miaulement d'un chat dont on ne distinguait que les oreilles dressées.

Antoine était assis sur la terrasse du chalet. Il achevait la construction d'une maquette de pirogue comme celles qu'il avait vues en Polynésie. Il utilisait des allumettes qu'il collait, patiemment. Pendant que ses mains étaient occupées, son esprit était en repos. Il parvenait à ne plus penser à Gabrielle qui semblait le fuir, à Paul et Jeanne dont la douleur ne pouvait s'apaiser, à Anaïs dont les flots ondoyants du lac lui rappelaient l'absence à chaque instant. Il se concentrait sur le petit esquif qui prenait forme. Il fut soudain alerté par un miaulement plaintif. Il leva la tête et aperçut Alice, entrant dans le lac tout habillée. Il se mit à crier « Alice ! Alice ! » tout en dévalant l'escalier.

Celle-ci, comme si elle ne l'entendait pas, continuait sa progression dans les flots assombris. Seule sa tête dépassait encore de l'eau. Antoine courut à perdre haleine le long du petit chemin escarpé, mais lorsqu'il arriva sur le bord, Alice avait complètement disparu. Sans même ôter ses chaussures, il plongea. Il la chercha sans succès et remonta pour reprendre sa respiration. La cascade, indifférente au drame, animait les eaux dormantes qui avaient perdu de leur limpidité. Antoine balaya du regard toute l'étendue du lac et aperçut des petites bulles qui affleuraient à la surface. Il replongea dans cette direction et réapparut, portant le corps inerte d'Alice.

Il l'étendit sur la rive et commença à appuyer violemment sur sa cage thoracique. Alice se mit à tousser et ouvrit les yeux. Il la tourna sur le côté et elle vomit toute l'eau glauque qu'elle avait absorbée. Il la souleva de terre et l'emmena au chalet. La petite fille tremblait de tous ses membres. Il l'étendit sur le sol et commença à la frictionner énergiquement. Antoine la revêtit d'un de ses pulls marins et mit ses sandales et sa robe à sécher au soleil.

Pendant qu'un bol de lait chauffait, il appela chez Alexandra. Robin était encore là. Soudain, leur dispute leur parut vaine. Oubliant leurs griefs, ils n'eurent plus qu'une idée en tête : Alice avait failli mourir.

Antoine, lui soutenant la tête, lui fit boire la boisson chaude et lui demanda affectueusement :

— Mais qu'est-ce qu'il t'est passé par la tête ?

Alice regarda son compagnon de ricochets avec méfiance.

— Si je te le dis, tu vas me prendre pour une folle.

— Mais non, tu sais, je suis capable de garder des secrets !

— C'est elle... Elle est douce, je me sens bien avec elle. Elle est calme, elle m'écoute, c'est pas comme mes parents...

— Mais c'est qui « elle » ?

— Ben, c'est mon amie du lac... C'est la première fois que je la suis dans l'eau, mais j'ai même pas eu peur. Elle me parlait d'une voix si douce... Et puis, après, tu es venu me chercher, tu vois, y avait pas de danger !

La voiture de Robin apparut au bout du chemin. Alice mit son doigt devant sa bouche.

— N'oublie pas ce que tu m'as promis.

Antoine comprit le message. Il garderait le secret. Mais pendant qu'Alexandra embrassait Alice, il prit Robin à part :

— Alice est une drôle de petite fille. Il lui passe des idées bizarres dans la tête. Vous devriez la conduire à l'hôpital pour une consultation. Je vais appeler mon amie Josépha Beaulieu, elle est experte en psychologie et spécialisée dans les phénomènes qui dépassent le rationnel. Elle pourra peut-être comprendre ce qui a mené Alice jusqu'au lac.

Antoine prit les choses en main : Robin était tellement fébrile qu'il était incapable de conduire. Il prit le volant et Alice s'installa à l'arrière, encadrée par ses parents. Arrivés chez Alexandra, ils mirent la petite fille au lit. Antoine aperçut les dessins qu'Alice avait laissés épars sur le sol de sa chambre. Il les ramassa et contempla, pensif, la silhouette de jeune fille étendue près du lac, badigeonnée de rouge. En allant voir Josépha pour prendre rendez-vous, il lui montrerait les dessins. Cela l'aiderait peut-être à établir son diagnostic.

À la sortie de l'hôpital, il rappela Alexandra. Le docteur Beaulieu préférait garder Alice en observation toute une nuit pour enregistrer ses réactions pendant son sommeil. Elle l'attendrait le soir suivant, afin de laisser le temps à toute la famille de se remettre de ses émotions.

33

Anna se rendit à l'école, le lendemain, dans un état second. Elle n'avait pas classe ce jour-là, mais elle préférait s'occuper à ranger les pupitres que rester chez elle à se ronger. Robin lui avait donné rendez-vous au café, en coup de vent, pour lui raconter l'accident d'Alice et ses démêlés avec Alexandra. Il était toujours aussi tendre, mais Anna se sentait mal à l'aise. Après sa discussion avec Guillaume elle l'avait appelé en vain. Elle était accablée par son sentiment de culpabilité qui se mêlait au découragement. Elle avait contacté les quatre personnes dont Robin lui avait donné les adresses, mais c'étaient des fausses pistes. Elle avait l'impression de tout faire de travers.

En entrant dans la classe, elle eut la surprise d'y trouver Suzanne qui regardait les dessins faits par les enfants à partir du tableau d'Isaure. Elle demanda :

— Vous aimez ?

Suzanne avait l'air enchantée.

— C'est très émouvant de voir le tableau de ma fille reproduit avec toute cette maladresse que je trouve très touchante.

— Vous pouvez le reprendre, si vous voulez.

Suzanne s'assit familièrement sur l'estrade.

— Non, il est tellement en harmonie avec cet univers d'enfants. Gardez-le ! Mais qu'est-ce qui vous arrive ? Ça n'a pas l'air d'aller.

Anna s'assit à côté d'elle. Elle se sentait étrangement en confiance avec cette femme qui avait pourtant une solide réputation de dureté. Quand elles étaient ensemble, elle se comportait différemment. Elle donnait envie de se confier. Et elle écouta avec attention le récit des vaines recherches de la jeune institutrice, son désir de trouver son identité.

Suzanne, émue par la franchise des confidences de la jeune fille, tenta de dissimuler son trouble. Elle se leva et déclara en rajustant le châle qui enserrait ses épaules :

— Fouiller dans le passé apporte rarement le bonheur. Pensez à l'avenir, Anna, à la famille que vous allez fonder. Je dois vous laisser, mon petit, à bientôt !

Et elle sortit, s'appuyant sur sa canne. Elle ne vit pas Josépha qui traversait la cour d'un pas décidé à la recherche de son frère. Arpentant le couloir qui menait aux salles de classe, elle appela :

— Mathieu, c'est moi. Où es-tu ?

Nul ne répondit. Inquiète, elle retourna dans la cour tandis qu'une porte s'ouvrait précautionneusement. Mathieu apparut et referma derrière lui. Il mit la clé dans sa poche avant de se diriger vers sa sœur. Il lui tapa sur l'épaule.

— En voilà une surprise ! Que me vaut l'honneur de ta visite ? Tu as de nouveaux somnifères à me faire tester ?

Josépha embrassa son frère et dit :

— Mais non, j'ai un conseil à te demander. Je voulais te montrer quelque chose. C'est à propos d'une de tes élèves, Alice Keller.

Mathieu prit les dessins que lui tendait Josépha en disant :

— Je me doutais bien que tu allais me parler d'elle. Allons dans mon bureau.

Ils examinèrent les griffonnages d'Alice. Mathieu se cala dans son fauteuil, le visage fermé. Josépha suivait son idée.

— J'ai l'impression que cette petite fille a des dons de médium. C'est la première fois que je suis confrontée à ce genre de cas. Ça me turlupine. Et en plus, tu as vu..., on dirait Isaure !

Mathieu sentit la colère monter en lui !

— Arrête avec Isaure. Tu es obsédée. Tu ne peux pas t'empêcher de parler d'elle. Elle t'a déjà gâché ta jeunesse, ça ne va pas recommencer ! Elle ne peut plus rien contre toi, maintenant... Tu as le champ libre. Comment ça va avec Antoine ? Vous avez baisé ou pas ?

Josépha pâlit.

— Ne me parle pas sur ce ton-là, tu veux ! J'en ai rien à fiche d'Antoine.

Mathieu railla :

— Je vois que j'ai touché juste. Ma petite sœur est encore amoureuse...

Saisi subitement d'un élan de tendresse, il serra sa sœur contre lui.

— Allons, laisse Isaure et Antoine là où ils sont ! Ils t'ont déjà fait suffisamment souffrir.

Josépha se laissa cajoler comme une petite fille. Elle murmura, pensive :

— Tu as raison. Tu es dur avec moi, mais sans toi je n'aurais pas survécu.

Mathieu sourit. Regardant bien au-delà de l'épaule de sa sœur, il lui caressait doucement les cheveux comme on console un petit animal.

Lorsque Yann fit irruption dans la librairie, Gabrielle, perchée sur un escabeau, l'accueillit avec un grand sourire.

— Ah, quand même, te voilà ! Où étais-tu passé ?

Yann ne s'encombra pas de préambules.

— Madame Aubry, je suis juste passé pour vous dire que j'arrête. Pour moi, c'est fini la librairie. Je viens vous prévenir, par correction.

Le sourire de Gabrielle s'effaça.

— Mais que va dire le juge ? Je m'étais engagée à te prendre en stage pour que tu aies une remise de peine. Qu'est-ce que tu vas devenir ?

Yann se planta devant elle, la provoquant :

— Eh bien, je vais devenir ce que vous avez prévu. Je vais recommencer mes conneries. Comme ça, je ne vous dérangerai plus, ni vous ni votre famille. Vous pourrez garder votre bonne conscience de petite-bourgeoise sans que quelqu'un foute la merde. Et vous allez bien trouver un autre paumé à qui faire la charité. C'est pas ça qui manque. Moi, j'en ai marre. Au revoir, madame Aubry !

Essoufflé par sa tirade, il ébaucha un salut militaire et claqua la porte.

Gabrielle s'assit sur les marches de l'escabeau, abasourdie. Elle ne comprenait pas la violence du jeune homme. Il lui semblait qu'elle n'avait rien à se reprocher. Elle s'était bien comportée avec lui. Certes, elle avait été contrariée de le surprendre avec sa fille, mais, après tout, ce n'était qu'un petit flirt sans importance. Ça ne valait pas le coup de se mettre dans des états pareils. Elle ne voyait pas ce qui motivait tant d'agressivité. Décidément, ça n'était pas facile d'aider les autres, surtout quand ils avaient été élevés dans un milieu différent du sien.

Comme les clients se faisaient rares, elle ferma la boutique et rentra plus tôt qu'à son habitude. Éléna était recroquevillée au fond du canapé, le regard dans le vide. Gabrielle n'y prit pas garde et s'assit à côté d'elle en étendant les jambes. Elle regarda à la ronde et demanda :

— Tu n'as pas vu ta grand-mère ?

— Je crois qu'elle est au cimetière. Elle a pas l'air bien.

Gabrielle, indifférente, commença à feuilleter une revue sur le jardinage.

— Oh, ne crois pas ça. Elle est solide... Au fait, Yann est passé à la librairie, il démissionne.

Éléna se redressa, effarée.

— Quoi ? Qu'est-ce qu'il a dit ?

— Il a été parfaitement désagréable, à la limite de l'insultant. Je suis très déçue par son attitude. Moi qui voulais l'aider. Il a même dit qu'il en avait marre de me servir de bonne conscience... Tu vois, je n'avais pas tort, on ne pouvait pas lui faire confiance.

Pendant que Gabrielle parlait, elle ne se rendit pas compte qu'Éléna avait plaqué la main sur sa bouche pour ne pas crier et s'était dirigée vers la porte. Ébahie, elle la vit courir vers la grille. Il fallait qu'elle voie Yann, qu'elle lui parle.

Elle n'était jamais allée au foyer qui l'hébergeait et elle eut un mouvement de recul lorsqu'elle se trouva devant le bâtiment en préfabriqué aux murs couverts de graffitis. La musique hurlait à l'intérieur et un groupe de garçons était attroupé devant la porte, discutant avec animation à propos d'une Harley rutilante garée contre un arbre. Éléna n'osait pas s'approcher et préféra s'adresser à une jeune fille très brune qui sortait du bâtiment. Elle était habillée de noir des pieds à la tête, les doigts surchargés de bagues argentées assorties aux chaînes qui pendaient à son cou. Son teint pâle contrastait avec le rouge à lèvres violacé qui la faisait sembler plus blafarde. Ses traits réguliers auraient pu lui donner une beauté pure s'ils n'avaient été soulignés par des anneaux qui perçaient son nez et ses sourcils. Malgré son aspect peu engageant, elle faisait moins peur à Éléna que les garçons agglutinés autour de la moto. Elle l'aborda :

— S'il te plaît, tu connaîtrais pas Yann... Yann Le Guivec ?

La fille s'arrêta net.

— Tu lui veux quoi, à Yann ?

— Je le cherche.

La fille se renversa en arrière, morte de rire.

— Je ne vois pas en quoi c'est drôle...

Elle repartit vers le foyer en lançant, dédaigneuse :

— Si tu savais le nombre de filles qui lui collent au cul, à Yann, tu comprendrais pourquoi ça me fait marrer.

Éléna fit demi-tour, courbant le dos, sans se douter qu'à quelques mètres de là Yann, seul dans sa chambre, les yeux fixés au plafond, pleurait ses espoirs déçus et luttait contre l'envie de l'appeler. Son orgueil blessé l'en empêchait, mais il n'arrivait pas à oublier ses nuits avec Éléna dans leur palais aux bougies, sa tendresse, le bonheur qu'ils avaient partagé.

Robin entra en coup de vent dans le café. Il avait rendez-vous avec le photographe qui avait pris en filature Nicolas et Alexandra. Il était un peu en retard, et heureusement il y avait peu de monde au bar. Il repéra un homme vêtu d'une veste de toile, accoudé devant une bière. Il était le seul qui pouvait répondre à l'idée que se faisait Robin d'un type habitué à ce genre de besogne. Il l'aborda en disant :

— Bonjour, je suis Robin Keller. Je crois que nous avons rendez-vous.

L'autre lui tendit la main :

— Sergueï Borovitch. Oui, je vous attendais.

Ils s'assirent et Robin posa sur la table la photo d'Anaïs et Nicolas dans la voiture.

— Comment se fait-il que vous ayez pris cette photo ?

Borovitch but une lampée de bière avant de répondre :

— Ben, j'étais en planque devant chez la femme, cette Alexandra, et quand le type est sorti, comme il me restait de la pellicule, je l'ai suivi. J'aime pas gâcher...

— Qu'est-ce qui s'est passé après ?

— Ben, un peu plus loin, il est tombé sur la fille à moitié à poil avec la pluie qui tombait à seaux. Ils ont parlé, il a planqué le scooter derrière un buisson et elle est montée dans la voiture.

Robin avait envie de gifler le photographe qui n'avait pas l'air de se rendre compte de l'importance de ce qu'il racontait :

— Et vous avez repris une photo ?

— Ben oui. J'avais un rouleau à finir et je vous ai déjà dit que j'aime pas gâcher. Après, ils sont repartis et comme je trouvais ça louche, je les ai suivis. Ils se sont arrêtés près du lac, elle s'est mise à courir, il l'a rattrapée et ils se sont embrassés.

— Et là, vous n'avez pas pris de photo ?

— Non, j'avais fini le rouleau. Comme je sentais le truc juteux, je suis retourné à ma moto pour en remettre un. Quand j'ai regagné le lac, le mec s'était tiré et elle était toute seule et regardait le lac. Comme il pleuvait des cordes, je suis parti. Maintenant, je regrette, mais je pouvais pas savoir ! Excusez-moi, j'ai pas de monnaie, vous pouvez payer ma bière ?

Robin s'exécuta. L'enquête était à reprendre du début. Mais, d'abord, il emmena Borovitch au commissariat afin qu'il signe sa déposition innocentant Nicolas. Ensuite, celui-ci pourrait recouvrer la liberté. Sur son bureau, il trouva la copie du certificat de décès d'Isaure qu'il avait fait rechercher dans les archives. Il n'y avait pas eu d'enquête, le médecin ayant conclu à une mort accidentelle. Le certificat était signé du docteur Lacelot. Il fallait qu'il avertisse Antoine.

Gabrielle retint son souffle avant de frapper à la porte du docteur Lacelot. Depuis que Robin avait remis le certificat à Antoine, elle n'avait eu de cesse d'aller voir le médecin. Mais maintenant qu'elle était au pied du mur, elle ne savait plus si elle avait envie de connaître la vérité sur la mort d'Isaure. Antoine avait insisté pour l'accompagner et elle lui en était reconnaissante, mais le revoir la mettait mal à l'aise.

La porte s'ouvrit et une femme aux cheveux gris les conduisit jusqu'à ce qui avait dû être le cabinet du médecin. Celui-ci avait pris sa retraite bien des années auparavant et il était maintenant cloué sur un fauteuil roulant. Il ne paraissait pas enchanté de recevoir ses visiteurs. Il s'adressa d'un ton rogue à Antoine.

— Après votre appel, j'ai cherché dans mes dossiers et je n'ai rien trouvé. C'était il y a vingt-cinq ans et je ne me souviens pas des circonstances de tous les décès. Vous savez, j'ai rédigé des centaines de certificats dans ma vie.

— Une jeune fille qui se noie dans le lac, cela n'arrive pas tous les jours. Reconnaissez que, dans un cas pareil, on doit faire une autopsie !

Le vieux médecin dissimulait mal son exaspération.

— Je ne peux pas vous répondre, tout dépend des antécédents médicaux. Il y a trop longtemps pour que je me souvienne.

Antoine s'emporta.

— Docteur, j'ai du mal à croire que vous n'en ayez gardé aucun souvenir.

— Écoutez, j'ai pris la peine de fouiller dans mes archives. Il n'y a rien. Je comprends que cette mort vous bouleverse, mais je ne peux malheureusement pas vous aider.

Leur signifiant que l'entretien était terminé, il fit rouler son fauteuil jusqu'à la porte pour les raccompagner. Antoine serra la main du médecin, et le regardant droit dans les yeux, il lui dit :

— Vous ne pouvez pas avoir oublié.

Une fois dans la rue, Antoine murmura à l'adresse de Gabrielle :

— Je suis sûr qu'il nous cache quelque chose. Tu as vu comme il était pressé de nous congédier. Ce n'est pas normal.

Gabrielle sortit lentement de sa poche la lettre d'Isaure.

— Antoine, c'était un suicide. Regarde ce que j'ai trouvé. Lis, tu comprendras.

Antoine s'assit sur un banc et commença à lire. Il était perdu, désorienté. Gabrielle le sentait qui s'éloignait d'elle. Il ne l'entendit même pas tenter une explication.

— Je le sais depuis hier, mais je n'ai pas eu le courage de te la donner avant.

Antoine releva la tête. Les yeux dans le vide, il murmura :

— Elle attendait un bébé. Et je n'ai rien su. Comme elle a dû se sentir seule...

Il prit conscience de la présence de Gabrielle à côté de lui et demanda :

— Est-ce une fille ou un garçon ?

— Je ne sais pas, il est mort à la naissance...

Antoine se leva.

— Excuse-moi, il faut que je marche un peu.

Et il partit, s'éloignant à grandes enjambées. Il pensait à Isaure, si jeune, si démunie. Comme elle avait dû être désespérée. S'il avait su, il aurait déserté, il serait venu l'entourer de son amour, lui dire son bonheur d'avoir un enfant. Et elle serait encore en vie. Son chagrin se mua en fureur à l'encontre de la mère d'Isaure. C'était elle la coupable, elle s'était arrangée pour que ses lettres n'arrivent pas à destination, pour que la jeune fille se croie abandonnée. Et, mue par le désespoir, elle avait fini par se jeter dans le lac.

Il était à proximité du domaine Castella lorsque la berline noire de Suzanne déboucha sur le chemin. Antoine se mit en travers de la route. Suzanne tenta de l'éviter, mais il ne bougea pas et elle se résolut à s'arrêter. Elle baissa la vitre et dit dédaigneusement :

— Encore vous ? Allez-vous cesser de me harceler ?

Antoine appliqua ses mains sur la portière et plongea son regard dans les yeux bleu d'acier de Suzanne.

— Madame Castella, vous me devez des explications. Vous ne pouvez plus jouer avec moi. Isaure était enceinte de moi et j'ai le droit de savoir. Vous devez tout me raconter.

Suzanne ne se laissa pas impressionner.

— Vous raconter quoi ? Sa détresse, ses pleurs... J'ai tout enduré, et vous, vous étiez où ?

— Vous savez très bien où j'étais. Grâce à vos manœuvres, les ponts se sont rompus entre Isaure et moi. Vous n'êtes qu'une hypocrite. Si j'avais su ce qui se passait, j'aurais été là, mais vous vous êtes arrangée pour que j'ignore tout.

Suzanne laissa libre cours à sa haine.

— Vous auriez été là ! Mais vous étiez quoi à l'époque ? Un voleur, peut-être même un assassin ? Vous êtes comme tous les autres, vous avez mis une fille enceinte et vous vous êtes enfui !

Hors de lui, Antoine siffla :

— Assez de mensonges. Si votre fille est morte, c'est de votre faute, madame Castella. J'espère que la nuit Isaure vient vous hanter. Que le souffle du lac vient vous raconter la douleur de votre fille, sans repos, par votre faute.

Et il tourna les talons pendant que Suzanne restait prostrée, pliant sous le poids des secrets qu'elle ne se décidait pas à dévoiler. La violence d'Antoine l'avait atteinte, même si elle n'en avait laissé transparaître. Peut-être avait-il raison. Elle avait voulu faire le bonheur de sa fille et celle-ci avait préféré se fondre dans le lac. Elle n'était entourée que de haine et l'absence d'Isaure lui était insupportable.

Elle tourna la clé de contact. Sa décision était prise. Elle rejoignit le domaine à petite allure. Elle regardait les lourdes grappes de raisin qu'elle ne verrait pas mûrir, les fleurs qu'elle ne verrait pas éclore, sans un regret. Elle se gara devant la maison et monta directement dans sa chambre. Elle avait tout ce qu'il lui fallait. Elle se servit un grand verre de whisky, mit en marche la boîte en laque rouge qui égrena sa petite musique et, le regard perdu au loin, elle avala, méthodiquement, les cachets qu'elle avait pris dans sa pharmacie.

Elle allait, enfin, rejoindre sa fille tant aimée.

Alice n'en menait pas large lorsque ses parents la confièrent à Josépha Beaulieu. Elle s'accrochait à la main d'Alexandra qui tentait de faire bonne figure. Elle aurait bien aimé rester avec sa fille, mais Josépha avait été formelle. Alice devait dormir seule dans la chambre pour que la courbe de ses rêves puisse être enregistrée par l'ordinateur pendant qu'une caméra filmerait la petite fille en train de dormir. Aucune présence étrangère ne devait perturber le cours de son cycle de sommeil. Elle avait uniquement droit à la compagnie de ses peluches, le lapin et le chat. Alexandra aida sa fille à mettre son pyjama et lui tint la main pendant que Josépha branchait des électrodes sur sa tête. Robin plaisanta pour détendre l'atmosphère.

— Mais c'est super-Alice, ma fille bionique. Ne profite pas de la nuit pour t'envoler dans les airs !

Alice lui adressa un pauvre sourire. Profitant de l'absence de Josépha, elle chuchota :

— J'aime pas la dame. Elle me fait peur.

Robin et Alexandra se penchèrent vers elle et l'embrassèrent. Josépha réapparut, munie d'un magnétophone et d'un micro. Elle expliqua :

— Si la vidéo tombe en panne, on aura au moins le son. Allez, ne vous inquiétez pas, je vais prendre soin de votre fille. Vous pourrez passer la reprendre demain, en début d'après-midi.

Ils sortirent silencieusement pendant qu'Alice fermait les yeux et s'assoupissait en chantonnant : *Aux marches du palais, aux marches du palais...*

34

Josépha passait et repassait sur l'écran la courbe de sommeil d'Alice. Elle n'en croyait pas ses yeux. Jusqu'aux alentours de trois heures du matin, tout se déroulait normalement. Les cycles de sommeil profond et de sommeil paradoxal se succédaient régulièrement. Ensuite, la courbe prenait une forme étrange comme si la petite fille avait fait un cauchemar. Mais, surtout, il semblait à Josépha que la courbe se dédoublait au moment où, sur l'écran, s'affichait : 2 h 57.

Josépha enclencha le magnétoscope et régla la cassette sur la même heure. L'image d'Alice, assoupie, filmée par la caméra infrarouge, apparut sur l'écran.

Elle dormait paisiblement. Soudain, ses cheveux et les draps furent agités, comme si un courant d'air les traversait. Le son grésilla. Alice se dressa sur le lit, se débattit comme si elle luttait contre quelqu'un. Elle ouvrit les yeux et Josépha entendit une voix qui n'était pas celle de la petite fille :

— Mais qu'est-ce que tu fais?... Qu'est-ce que tu fais? Arrête...

Alice porta la main à sa gorge, comme si on l'étranglait. La voix cria :

— Tu me fais mal! Tu me fais mal!

Et pendant que la voix poussait un cri déchirant, Alice retomba, inanimée, sur son lit.

Josépha rembobina la cassette, la réécouta. C'était totalement irrationnel, fou, mais elle avait parfaitement reconnu la voix qui résonnait dans la chambre d'Alice. Elle éteignit l'ordinateur et sortit. Il fallait qu'elle parle d'urgence aux parents de la petite fille.

Elle ne parvint à joindre que Robin. Il vint aussitôt et laissa un message sur le répondeur d'Alexandra. Josépha lui montra immédiatement l'enregistrement de la nuit d'Alice. Lorsqu'il vit la petite fille en proie à son cauchemar, il s'écria :

— Mais qu'est-ce que vous avez fait ? C'est un montage ! Ce n'est pas la voix d'Alice. Je veux la voir tout de suite !

Josépha le rassura.

— Ne craignez rien. Alice va très bien, elle joue dans sa chambre. Mais c'est ça le problème, je n'ai fait aucun montage et la voix que vous entendez, je la reconnais parfaitement...

— Allez-y ! On nage en plein délire, alors vous pouvez tout me dire !

— Eh bien, c'est celle d'Isaure Castella, mon amie d'enfance... qui est morte il y a vingt-cinq ans...

— C'est ridicule !

— Je sais, vous devez penser que je suis folle. Mais je n'ai aucun doute, c'est bien la voix d'Isaure. En plus, vous vous souvenez des dessins de votre fille ? Ils représentaient aussi Isaure. Alors qu'elle n'a jamais vu aucune photo d'elle ! Alice a certainement des dons qui nous dépassent. Je n'ai aucune explication sur le plan médical, c'est pourquoi je vais prendre contact avec un parapsychologue afin qu'il étudie cette bande.

— Vous pensez que ma fille a des dons de médium ?

— En fait, elle semble avoir la mémoire d'événements qu'elle n'a pas vécus. En jargon psychologique, on appelle ça la rétrocognition.

Robin secoua la tête en signe de dénégation.

— Moi, tout ce qui a trait au paranormal, au vaudou, je vous préviens que ça n'est pas mon truc. J'ai l'esprit trop rationnel pour ça.

— Moi aussi, mais en l'occurrence, aussi bizarre que cela puisse paraître, il semble qu'Isaure ait choisi Alice pour communiquer avec les vivants. Cela peut paraître fou, mais il n'empêche que c'est la voix d'Isaure qu'on entend distinctement sur la cassette. J'en suis absolument certaine.

Robin s'inquiéta.

— J'ai du mal à vous croire, mais ce qui m'importe surtout, c'est ma fille. Est-ce que tout ça la perturbe ?

Josépha se leva et, faisant signe à Robin de la suivre, elle le rassura :

— Non, elle n'a pas conscience de ce qui se passe. En attendant d'en savoir plus, vous pouvez la ramener chez elle car elle doit en avoir assez d'être ici.

Une fois qu'il eut récupéré sa fille, Robin essaya une nouvelle fois de joindre Alexandra. Son portable était toujours éteint. Il déclara alors d'un ton léger :

— Eh bien, princesse, ta maman semble s'être envolée. On va en profiter pour aller manger une glace... Et puis je te conduirai à l'école... Qu'est-ce que tu en penses ?

Pour toute réponse, Alice prit la main de son père et sauta d'un pied sur l'autre, sans lâcher son petit sac à dos dans lequel elle avait rangé ses inséparables peluches.

Alice savourait sa glace, le nez, comme d'habitude, orné de crème Chantilly. Elle regardait son père avec inquiétude.

— Papa, tu es sûr que tu ne vas pas avoir d'ennuis ? Maman m'a dit que t'avais pas le droit de me garder.

Robin essuya le nez de sa fille avec son mouchoir et répliqua :

— Pour l'instant, ta maman n'est pas là. Alors je m'occupe de toi. Ne t'en fais pas, je m'arrangerai avec elle. Je suis sûr qu'elle ne voudra pas me priver de ma princesse. Et maintenant, nous allons à l'école. Ta maîtresse doit s'inquiéter de toi.

Alice ne se fit pas prier. Ils arrivèrent à l'école au moment où la récréation s'achevait. Anna en les voyant s'exclama :

— Voilà ma petite revenante ! Je suis bien contente de te voir. Va vite en classe ! Je vous rejoins tout de suite.

Dès qu'Alice se fut éloignée, elle se tourna vers Robin. Il fit un geste vers elle, mais elle recula.

— Robin, j'ai réfléchi, il ne faut plus qu'on se voie. Je ne peux pas faire ça à Guillaume. Ce n'est pas juste...

Robin pâlit.

— Anna, tu vois bien que tu te mens à toi-même. Tu es la femme de ma vie, je le sais. Je n'arrête pas de penser à toi, et je suis sûr que c'est réciproque. Je le lis dans tes yeux.

Anna baissa les paupières. Elle avait pris sa décision et elle ne voulait pas faiblir.

— Non, Robin. J'ai vu Guillaume ce matin. Il m'a pardonné. Je ne veux pas être malhonnête. Commencer une vie amoureuse par une mauvaise action, je ne pourrais pas le supporter.

Robin tenta une dernière résistance.

— Tu vois, tu ne peux même pas me regarder, je sais que tu mens.

Anna prit sa respiration. Elle planta ses yeux mouillés dans ceux de Robin et répéta :

— Robin, il ne faut plus qu'on se voie.

Il tourna les talons pendant qu'elle rentrait dans la classe en essuyant ses larmes.

35

Alexandra attendait déjà depuis plus d'une demi-heure devant la prison. Enfin, la grande porte métallique s'ouvrit et Nicolas sortit, tenant à bout de bras un sac de voyage. Il marqua un temps d'arrêt, regarda à droite et à gauche comme s'il cherchait son chemin, puis il aperçut Alexandra qui s'avançait vers lui. Elle se jeta dans ses bras et ils s'embrassèrent fougueusement. Nicolas respira ses cheveux, il posa son front dans le creux de son cou en murmurant :

— Qui t'a dit que je sortais maintenant ?

Alexandra sourit :

— C'est ta femme qui m'a prévenue...

Devant l'air effaré de Nicolas, elle ajouta :

— Quand je pense que tu m'avais dit que c'était une pauvre petite chose ! Elle m'a bluffée ! Elle sait ce qu'elle veut !

— Oui, elle veut divorcer.

— Ça peut se comprendre !

Tout au bonheur de recouvrer la liberté aux côtés d'Alexandra, Nicolas ne voulut pas prolonger la discussion. Il l'enlaça et, se dirigeant vers la petite voiture rouge garée au coin de la rue, il murmura :

— Tu ne crois pas qu'on a mieux à faire que de parler de Gabrielle ?

Au domaine Castella, une fois encore, le traditionnel petit déjeuner n'était pas partagé par ses membres habituels. Éléna attendait sa grand-mère, qui avait coutume de se lever dès l'aube. Le thé brunissait dans la théière, les toasts refroidissaient et nul n'apparaissait. Enfin, elle vit arriver sa mère. Elle avait les traits tirés. Elle essayait de se féliciter de la libération de Nicolas qui devait avoir lieu dans la journée, mais la perspective de se retrouver face à lui était loin de la réjouir. Éléna lui demanda anxieusement :

— Tu n'as pas vu mamie ? Je ne l'ai pas entendue se lever et ça n'est pas dans ses habitudes de faire la grasse matinée.

Gabrielle se versa tranquillement une tasse de thé. Sa mère était tellement indépendante qu'elle n'était pas accoutumée à s'inquiéter pour elle. Néanmoins, elle dit à sa fille :

— Va voir dans sa chambre, elle ne s'est peut-être pas rendu compte de l'heure.

Éléna s'en alla frapper à la porte de la chambre de Suzanne. Personne ne répondit. Elle frappa une seconde fois et, n'entendant toujours rien, elle entrouvrit la porte. Suzanne était assise dans son fauteuil, face à la fenêtre. Sur le guéridon se trouvaient toujours le tube de cachets ainsi que la petite boîte rouge. Ne la voyant pas bouger, Éléna s'approcha de sa grand-mère et lui toucha l'épaule. Elle se mit à hurler lorsque Suzanne tomba sur le sol, inanimée.

Gabrielle accourut, alarmée par les cris de sa fille. Elle la trouva, accroupie à côté de sa grand-mère, lui soutenant la tête en sanglotant. Gabrielle se précipita alors sur le téléphone. Dix minutes plus tard, les secours étaient là et emmenaient Suzanne à l'hôpital. Gabrielle et Éléna suivaient l'ambulance en voiture. Elles restaient silencieuses, encore sous le choc. Gabrielle était effondrée, submergée par la culpabilité. Elle avait toujours pensé que sa mère était un monstre d'insensibilité. Elle se remémorait leurs disputes et, *a posteriori*, réentendait les appels au secours de sa mère qu'elle n'avait pas su remarquer. Elle s'était montrée dure avec elle, n'écoutant que sa propre douleur sans prêter attention à celle de Suzanne.

Quant à Éléna, elle avait l'impression de vivre un mauvais rêve. Sa grand-mère qu'elle aimait tant avait choisi de la quitter pour l'au-delà, Yann l'avait rejetée et sa propre mère vivait apparemment une histoire d'amour qui l'occupait à plein temps. Il ne lui restait plus qu'à prendre une décision : faire disparaître l'enfant qu'elle portait car elle ne se sentait pas assez solide pour l'assumer toute seule. En attendant, elle n'avait qu'une chose à faire : prier pour que sa grand-mère s'en sorte. Elle n'avait jamais été très croyante, mais elle retrouva les mots qu'elle avait appris quand elle allait au catéchisme pour prier un Dieu qu'elle avait un peu oublié.

Au bout d'une heure qui leur parut un siècle, un interne sortit de la salle de réanimation avec un grand sourire.

— Ça y est, elle est sortie d'affaire. Il était temps, mais elle est robuste et, heureusement, le lavage d'estomac a été efficace.

Éléna se sentit soulagée d'un grand poids. Elle demanda :

— On peut la voir ?

— Oui, mais une personne à la fois. Elle va bien, mais elle est très fatiguée. Elle a réclamé Isaure. C'est vous ? ajouta-t-il en s'adressant à Gabrielle.

Sans répondre, Gabrielle entra dans la chambre où gisait sa mère. Celle-ci, encore très pâle, avait les yeux dans le vague. Elle ne manifesta aucune réaction à l'arrivée de sa fille. Gabrielle, après un instant d'hésitation, lui prit la main et murmura :

— Maman, c'est moi, ta fille, Gabrielle..., pas Isaure.

Suzanne ne cilla pas. Elle regardait le plafond. Gabrielle avait envie de l'embrasser, mais l'impassibilité de sa mère la glaça. Elle arrangea ses cheveux collés sur son front, lui effleura la joue et s'en fut pour dissimuler les larmes qu'elle ne pouvait plus retenir. Un instant, elle avait cru pouvoir se rapprocher de sa mère, mais celle-ci ne l'avait pas appelée au secours, elle avait, tout simplement, voulu partir à jamais. Et pourtant, Gabrielle, au moment où elle avait failli la perdre, avait pris conscience de la place que Suzanne avait dans sa vie. Elle avait cru s'affranchir de l'emprise maternelle alors qu'elle aurait donné n'importe quoi pour pouvoir poser sa tête sur ses genoux et lui demander conseil sur les décisions qu'elle devait prendre. Mais c'était impossible.

En sortant de l'hôpital, elle regarda sa montre. Nicolas avait dû être libéré. Elle ne regrettait pas d'avoir prévenu Alexandra. C'était à elle d'aller le chercher, de lui redonner goût à la vie. Il serait toujours temps, un peu plus tard, d'avoir une vraie discussion avec lui sur l'avenir. Gabrielle rentra au domaine. Il fallait qu'elle remette de l'ordre dans ses idées avant d'affronter Nicolas. Elle se plongea dans les comptes de la société. Le bilan n'était pas brillant. Son mari avait fait des dépenses inconsidérées, empruntant toujours plus aux banques. Il fallait stopper cette fuite en avant car ils allaient à la catastrophe. C'était un remords de plus pour Gabrielle. Elle avait délibérément tourné le dos à la gestion, se réfugiant dans sa librairie et elle avait laissé les choses partir à vau-l'eau, faisant confiance à sa mère et à son mari pour prendre des décisions qui, elle s'en rendait compte maintenant, menaient le domaine à sa perte. Bien sûr, elle pouvait leur reprocher leur manque de réalisme, mais elle-même ne s'était jamais préoccupée de savoir d'où venait l'argent qui leur permettait de vivre sans soucis, agrandissant les terres au rythme des coteaux avoisinants qui étaient à vendre. Elle en était là de ses réflexions lorsqu'elle entendit le bruit d'une voiture qui ralentissait devant la maison. Une portière claqua et elle vit apparaître Nicolas.

Elle lui sourit et remarqua avec une pointe d'ironie :

— Tiens, je ne t'attendais pas si tôt.

Un peu penaud, Nicolas ne releva pas l'allusion. Il demanda :

— Tu fais quoi ?

Gabrielle referma les registres de comptes.

— Le bilan de la situation catastrophique dans laquelle tu nous as foutus. Mais si je trouve un acheteur, on s'en sortira.

Nicolas tomba des nues

— Tu veux vendre ? Ta mère sera d'accord ?

Gabrielle alla chercher une bouteille dans le bar. Elle la déboucha et remplit deux verres.

— Assieds-toi. Il faut que je te raconte tout ce qui s'est passé pendant que tu étais en prison. Commençons par ce qui est arrivé à maman...

36

Alexandra venait de coucher Alice lorsqu'on sonna à la porte. C'était Robin, l'air abattu, qui entra sans dire un mot. Alexandra entama les hostilités.

— Tu sais que j'aurais pu porter plainte contre toi. Tu imagines ma tête quand je suis arrivée à l'hôpital pour chercher Alice et qu'on m'a dit que tu étais parti avec elle !

— Tu te fous de moi. T'étais où quand on a essayé de te joindre ? C'est moi qui devrais porter plainte pour abandon d'enfant ! Tu as vu Josépha Beaulieu ? Elle t'a expliqué ?

— Oui. Les voix, les phénomènes paranormaux. J'ai aussi eu droit à la vidéo.

Voyant les yeux rougis de Robin, elle changea de ton :

— Allez, assieds-toi, ça n'a pas l'air d'aller.

Robin obéit et Alexandra s'aperçut qu'il pleurait. Elle proposa, soudain émue :

— Tu veux boire quelque chose ?

— C'est ça, oui. Et après, je te foutrai une bonne trempe, comme d'habitude.

Alexandra eut soudain honte de la machination qu'elle avait montée.

— Arrête. Je sais que j'ai exagéré.

Robin l'interrompit.

— Non, c'est vrai que t'as été bien tordue sur ce coup-là, mais, au fond, tu as raison. Je sais que je ne suis pas un bon père pour Alice. Regarde, elle est en train de devenir dingue. C'est ma faute. J'ai bien vu avec le juge... Je crois que je vais renoncer à la garde, ça sera plus simple.

Alexandra se sentit envahie par la culpabilité.

— Ne dis pas de bêtises. Je n'ai pas trop assuré non plus. On a tous les deux des torts. Il faut qu'on arrête de se battre, ça ne sert à rien. Allez, viens, on va aller lui dire bonsoir!

Robin prit sa femme par l'épaule et ils entrèrent dans la chambre de leur fille. Elle somnolait déjà et quand elle aperçut ses parents pacifiés penchés sur son lit, elle sourit, ne sachant plus si elle était dans le rêve ou la réalité.

Nicolas et Éléna étaient partis chercher Suzanne, qui n'avait plus de raison de rester à l'hôpital. Elle avait recommencé à s'alimenter et, bien qu'encore très faible, sa nature volontaire avait repris le dessus et elle exigea d'aller jusqu'à la voiture sans l'aide du fauteuil roulant qu'on lui avait proposé. Son pas n'était pas très assuré lorsqu'elle descendit les marches du perron, mais elle mit un point d'honneur à ne pas s'appuyer au bras de son gendre. Elle n'avait pas prononcé un mot depuis sa sortie et, dès son arrivée au domaine, elle monta directement dans sa chambre. Éléna arrangea les oreillers qui lui soutenaient la tête pendant que son père fermait les volets. Sa grand-mère feignait de dormir. La jeune fille dit alors à son père :

— Voilà, elle est bien installée. Mais elle serait peut-être mieux dans le salon. Comme ça, elle aurait moins de marches à monter... Qu'est-ce que t'en penses?

Suzanne ouvrit les yeux et martela en se redressant :

— Il n'en pense rien, mais moi je vais vous dire ce que je pense. Mes ancêtres, on les installait dans la salle commune quand ils allaient passer l'arme à gauche. Et on parlait d'eux à la troisième personne comme vous le faites. J'en suis pas là, je vous signale. Et j'ai une faim de loup car la bouffe de l'hôpital, merci bien !

Éléna sauta de joie à ces mots. Suzanne se leva en poursuivant :

— Éléna, est-ce que tu te sens capable de faire griller des aubergines ? Avec une tranche de jambon cru et des petits chèvres dans l'huile, on pourra survivre jusqu'à ce soir, surtout si mon gendre consent à ouvrir une bonne bouteille de nos chais !

Nicolas acquiesça en riant et ils descendirent tous les trois préparer le repas.

Gabrielle était partie ouvrir la librairie, soulagée d'avoir un sursis avant de se retrouver face à sa famille. Elle sentait qu'Éléna n'allait pas bien et elle aurait voulu lui demander ce qui la perturbait, mais une espèce de pudeur l'empêchait d'aller vers elle. Elle avait peur de se faire rembarrer et elle se sentait déjà tellement fragilisée vis-à-vis de sa mère qu'elle ne voulait pas courir le risque d'un nouvel échec. Il fallait qu'elle pense à elle, le temps n'était plus à la dépendance. Même si cela lui faisait mal, elle avait pris la décision, elle allait vivre pour elle, elle ne serait plus à l'ombre des autres.

Machinalement elle rangeait les romans qui l'avaient transportée dans un autre univers, par le truchement desquels elle avait vécu des aventures extraordinaires. Elle les palpait comme des objets familiers qui avaient été ses compagnons de rêverie pendant des années et qu'elle allait quitter pour une réalité plus dure mais peut-être plus intense.

Elle fut tirée de son vagabondage par un regard qu'elle sentit peser sur sa nuque. Antoine était à l'entrée du magasin. Comme toujours, elle fut émue par sa tranquille solidité. Tout naturellement, elle aurait voulu se jeter dans ses bras. Se sentir en sécurité, enfin. Mais l'ombre d'Isaure était encore présente, ineffaçable. Il fallait qu'elle résiste à son élan. Et ce fut d'autant plus difficile quand il dit :

— Tu es toujours aussi belle.

Elle tenta de plaisanter :

— C'est pour me faire des compliments que tu voulais me voir ?

Il se fit grave.

— Non, Gabrielle, je suis venu te voir parce que j'ai pris une décision. Je vais partir.

Gabrielle accusa le coup. Mais après tout, elle l'avait voulu, c'est elle qui avait tout déclenché. Elle se contenta de le regarder d'un air interrogateur, masquant à grand-peine le choc qu'elle avait reçu. Il poursuivit, inexorablement :

— Tout ce passé, c'est trop douloureux. J'ai appris en même temps que j'avais eu un enfant et qu'il était mort. Toi seule pouvais me donner une raison de rester, mais tu préfères la liberté... Je ne t'en veux pas... Et en même temps, je donnerais n'importe quoi pour rester... Je ne sais plus où j'en suis...

Gabrielle puisa ses dernières forces pour résister à la tentation. Elle s'approcha d'Antoine et planta bravement ses yeux bleu océan dans ceux plus sombres de son amant.

— Tu as raison, il faut partir, souffla-t-elle.

Il l'étreignit un instant en murmurant :

— Tu vas me manquer.

Elle soupira plus qu'elle ne dit :

— Toi aussi.

Il se dégagea et sortit de la librairie avant même qu'elle eût esquissé un geste.

Robin raccrocha, pensif. Antoine lui avait fait part de sa décision de quitter la région, mais, en même temps, il lui avait raconté sa visite au docteur Lacelot. Quelque chose dans l'attitude du vieux médecin l'intriguait. Il prétendait ne pas se souvenir de la mort de la jeune fille. Même après vingt-cinq ans, il était impossible qu'il l'ait effacée de sa mémoire. Il devait cacher quelque chose. Robin décida de lui rendre visite.

Celui-ci prit très mal cette nouvelle tentative d'en savoir davantage sur le décès d'Isaure. Et en plus, de la part d'un policier. Agité de tremblements, il proféra :

— Mais enfin, qu'est-ce que vous avez tous avec cette Isaure Castella ?... C'était il y a vingt-cinq ans !

— Un malaise cardiaque, à son âge, avouez que c'est un peu bizarre pour une jeune fille sportive comme elle l'était.

— Elle souffrait d'une malformation cardiaque..., se défendit le médecin.

Robin revint à la charge

— Elle n'aurait pas fait de natation si cela avait été grave.

Lacelot commençait à donner des signes de lassitude. Robin en profita :

— Docteur..., les faits sont prescrits aujourd'hui. Rien de ce que vous me direz ne sortira d'ici... Une autre jeune fille vient de mourir dans ce lac. Assassinée. Si vous savez quelque chose qui a été dissimulé à l'époque, vous devez me le dire. Il n'est pas trop tard.

Le médecin fit rouler son fauteuil jusqu'à la fenêtre. Il céda enfin.

— Sans le père d'Isaure, je ne serais pas là pour vous parler. Il m'a sauvé la vie pendant la guerre. J'avais une dette envers lui. Au moment de la mort d'Isaure, il est venu me voir. Il m'a dit qu'elle s'était suicidée mais il ne voulait pas que ça se sache. Il m'a supplié de conclure à une mort naturelle. Il ne voulait pas d'autopsie. Pas de scandale. Je l'ai compris, je lui étais redevable, et j'ai cédé. J'ai signé le permis d'inhumer. Maintenant, vous me dites qu'il faut que je vous aide. Qu'une autre jeune fille est morte. Je suis quitte avec la famille Castella, je suis donc libre de vous donner ceci. Ouvrez l'armoire à côté de vous.

Robin découvrit une pile de dossiers et d'archives entassés. Le médecin lui indiqua :

— Prenez le rouge, sur le dessus. Je l'ai relu hier. Toute ma vie, cette histoire m'a hanté. Il est temps que ma conscience se libère.

Robin prit le dossier. Sur la couverture écarlate était écrit : *Isaure Castella.*

Il le mit sous son bras et prit congé du docteur Lacelot. Celui-ci le raccompagna jusqu'à la porte, soulagé d'un grand poids mais inquiet de ce que Robin allait découvrir.

Une fois rentré au commissariat, Robin entreprit de lire le rapport qu'avait rédigé le médecin après avoir constaté le décès. Il l'avait rédigé mais l'avait gardé dans ses dossiers. Le doute n'était pas possible. Robin appela le domaine Castella ; il fallait qu'il fasse part à la famille d'Isaure des conclusions de l'examen médical qu'avait subi celle-ci.

Une demi-heure plus tard, il était debout, dans le grand salon du domaine, entre Gabrielle et Suzanne. De but en blanc, il s'adressa à cette dernière :

— Une noyade est une mort suspecte, madame Castella. Et comme toute mort suspecte, elle aurait dû faire l'objet d'une autopsie. Pourquoi n'avez-vous pas prévenu la police ?

Suzanne n'avait pas l'intention de baisser la garde. Elle se contenta de répondre :

— Pour des raisons personnelles.

Robin s'énerva.

— Comment pouvez-vous invoquer des raisons personnelles ? Qu'est-ce qui peut justifier d'étouffer une enquête ?

— Ce sont des raisons intimes que je préfère garder pour moi. Mon mari et moi voulions que notre fille soit enterrée religieusement, que sa mémoire reste intacte.

Robin préféra ne pas insister, mais il précisa.

— Le rapport du docteur Lacelot indique des hématomes, des traces de coups. Vous étiez au courant ?

Suzanne perdit de sa belle assurance. Elle blêmit.

— De quoi voulez-vous parler ? Des coups ? Mais ma fille s'est suicidée !

— Est-ce que vous vous rendez compte que votre mari et vous, en vous appuyant sur votre conviction, avez empêché que la vérité se fasse jour ?

À bout de forces, Suzanne cria :

— Mais quelle vérité ?

— Ce que j'essaie de vous faire comprendre, madame Castella, c'est que votre fille a probablement été assassinée. Et que son assassin court toujours.

À ces mots, Suzanne se laissa tomber sur le canapé. Gabrielle s'approcha d'elle pour la soutenir et, pour la première fois, elle ne refusa pas l'aide de sa fille. Elle se contenta de murmurer à l'adresse de Robin :

— Si vous avez raison, je ferai tout ce que vous voudrez pour vous aider à retrouver son meurtrier.

Robin s'en voulait de la brutalité avec laquelle il avait parlé à la vieille dame, mais elle faisait preuve d'une telle maîtrise d'elle-même qu'il savait, au fond de lui, qu'il n'avait pas eu le choix. Aussi profita-t-il de son avantage pour lui demander la permission de fouiller dans les affaires de sa fille. Suzanne ne fit aucune difficulté pour lui indiquer où était sa chambre et le laissa examiner à sa guise tout ce qui avait fait partie de la vie de jeune fille d'Isaure. Il repartit, chargé d'un carton plein de carnets, de photos et de bibelots qui lui avaient paru susceptibles de lui fournir des indices. Il les examinerait de façon plus approfondie dans son bureau.

Avant de prendre congé, il se justifia une dernière fois :

— Merci de me confier tout cela. Ça me permettra peut-être de confondre l'assassin. Il a tué votre fille, mais tout laisse à penser qu'il s'en est pris aussi à Anaïs et il faut l'empêcher de recommencer.

Appuyées l'une contre l'autre, Suzanne et Gabrielle le raccompagnèrent. Quand la lourde porte se fut refermée, elles se regardèrent un instant sans parler. Gabrielle osa enfin serrer sa mère dans ses bras sans avoir peur de se voir rejetée. Et celle-ci répondit à son étreinte, oubliant enfin son orgueil. Elle lui chuchota à l'oreille :

— Pardon.

Gabrielle fondit en larmes et les deux femmes restèrent enlacées, sans que l'ombre d'Isaure vienne les séparer.

Éléna marchait de long en large devant le parc de l'hôpital. Elle avait rendez-vous avec la gynécologue, mais le courage lui manquait. Elle aurait voulu que Yann soit au courant de ce qu'elle allait faire. Sa volte-face lui avait percé le cœur, mais il était injoignable et elle ne parvenait pas à puiser le courage de garder un enfant que son père avait rejeté. Le souvenir d'Isaure la hantait. Elle aussi avait attendu un bébé, elle aussi avait souffert de l'absence de celui qui devait être le père, et elle était morte... Son destin tragique redoublait la peur d'Éléna quant à ce qui pouvait lui arriver.

Elle franchit le seuil de l'hôpital. Elle n'avait pas d'autre solution, elle se sentait si seule. Elle aurait tant voulu se confier à sa mère ou à sa grand-mère, mais elles étaient plongées dans des pensées insondables qui les faisaient ignorer sa détresse. Il fallait qu'elle en finisse.

Elle se sentit un peu rassurée de constater qu'elle avait affaire à une gynéco. Elle saurait peut-être mieux la comprendre que s'il s'était agi d'un vieux docteur moustachu.

Elle trouva le courage de lui expliquer ce qui lui arrivait. Elle se soumit à l'examen sans broncher et les deux femmes s'assirent dans le bureau. Le médecin compulsait son dossier. Elle dit ce qu'Éléna avait craint :

— Vous n'êtes enceinte que d'un petit mois. Vous avez encore le temps de réfléchir. Le père est au courant ?

— Oui, il est complètement d'accord. Il n'a pas pu m'accompagner, mais il n'y a aucun problème. Et je n'ai pas besoin de réfléchir davantage. Ça fait une semaine que j'ai pris ma décision.

La gynécologue observait la jeune fille. Quelque chose ne cadrait pas avec ses dénégations, mais elle ne parvenait pas à déceler ce que c'était. Elle soupira et prit son carnet de rendez-vous.

— Bon. Dites-moi quand nous pouvons pratiquer l'intervention, et n'oubliez pas que, comme vous êtes mineure, nous avons besoin que vous soyez accompagnée d'une personne majeure pour l'IVG. Et surtout, souvenez-vous que vous pouvez encore changer d'avis...

Éléna, sans ajouter un mot, nota la date du rendez-vous et sortit en hâte. Elle courait droit devant elle dans le couloir et bouscula sans la voir une femme qui venait dans l'autre sens. Josépha, éberluée, ramassa les dossiers qu'elle avait fait tomber au cours de la collision. Éléna, stoppée net dans sa course, rouge comme un coq, ne savait que dire. Josépha, pour la mettre à l'aise, tenta une plaisanterie :

— Tu viens de commettre un hold-up pour courir si vite ? Viens dans mon bureau, il me semble qu'il faut que tu te remettes de tes émotions !

Éléna la suivit, sans mot dire.

Une fois la porte refermée, Josépha s'adossa au mur et ne lui laissa pas le choix :

— Tu sais, je te connais depuis ta naissance, alors n'essaie pas de me prendre pour une conne. Je crois que j'ai compris ce que tu faisais ici... Le couloir mène au service maternité... Et, à ce que je sache, aucune de tes copines n'est enceinte ! Alors, raconte-moi.

Éléna se sentit soulagée d'un grand poids. Mais son orgueil la poussa à tenter une dernière défense.

— Bon, t'as compris, mais t'inquiète pas, je gère. J'ai besoin de personne...

Josépha ne put s'empêcher de sourire.

— Oui, tu gères. Ben, tu t'es pas vue. Tu as une mine horrible. Tu as les yeux rouges, t'as l'air complètement à côté de tes pompes. Crois-moi, tu gères peut-être, pourtant il faut que tu en parles à tes parents.

Éléna se rebiffa.

— Si tu crois que c'est facile !

— Je n'ai pas dit que c'était facile, mais, je t'en prie, parles-en à ton père ou à ta mère... Ils t'aiment et, même s'ils ont l'air absents, il faut que tu les mettes au courant.

Éléna embrassa Josépha et dit en ouvrant la porte :

— Tu dois avoir raison, mais, s'il te plaît, laisse-moi faire. Je vais réfléchir.

Et elle sortit. Une fois dans la rue, elle ralluma son portable. Un message s'afficha. C'était Nicolas. Il voulait la voir. Elle le rappela aussitôt. Après tout, elle n'allait pas lutter contre le destin. Si son père avait envie de lui parler, elle n'allait pas se dérober. Ils se donnèrent rendez-vous au café où elle avait rencontré si souvent Yann.

Quand elle arriva, Nicolas l'attendait déjà. Elle fut frappée de voir combien ces quelques jours passés en prison l'avaient changé. Il semblait plus mûr, néanmoins, en même temps, il paraissait s'être fragilisé. Elle fut envahie d'un élan de tendresse tandis qu'elle s'approchait de lui. Son visage s'éclaira d'un sourire lorsqu'il la vit s'avancer. Il avait quelque chose de difficile à lui annoncer et il espérait ne pas lui faire de mal, mais il ne pouvait pas reculer.

Il alla droit au but.

— Ma chérie, je voulais te voir en dehors de la maison parce qu'il fallait que tu saches : ta mère et moi allons nous séparer. Il y a longtemps qu'on aurait dû le faire.

Éléna l'interrompit.

— Oui, je sais, tu l'as trompée. Ça fait des années que tu vas d'aventure en aventure.

Nicolas s'étonna.

— Tu t'en étais rendu compte ? Moi qui croyais être si discret !

Éléna se mit à rire.

— Mais je te fais pas la morale, papa. Et maintenant, il y a du nouveau ? Tu es amoureux ?

— Eh bien, oui. Et ça fait un bail que ça ne m'était pas arrivé. Ça a mûri peu à peu dans ma tête et je crois que mon séjour en prison m'a fait voir clairement les choses. Au moins de mon côté, du sien, je ne sais pas trop...

Éléna prit la main de son père.

— Mais dis-le-lui, papa. Il faut dire les choses, ne pas les garder pour soi. Y a rien de pire que de pas parler. D'ailleurs, il faut que je t'avoue aussi quelque chose.

Nicolas sirotait son café, insouciant. Il faillit s'étrangler quand sa fille prononça d'une voix claire :

— Papa, j'attends un bébé.

Il reposa sa tasse d'une main tremblante et balbutia :

— Comment c'est possible... À ton âge ?

Éléna, malgré son émotion, sourit en voyant l'air ahuri de son père.

— Tu sais, papa, c'est pas un miracle, je suis plus une enfant.

Nicolas tenta de reprendre ses esprits.

— Tu sais qui est le père ?

Éléna rit franchement.

— Ne passe pas d'un extrême à l'autre. Ce n'est pas parce que je suis enceinte que j'ai couché avec quinze mille mecs. Non, c'est Yann, l'ex-employé de maman.

— Le repris de justice ?

— Ah, ça te va bien de dire ça ! Tu as la mémoire courte ! Surtout, ne t'inquiète pas, j'ai pris rendez-vous pour une IVG. Il fallait que je t'en parle, mais j'ai pris ma décision et rien ne m'en détournera.

Puis elle se leva et embrassa son père, le laissant pétrifié.

Le soir tombait. Anna ne parvenait pas à quitter la classe que les enfants avaient désertée. Demain, elle allait remonter la nef de l'église au bras de son oncle afin de jurer fidélité à

Guillaume pour la vie. Elle tentait de se convaincre qu'elle avait fait le bon choix. Guillaume lui avait pardonné son aventure avec Robin. Il lui avait juré que son écart n'avait pas entaché son amour pour elle et elle voulait se persuader qu'elle-même en était sortie indemne. Son devoir était de s'unir au jeune homme dont la droiture et la fidélité l'émouvaient. Il fallait qu'elle se raisonne et qu'elle se lance dans sa nouvelle vie sans un regard en arrière, qu'elle chasse Robin de son esprit.

Pour le moment, elle errait entre les travées de la classe, ne se résolvant pas à rentrer chez elle pour préparer sa robe de mariée. Elle prit des livres qui traînaient sur son bureau et entreprit de les classer dans la bibliothèque. Elle était tellement absorbée par sa tâche qu'elle sursauta en entendant la porte claquer. Suzanne, tenant un petit paquet à la main, la regardait. Elle lui tendit la boîte, soigneusement enveloppée dans un papier de soie mauve, en disant :

— Tenez, c'est pour vous. À l'occasion de votre mariage...

Anna ouvrit le paquet. Dans un écrin de velours, elle découvrit un collier de perles fines. Elle s'exclama :

— Mais c'est trop ! Il ne fallait pas !

Suzanne prit le collier et le mit délicatement autour du cou de la jeune fille puis, essayant de maîtriser son émotion, elle murmura :

— Ça me fait plaisir. C'est un vieux bijou de famille... On se le passait de fille en fille...

Anna s'étonna.

— Mais alors, il faut qu'il reste dans votre famille...

— J'en avais deux. J'en ai donné un à Gabrielle. Celui-ci sera mieux sur vous que dans un carton, à prendre la poussière.

Anna sentit les larmes lui monter aux yeux. Suzanne remarqua.

— Vous avez l'air bien triste. Ça ne va pas ? C'est un peu normal de se sentir angoissée la veille de ses noces.

Anna se laissa aller.

— Oh, il n'y a pas que ça. Toutes ces recherches que j'ai entreprises pour retrouver ma vraie mère. Ça n'a rien donné, je vais abandonner...

Devant la détresse de la jeune fille, Suzanne s'approcha d'elle et lui entoura l'épaule. Anna s'abandonna dans ses bras. Bouleversée, celle-ci fut sur le point de lui parler. Mais, une fois de plus, elle eut peur. Elle se contenta de murmurer :

— Oh ! mon petit...

Anna sentit les larmes de Suzanne couler. Elle s'excusa :

— Pardonnez-moi, madame Castella, je vous fais pleurer avec mes histoires !

Suzanne se reprit.

— Mais non, c'est moi qui suis trop sensible.

Elles se regardèrent un moment en souriant. Suzanne ne put s'empêcher de demander :

— Vous avez déjà eu l'impression de vous être complètement trompée dans votre vie ?

Anna hocha la tête, affirmativement.

— Oh oui, surtout en ce moment.

37

Robin achevait d'éplucher les papiers appartenant à Isaure qu'il avait rapportés de chez les Castella. Il regardait les photos qu'il avait dénichées au fond de l'armoire de la jeune fille. Elles étaient un peu floues, comme si elles avaient été prises à l'insu de leur modèle. On y voyait Isaure, assise au bord du lac, se promenant au milieu des vignes, rêveuse au pied d'un arbre. Au dos des photos étaient inscrites des phrases, comme des messages :

Je veille sur toi.... Je ne vois que toi... Tu es à moi...

Robin avait appelé Gabrielle, mais personne au domaine ne connaissait l'existence de ces photos. Antoine ne pouvait pas non plus en être l'auteur, il avait été stupéfait quand Robin lui en avait parlé, et, de toute façon, il ne comptait pas au nombre des suspects ; il était à l'autre bout du monde au moment de la mort d'Isaure. Peut-être le docteur Beaulieu, l'inséparable amie d'Isaure, avait-elle entendu parler de ces clichés. Robin décida d'aller les lui montrer.

Josépha était en pleine consultation. Elle le reçut entre deux patients et eut du mal à dissimuler son impatience quand il lui tendit le paquet de photos. Robin n'avait pas l'intention de se laisser impressionner par son attitude. Il insista :

— À part Antoine Marange et vous-même, qui participait à vos sorties ?

— Oh, on était toute une bande, et ça changeait souvent.

— Et vous n'avez aucun souvenir de ces clichés ?

— Non, et de toute façon, je n'étais pas tout le temps avec elle.

Robin retourna les photos.

— Et l'écriture, elle vous dit quelque chose ?

Josépha ne laissa pas percer son trouble. Elle attrapa une cigarette et secoua la tête.

— Non, je ne vois pas. Vous savez, tout ça, ça date...

De guerre lasse, Robin rassembla les photos. Il se leva et lui tendit sa carte.

— Bon, si quelque chose vous revient en mémoire, n'hésitez pas à m'appeler.

Dès que la porte se fut refermée sur le jeune homme, Josépha décrocha son téléphone et dit à son assistante :

— Décommandez tous mes rendez-vous, j'ai une course urgente à faire.

Puis, elle se renversa en arrière sur son fauteuil, fixant les volutes de fumée qui s'échappaient de sa cigarette. Elle ne pouvait pas croire ce qu'elle avait lu derrière les photos d'Isaure. Il fallait qu'elle en ait le cœur net.

Par respect de la tradition, Guillaume était retourné chez ses parents pour passer sa dernière nuit de célibataire. Il était maintenant en haut de la nef, guettant sa fiancée qui se faisait attendre. Les amis et la famille étaient là au grand complet et seul le prêtre semblait prendre avec philosophie le retard de la mariée. D'après lui, la ponctualité n'était pas le propre des futures épousées. Guillaume gardait les yeux fixés sur la porte ouverte à deux battants. Il était inquiet car Anna avait un comportement de plus en plus étrange. Elle était tendre avec lui, mais il surprenait, quand elle ne se croyait pas observée, une anxiété sur son visage qu'elle s'efforçait de dissimuler derrière une gentillesse et des attentions qui, naguère, lui venaient tout naturellement. Depuis leur dispute, elle s'était appliquée à retrouver son attitude de compagne aimante, mais il avait toujours l'impression qu'elle était en service commandé, ce qui cadrait peu avec sa droiture naturelle. Aussi, ce retard, même minime, l'angoissait plus qu'il n'aurait dû.

Soudain, il vit apparaître la jeune fille, resplendissante de beauté, au bras de son oncle.

Elle s'avançait dans la nef, un voile vaporeux rabattu sur son visage, sa silhouette élancée soulignée par une simple robe princesse en piqué blanc qui lui donnait une élégance dépouillée de tout artifice. Elle serrait entre ses doigts gantés un petit bouquet de fleurs des champs qu'elle déposa sur le prie-Dieu quand elle parvint à la hauteur de Guillaume. Elle releva alors son voile et il aperçut ses grands yeux bruns embués d'un émoi qu'il n'osait définir. Elle ôta ses gants et il lui saisit la main, comme pour la rassurer.

Le curé ouvrit son micro et commença la cérémonie.

Anna entendait ses paroles comme à travers un brouillard. Son seul souci était de se tenir droite, d'essayer d'ignorer les photographes qui l'entouraient et de dominer la panique qui l'avait saisie. Elle entendit Guillaume prononcer d'une voix ferme :

— Oui, je le veux, à une question du prêtre qu'elle ne comprit pas.

Puis elle sentit les yeux de toute l'assistance se fixer sur elle, après une question dont elle n'avait compris que la fin :

— ... de le chérir et le protéger pour le restant de vos jours ?

Elle vit le visage de Guillaume tendu vers elle, son regard implorant, et tout devint clair pour elle. Elle saisit à deux mains sa lourde jupe, se retourna, et partit au galop vers la sortie. Une sourde rumeur accompagna sa fuite, dominée par les cris de Guillaume qui la poursuivait en hurlant :

— Anna, Anna... !

Elle n'en avait cure. Elle sentait qu'elle avait enfin pris une décision qui lui ressemblait, même si cela la jetait dans un abîme dont elle ne connaissait pas l'issue.

Elle courait dans la rue, ne sachant vers où se diriger quand un taxi faillit la renverser. Il pila devant elle et elle s'engouffra à l'intérieur. Dans un souffle, elle prononça le mot qui, pour elle, symbolisait un refuge :

— À l'école, s'il vous plaît !

Cinq minutes plus tard, elle sonnait à la grille. Mathieu Beaulieu était en train de déjeuner. Il arriva en s'essuyant la bouche et découvrit, médusé, son institutrice, toujours vêtue de sa robe de mariée, un peu échevelée, avec le regard d'une biche qui a échappé par miracle aux chasseurs.

Il lui ouvrit la grille et s'effaça pour la laisser entrer. Elle demanda :

— Pouvez-vous payer le taxi ?... Je vous rendrai l'argent plus tard, je n'ai rien sur moi.

Il obtempéra, toujours sous le coup de la stupéfaction. Lorsqu'il fut de retour, Anna ne tenta pas d'explication. Elle se sentait totalement vidée. Elle n'eut que la force de dire :

— Je vous expliquerai plus tard. Je ne savais pas où aller. Est-ce que je peux prendre le petit lit de camp de l'infirmerie pour la nuit prochaine ? Il faut que je sois tranquille, que je ne voie personne. Est-ce que vous voulez bien ?

Sans un mot, Mathieu détacha la clé de l'infirmerie du tableau accroché près de la porte et la tendit à Anna. Elle allait parler lorsqu'ils entendirent un miaulement déchirant. Chester s'avança à petits pas pressés vers eux. Anna se pencha pour le caresser, mais il se tint à distance, continuant à miauler de façon insistante. Mathieu remarqua :

— Il m'a l'air bien énervé, ce chat. Minou, minou...

Il tenta de l'attraper, mais Chester bondit pour lui échapper et s'enfuit au galop. Anna le regarda disparaître et murmura, comme pour elle-même :

— Il est comme moi, ce chat... Il prend toujours la fuite...

Et elle partit vers l'infirmerie tandis que Mathieu, sans poser davantage de questions, rentrait dans son appartement.

Suzanne n'avait pas voulu assister au mariage d'Anna. Elle était dans sa chambre, regardant de vieilles photos jaunies. Elles représentaient toutes Anna, petite fille, faisant sa première communion, à l'école, puis adolescente. Suzanne les avait collées dans un album pendant que celle-ci grandissait, devenait une femme. La vieille dame avait été sur le point de révéler à sa petite-fille le secret de sa naissance, mais une fois de plus, elle n'avait pas trouvé le courage d'avouer ce qu'elle s'était appliquée à cacher pendant vingt-cinq ans. Maintenant, elle savait qu'il fallait qu'elle répare tout le mal qu'elle avait fait. Elle enfouit l'album dans son sac et partit, d'un pas ferme, vers la maison du lac.

Antoine était en train de fermer les volets du chalet. Il avait déposé son sac de marin devant la porte et s'apprêtait à la verrouiller lorsque Suzanne apparut au bas de l'escalier.

Pour la première fois, il ne perçut pas de haine dans les yeux d'acier de celle-ci. Bien au contraire, elle le regardait avec une émotion qu'il ne lui avait jamais connue. Il descendit les marches qui le séparaient d'elle et elle lui saisit le bras.

— Je crois que nous avons des choses à nous dire, tous les deux. Allons faire un tour.

Ils se dirigèrent vers le lac. On entendait au loin le bruit de la cascade qui ruisselait doucement, paisiblement, filtrant les rayons du soleil. Une légère brume s'élevait au-dessus des eaux frémissantes. Tout respirait la paix, comme celle que scellaient les deux promeneurs. Ils s'assirent au bord de l'eau et Suzanne, contemplant pensivement le lac qui lui avait pris sa fille, se décida à parler :

— Vous savez ce que c'est de s'enferrer dans des mensonges jusqu'à en mourir ? Moi, je le sais, j'ai menti toute ma vie et j'ai failli en crever.

— Oui... Je suis au courant.

— Ça m'a fait réfléchir, de même que ce que vous m'avez dit l'autre jour...

— J'ai été violent, mais...

— Vous avez parlé avec votre cœur, Antoine... Moi, je l'ai fait aussi pendant vingt-cinq ans, mais mal. Je croyais agir comme il le fallait, mais en réalité, j'ai tout gâché. Je vous dois la vérité. Isaure n'a jamais reçu vos lettres. Je les brûlais au fur et à mesure qu'elles arrivaient. Elle n'avait que seize ans et je ne voulais pas qu'elle vous suive. Je pensais que c'était pour son bien.

Antoine se tourna vers elle, incrédule.

— Mais ce n'était qu'une histoire de jeunesse. Elle se serait peut-être arrêtée comme elle avait commencé...

Suzanne lui tendit l'album de photos.

— J'en doute. Tenez, regardez, c'est à vous.

Antoine regarda sans comprendre les photos d'Anna.

— Qui est-ce ?

— C'est votre fille. Vous avez une fille, Antoine. Elle est en vie et elle s'appelle Anna.

Antoine eut le souffle coupé.

— Une fille ? Moi ?

Plus rien n'aurait pu empêcher Suzanne de parler. Elle lança d'un trait :

— Anna est née deux mois avant terme. Isaure devait accoucher en Suisse et nous l'avions convaincue d'abandonner l'enfant. Mais rien ne s'est passé comme nous l'avions prévu. Un matin, elle a été prise de contractions, mon mari l'a emmenée en urgence à la clinique voisine. Le chef de la maternité était un de nos amis. Il a pensé à M. et Mme Fauve qui n'arrivaient pas à avoir d'enfant et il leur a proposé d'adopter Anna.

— C'était illégal...

— Oui, mais c'était la solution la plus simple et rapide. Votre fille aurait une famille normale. Je croyais qu'elle serait plus heureuse... et j'ai toujours veillé sur elle sans qu'elle le sache. Mais tout ne s'est pas déroulé comme je l'avais prévu. Anna est malheureuse. Elle a découvert qu'elle avait été adoptée et elle souffre... Votre fille, ma petite-fille, souffre...

Antoine caressait machinalement les photos de la jeune fille. Il scrutait avidement ses traits, cherchant un souvenir d'Isaure dans les yeux pleins de candeur d'Anna, dans ses longs cheveux qui retombaient sur son front en un mouvement cranté qui lui rappelait celui qu'il avait si souvent relevé sur celui de sa mère.

Suzanne s'éloigna doucement, le laissant à sa rêverie. Elle remonta le petit chemin escarpé, s'aidant de sa canne. Pour la première fois depuis des années, elle se sentait apaisée, tranquille avec sa conscience. Il ne lui restait plus, dans l'avenir, qu'à s'efforcer de réparer le mal qu'elle avait causé.

Elle traversa les vignes qui avaient été sa raison d'être depuis qu'elle avait mis les pieds au domaine. Quelques jours auparavant, elle leur avait dit adieu et elle se sentait maintenant revivre, les grains de raisin crevaient sous la chaleur du soleil, promettant une vendange généreuse comme les jours qui lui restaient à vivre.

C'est emplie de ces images de bonheur qu'elle franchit le seuil de la maison pour trouver Gabrielle assise sur le canapé, prostrée, qui ne leva même pas les yeux à son arrivée. Elle s'approcha de sa fille :

— Qu'est-ce qu'il se passe, ma chérie ? Tu es livide.

Gabrielle reprit pied dans la réalité.

— Il se passe que Nicolas vient de m'annoncer qu'Éléna est enceinte... Elle le lui a dit tout à l'heure et s'est enfermée dans sa chambre. Tu te rends compte, elle en a parlé à son père et pas à moi. Je croyais être proche d'elle et je suis complètement passée à côté... Je ne sais pas quoi faire.

Suzanne reprit les choses en main.

— Elle l'a dit, c'est ce qui compte. Et... qui est le père ?

— Yann, mon ancien employé. Tu avais raison, j'aurais dû m'en méfier. Mais, de toute façon, Nicolas m'a assuré qu'elle avait l'intention d'avorter. Je crois qu'elle a raison, elle n'a aucun avenir avec ce garçon. Il est complètement paumé et elle ne l'aime plus.

Suzanne avait l'impression de revivre une scène enfouie dans sa mémoire. Elle s'insurgea :

— Tu en es sûre ? Qu'est-ce qui te fait dire ça ?

— Mais elle n'a que seize ans, maman.

Suzanne prit tendrement la main de sa fille et murmura :

— C'est exactement ce que j'ai dit à Isaure. J'étais persuadée d'avoir raison. Tu te rends compte, Éléna a exactement l'âge de ta sœur lorsqu'elle était enceinte. Il me semble que l'histoire se répète. C'est curieux, non ? C'est peut-être pour que nous ne reproduisions pas les mêmes erreurs.

Désemparée, Gabrielle appela sa mère au secours.

— Maman, qu'est-ce que je dois faire ?

— Parler à ta fille. L'écouter. Surtout, ne décide pas pour elle. Allez, va la voir !

Gabrielle obéit. Elle gravit lentement les marches de l'escalier, saisie de timidité vis-à-vis de sa fille qui lui paraissait soudainement une étrangère. Elle lui en voulait de ne pas s'être confiée, et en même temps elle avait conscience qu'elle ne s'était pas montrée assez attentive. Partagée entre ce reproche et sa culpabilité, elle frappa furtivement à la porte de la chambre d'Éléna. Nul ne répondit. Gabrielle murmura contre la porte.

— Éléna, ouvre-moi. Ton père m'a parlé. Je sais...

Elle s'arrêta, ne sachant comment choisir ses mots. Aucun bruit ne provenait de la chambre. Gabrielle s'assit contre la porte. Elle colla ses lèvres au chambranle :

— Ma chérie, je sais ce que tu ressens. Et même si tu ne me crois pas, sache seulement une chose : quelle que soit ta décision, je serai avec toi, je t'aiderai.

De l'autre côté, Gabrielle perçut comme un sanglot. Puis, lentement, la porte s'entrouvrit et elle aperçut sa fille qui lui faisait signe d'entrer.

Alice s'était couchée tôt. Sa maman lui avait lu, comme toujours pour l'endormir, un chapitre de son livre préféré. Elle lui avait à nouveau demandé de lui décrire le large sourire du chat Chester et, pendant qu'Alexandra lisait, elle s'était assoupie. Mais le chat la poursuivait dans ses songes. Il miaulait, miaulait de plus en plus fort. Puis elle entendit le bruit d'un coup sourd, terrifiant, et elle se réveilla en sursaut. Alice chercha des yeux dans sa chambre ce qui avait pu provoquer ce bruit, et, apeurée, elle sauta à bas de son lit et courut, pieds nus, dans la chambre de sa mère. Celle-ci dormait profondément ; Alice se glissa dans son lit et se blottit contre elle. Alexandra ouvrit les yeux et l'enlaça.

— Qu'est-ce qu'il se passe, ma puce, tu as fait un cauchemar ?

Alice mit les bras autour du cou de sa mère.

— Maman, tu sais, Chester... ?

— Oui...

— Il est mort.

Et elle se mit à pleurer. Alexandra lui caressa les cheveux en la berçant comme quand elle était petite. Calmée, Alice ferma les yeux et se rendormit. Alexandra resta un long moment, les yeux ouverts, se demandant avec inquiétude ce que présageait le rêve de son étrange petite fille.

38

Anna avait déplié le lit de camp dans sa classe. Elle préférait dormir dans un endroit moins sinistre que l'infirmerie, mais elle avait du mal à trouver le sommeil. Elle se tournait et se retournait dans son duvet, engoncée dans le jogging qu'elle gardait toujours à l'école pour les cours de gymnastique. Elle avait tenté vainement de joindre Guillaume sur son portable qui restait désespérément muet. Elle imaginait son chagrin et s'en voulait d'en être la cause, mais elle n'avait pas pu résister à la panique. Et, si elle voulait être honnête avec elle-même, elle ne regrettait pas de s'être enfuie ; ses remords portaient davantage sur sa lâcheté des jours précédents. Elle n'aurait pas dû céder aux supplications de son fiancé. Elle savait parfaitement qui elle avait dans le cœur, mais elle n'avait pas eu le courage de le reconnaître.

Elle fut interrompue dans ses pensées par un miaulement déchirant. Chester devait être dans les parages. Il poussa un nouveau cri étranglé, et le silence retomba. Anna s'extirpa de son duvet et regarda par la fenêtre. Elle aperçut Josépha qui sonnait à la grille. Elle devait chercher son frère.

Pieds nus, Anna partit en quête de Mathieu. Elle frappa à la porte de son appartement mais nul ne répondit. Elle tourna les talons et repartait vers la classe lorsqu'elle l'aperçut qui sortait doucement du petit cagibi où il rangeait ses articles de pêche. Il était tellement occupé à verrouiller la porte qu'il ne la vit pas. Se sentant de trop, Anna préféra rentrer dans sa classe sur la pointe des pieds pendant que Mathieu allait ouvrir à sa sœur.

Celle-ci, sans même l'embrasser, lui demanda nerveusement :

— Qu'est-ce que tu fichais ? Ça fait une heure que je sonne.

Sans prêter attention à son impatience, Mathieu entraîna Josépha vers son appartement en la tenant affectueusement par l'épaule.

— Rien, je somnolais. Que me vaut l'honneur de ta visite à une heure pareille ?

Josépha s'écroula sur le canapé du salon.

— J'ai l'impression de devenir folle. Tu sais, ta petite élève, Alice Keller... Elle a passé la nuit dans mon service et je l'ai enregistrée. Elle a fait un cauchemar terrible. Quelqu'un était en train de l'agresser. Elle criait... Elle criait... Et tu ne devineras jamais quelle voix j'ai entendue !

Mathieu essaya de détendre l'atmosphère.

— Jeanne d'Arc entendait les voix des anges... Et toi ?

Josépha n'avait pas le cœur à plaisanter.

— Ne rigole pas. Je suis certaine qu'Alice criait avec la voix d'Isaure. C'est hallucinant, tu crois que je perds la boule ?

— Mais non ! Tu es simplement surmenée. Le manque de sommeil, ça tape sur le ciboulot. Je suis bien placé pour le savoir...

Josépha regarda son frère droit dans les yeux.

— Tu vas bien, Mathieu ?

Mathieu sourit en étendant les jambes.

— Parfaitement. C'est pour me demander ça que tu es venue en pleine nuit ? T'as raison, je vais finir par m'inquiéter.

Devant le ton badin de son frère, Josépha renonça. Elle n'avait pas choisi le moment propice pour avoir une conversation avec lui. Elle se leva.

— Bon, je vais te laisser dormir. Excuse-moi d'être venue te raconter toutes ces folies.

Elle déposa un baiser léger sur son front et sortit. Celui-ci resta les yeux fixés sur la porte fermée, puis, nonchalamment, il ouvrit un tiroir, sortit un paquet de pistaches et commença à les croquer.

Le soleil était déjà haut quand Anna ouvrit les yeux. Elle eut du mal à réaliser où elle se trouvait. Et puis tout lui revint. Le mariage, sa fuite, sa vie qui basculait... Elle se leva et s'étira. Elle fit quelques pas dans la cour et entendit une voix proposer doucement :

— Un petit café ?

Debout derrière elle, Mathieu lui souriait, une tasse à la main.

Elle rougit et, pour se donner une contenance, demanda :

— Vous avez bien dormi ?

— Divinement. Entre 5 heures 27 et 6 heures 12, j'ai eu une grosse nuit réparatrice...

Anna s'étonna.

— Vous ne dormez jamais ?

— La vie est trop courte pour perdre son temps à dormir ! Quand vous aurez fini votre café, ne vous embêtez pas avec le lit de camp, mettez-le devant ma porte, je m'en débrouillerai car les enfants vont bientôt arriver.

Anna obtempéra. Après avoir posé le lit devant la porte, elle allait retourner dans la classe lorsqu'elle aperçut, un peu plus loin dans le couloir, une large tache sombre devant la porte du cagibi. Elle s'approcha, mais Mathieu surgit. Il avait l'art de marcher silencieusement et elle sursauta.

— Vous êtes devant mon royaume, remarqua-t-il en souriant. Vous savez, je ferme toujours la porte à clé car j'entrepose ici des objets dangereux pour les enfants. Ils pourraient se blesser avec les hameçons. J'ai une magnifique collection d'appâts. Vous voulez les voir ?

Mathieu se mit à fouiller dans sa poche pour trouver la clé.

Anna se mit à rire.

— Mon père en avait aussi. Alors je me souviens de l'odeur ! Et, après le café, ça ne me semble pas une bonne idée.

Mathieu parut déçu.

— Vous êtes sûre ?

Anna regarda sa montre.

— Oui, je suis désolée. Ça sera pour une autre fois, je vais être en retard.

Et elle partit en courant, saisie d'un malaise qu'elle ne parvenait pas à définir. Mathieu se montrait bien empressé. Peut-être s'attendait-il à ce qu'elle lui montre de la reconnaissance pour l'aide qu'il lui avait portée ? Elle se demandait si elle n'avait pas eu tort de faire appel à lui.

Après une petite douche rapide au gymnase, elle se tenait prête à accueillir les enfants lorsque la sonnerie de son portable retentit. Elle se mit à trembler. Elle allait enfin pouvoir s'expliquer avec Guillaume. Elle rentra dans la classe pour répondre et fut étonnée d'entendre une voix inconnue lui dire :

— Allô, vous êtes bien Anna Fauve ?

— Oui, elle-même.

La voix reprit.

— Voilà, je m'appelle Antoine Marange... J'ai quelque chose à vous dire...

À mesure qu'il parlait, le visage d'Anna se décomposait. Elle était appuyée contre la porte de sa classe et avait l'impression que ses jambes allaient bientôt cesser de la porter. Lorsqu'elle eut raccroché, elle se laissa glisser sur le carrelage où elle resta accroupie. Mathieu apparut.

— Mais qu'est-ce que vous faites là ? Les enfants vous attendent. Vous ne vous sentez pas bien ?

Anna leva vers lui un regard égaré.

— Excusez-moi, il faut que je parte. Pouvez-vous me remplacer ?... C'est urgent !

— Il y a un problème avec votre mère ?

Anna murmura dans un souffle :

— Non..., mon père.

Et elle s'enfuit pendant que les enfants, éberlués, se mettaient en rang. Seule Alice la regardait en souriant, comme si tout allait de soi. La petite fille passa devant Mathieu pour entrer dans la classe en faisant un petit saut de côté pour éviter de le toucher.

Anna n'avait plus le choix. Il fallait qu'elle passe chez elle. Antoine, après lui avoir annoncé, tout à trac, qu'il était son père, lui avait donné rendez-vous au café de la Place à dix heures. Il fallait au moins qu'elle se change. Elle ne pouvait pas faire connaissance avec ce père qu'elle avait tant cherché en tenue de jogging. Heureusement, l'appartement était vide. Elle n'aurait pas supporté un nouveau choc en se retrouvant face à face avec Guillaume.

Elle choisit une des robes qu'elle avait achetées en prévision de son voyage de noces. Au moins, elle n'aurait pas honte en se présentant à Antoine. Elle brossa rapidement ses longs cheveux bruns et, se regardant dans la glace, elle jugea qu'elle était présentable.

Elle avait encore une demi-heure devant elle. Il fallait qu'elle voie Robin, qu'elle lui raconte... Elle passa sans broncher devant le regard toujours goguenard des flics assis dans l'entrée et fila tout droit vers le bureau de Robin. Lorsqu'il la vit, il ouvrit les bras, et, sans hésiter, elle s'y précipita. À mots hachés, elle lui raconta l'appel d'Antoine. Elle s'assit et demanda :

— Qu'est-ce que je dois faire ? Tu te rends compte, il m'a demandé si je m'appelais bien Anna Fauve, si j'avais bien été adoptée. Je lui ai répondu oui et il m'a dit : « Je m'appelle Antoine Marange et je suis votre père ! » J'ai cru que j'allais m'évanouir.

Robin se mit à rire.

— Eh bien, voilà ! Tu cherchais tes parents, tu en as trouvé un et tu tombes dans les pommes ! En plus, Antoine Marange, c'est un type bien.

— Tu le connais ?

— Oui, je l'ai croisé ces jours-ci... Allez, vas-y, ma chérie, tu ne vas pas arriver en retard à un rendez-vous pareil !

Anna se laissa aller dans ses bras, et, le regardant gravement, elle déclara :

— J'ai besoin de toi, Robin.

Devant l'émotion du jeune homme, elle sourit puis s'en alla retrouver son père.

Gabrielle était assise dans la voiture garée devant l'hôpital. Elle était en proie à un découragement insondable. Éléna n'avait pas voulu en démordre malgré les efforts de sa mère et de sa grand-mère. Le moment de l'intervention était venu et, quand elle avait quitté la voiture, saisissant son petit sac de voyage, elle avait eu le même geste que lorsque, petite, elle partait coucher chez Anaïs avec son pyjama et ses peluches entassées dans un sac à dos. Comme le temps avait passé... Et, maintenant, elle voulait aller, toute seule, à ce rendez-vous qui allait changer sa vie, irrémédiablement. Gabrielle soupira. Elle se sentait impuissante devant les événements. Elle avait essayé d'intervenir en allant voir Yann. Elle avait naïvement cru que, si elle se réconciliait avec le jeune homme, il reprendrait contact avec Éléna. Mais mal lui en avait pris. Il l'avait accueillie avec l'air fermé des mauvais jours. Il n'avait pas bronché lorsqu'elle lui avait rapporté l'intention de sa fille de se faire avorter et il l'avait laissée repartir sans un mot. Elle n'avait pas parlé de sa démarche à Éléna, craignant de la blesser. Tout ce qu'elle pouvait faire, maintenant, c'était rester proche de sa fille, ne pas laisser se reconstruire le mur d'incompréhension qui s'était dressé entre elles.

Quant à Éléna, elle n'en menait pas large dans la salle d'attente de la maternité dont les murs étaient couverts de posters montrant de jolis bébés souriants ou en pleurs. La pièce était bondée et la jeune fille s'était assise sur la dernière chaise libre, juste à côté d'une jeune femme rousse à l'air avenant, et manifestement près d'accoucher. Éléna gardait les yeux dans le vague, peu encline à bavarder, mais sa voisine ne se laissa pas décourager et entama la conversation :

— C'est votre première fois ?

Éléna garda le silence. La jeune femme poursuivit :

— Je comprends. On est toujours un peu anxieuse à la première échographie. Mais vous verrez, c'est tellement émouvant de voir cette petite forme, et surtout d'entendre les battements de son cœur. Moi, c'est mon troisième...

Elle s'interrompit, interloquée, en voyant la jeune fille se lever d'un bond. Elle n'en pouvait plus. Elle se précipita vers la porte. Sa mère se tenait, toute droite, dans le hall d'entrée. Éléna cria :

— Maman, maman, s'il te plaît, emmène-moi !

Gabrielle enveloppa sa fille de ses bras et lui murmura.

— Viens, on rentre à la maison.

Éléna s'abandonna contre sa mère. Enlacées, elles marchèrent jusqu'à la voiture et prirent le chemin du domaine. Gabrielle fixait la route, et, de temps en temps, regardait sa fille à la dérobée. Elle avait été si maladroite à son égard qu'elle n'osait plus commenter la décision qu'Éléna avait prise, lui dire combien cela la rendait heureuse. De plus, celle-ci s'était rencognée dans le fond du siège et ne disait mot. Elle était soulagée d'avoir gardé son bébé, mais la perspective de l'élever seule l'emplissait d'une peur panique, même si elle savait qu'elle pouvait compter sur ses parents et sa grand-mère. Son besoin de Yann lui étreignait le cœur, elle aurait donné n'importe quoi pour le voir apparaître au détour du chemin, qu'il la prenne dans ses bras et l'emmène dans leur palais aux bougies. Il lui semblait qu'il s'était écoulé des siècles depuis leur nuit au milieu des pétales de roses.

Aussi se crut-elle victime d'une hallucination lorsqu'elle aperçut, accroupi devant la grille du domaine, le jeune homme qui se redressa à l'arrivée de la voiture. Gabrielle freina brusquement et Yann ouvrit la portière. Sur son visage se lisaient l'angoisse et la résignation.

Éléna ne le laissa pas longtemps plongé dans l'inquiétude. Avec un grand sourire, désignant son ventre à peine rebondi, elle murmura à l'adresse de son amoureux en descendant de la voiture :

— Il est toujours là !

Yann se laissa tomber à genoux devant Éléna. Serrant ses longues jambes entre ses bras, il posa sa tête contre le flanc de la jeune fille en murmurant :

— Je t'aime tellement... Je suis si heureux que tu aies gardé notre enfant. Sinon, je ne me le serais jamais pardonné. Je sais que ça va pas être facile, mais sois tranquille, je vais me battre, on va l'élever...

Tandis qu'Éléna caressait doucement les cheveux du jeune homme, Gabrielle redémarra et s'éloigna lentement du couple enlacé.

39

Antoine avait les yeux fixés sur la porte du café. À chaque fois qu'elle s'ouvrait, il s'attendait à voir entrer Anna. Il s'était assis à une table bien en vue. Sa nervosité était à son comble. Lorsqu'elle arriva, il sut immédiatement que c'était elle. Sa silhouette était si semblable à celle d'Isaure. Même s'il n'avait pas vu les photos que lui avait données Suzanne, il l'aurait reconnue. Il se leva lentement pendant qu'elle s'avançait vers lui. Il lui sembla que cela durait un temps infini. Ils se regardèrent intensément, paralysés par la timidité qui les empêchait de parler. Il lui fit signe de s'asseoir et murmura d'une voix étranglée :

— J'avais préparé un beau discours, mais il vient de s'envoler... Vous voulez boire quelque chose ?

Incapable de prononcer une syllabe, Anna hocha la tête. Antoine prit les choses en main. Il appela le serveur.

— Deux cafés.

Ils se regardaient, en silence, aussi émus l'un que l'autre. Lorsque leurs cafés furent servis, machinalement, ils se mirent à tourner leur cuillère dans la tasse d'un même mouvement, sans y avoir mis de sucre. Ils s'en aperçurent et éclatèrent d'un rire complice. En même temps, ils dirent :

— Je...

Et s'arrêtèrent en même temps. Antoine se décida à rompre la glace.

— C'est fou ce que tu ressembles à ta mère. Tu n'as pas les mêmes traits, mais, pourtant, tu me la rappelles tellement...

— Vous pensez que je pourrai la rencontrer ?

— Non, elle est morte. Juste après votre naissance, et je n'étais pas là... J'ignorais que j'avais une fille, je l'ai appris hier. Ça m'a fait un choc... Mais, à vous..., à toi, ça doit faire un choc aussi... Tenez..., tiens, elle a laissé ça pour toi...

Il sortit alors la lettre d'Isaure de sa poche et la tendit à Anna. Celle-ci la prit et commença à la lire. Au fur et à mesure qu'elle avançait dans sa lecture, les larmes se mirent à couler sur son visage. Antoine, penaud, lui tendit un mouchoir.

— Ce que je peux être bête. Décidément j'ai tout faux. J'aurais dû attendre. Et je te balance tout, comme ça, brutalement.

Anna se moucha et se remit à pleurer.

— Mais non..., je l'ai tant cherchée... C'est tellement bizarre, maintenant, j'ai une lettre de ma vraie mère, j'ai un père... Il faut que je m'habitue...

Antoine lui tendit un second mouchoir.

— Allez, j'ai prévu le coup, j'ai de la réserve !

Anna sourit et sortit de son sac un paquet de Kleenex.

— Moi aussi. Dites-moi..., dis-moi, comment elle était ma mère ? Elle a dû être tellement malheureuse... Raconte-moi.

Antoine se leva.

— Viens. Je retrouvais toujours ta mère auprès du lac. C'est là que nous jouions lorsque nous étions enfants, c'est là où je l'ai embrassée pour la première fois, et c'est encore sur ses rives qu'on l'a retrouvée, alors je crois qu'elle sera contente si je te la raconte sur son lieu de prédilection. Elle sera sûrement avec nous pendant que je te conterai notre histoire.

Osant enfin se tenir par la main, ils partirent vers les eaux miroirs qui frémissaient paisiblement, comme la jeune fille qui les avait habitées.

Leur conversation semblait devoir ne jamais finir. Anna regardait son père avec adoration. Il avait vécu tant d'aventures, il avait tant aimé sa mère. Elle comprenait Isaure d'avoir succombé à son charme, elle la plaignait de l'avoir perdu, elle l'admirait quand Antoine vantait sa beauté, son talent de peintre, sa faculté de s'envoler dans des rêveries sans fin. Cette mère qu'elle avait violemment cherchée, il lui semblait l'avoir à ses côtés tant les descriptions d'Antoine la ravissaient. Mais tout ce qui suivait sa naissance la plongeait dans la perplexité. Maintenant, elle comprenait les attentions de Suzanne à son égard, mais elle n'arrivait pas à saisir pourquoi elle avait été si cruelle. Comment avait-elle pu faire le malheur de ses parents alors qu'elle était si prévenante avec elle ? Anna mourait d'envie d'aller la voir, mais elle ne parvenait à mettre au clair les sentiments qu'elle éprouvait envers elle. Elle roulait entre ses doigts les perles fines que Suzanne avait attachées autour de son cou. Ce jour-là, elle avait senti que la vieille dame avait envie de lui parler, mais ne s'y était pas résolue. Une femme aussi sûre d'elle pouvait-elle être paralysée par la peur ? Anna en doutait, mais, en même temps, l'énormité du mal qu'elle avait fait était difficile à avouer. Il faudrait encore un peu de temps à la jeune fille pour le lui pardonner, et, pour l'instant, elle voulait simplement savourer son bonheur et le partager avec Robin. Sans détour elle raconta à son père sa rencontre avec le jeune inspecteur, son mariage rompu, sa fuite... Antoine éclata de rire et conclut :

— Décidément, les chiens ne font pas des chats !

Puis, reprenant son sérieux, il la libéra.

— Va le retrouver, ma chérie ! Il doit être impatient de recueillir tes premières impressions sur ton vieux père.

Il la regarda s'éloigner, telle une biche dans le sentier. Se retournant vers le lac, machinalement, il choisit des cailloux bien ronds et les lança dans l'eau. Les gouttelettes qu'ils formaient en rebondissant chantaient en retombant dans le lac, comme une comptine égrenée par une petite fille. Il lui semblait qu'Isaure l'approuvait, lui confiait sa fille qu'elle n'avait pas pu garder.

Il regardait le soleil s'éteindre derrière les chênes, et, dans la pénombre du crépuscule, il se leva et se dirigea vers la demeure de son frère. Sa décision était prise. L'évidence lui était apparue au bord du lac : il ne pouvait plus partir. Il allait racheter le domaine de son père, reprendre les vignes. Il allait faire revivre cette maison où il avait grandi. Paul et Jeanne n'avaient plus la force de la maintenir, depuis la mort d'Anaïs leur énergie s'en était allée. Ils avaient même abandonné leur projet d'ouvrir un restaurant. Ils lui avaient confié leur découragement, leur désespoir. C'était maintenant à lui de prendre le relais. Il donnerait un foyer à sa fille. Elle y planterait ses racines et lui, il jetterait l'ancre. Et peut-être Gabrielle accepterait-elle de l'y aider. Il n'avait pas renoncé à la convaincre.

Paul et Jeanne se tenaient, embrassés, devant la porte de la maison. Ils avaient pris congé d'Antoine après avoir accepté son offre. Celui-ci leur avait promis de prévenir le notaire afin que les papiers soient régularisés rapidement. Ensuite, ils essaieraient de reconstruire une nouvelle vie, loin de ces lieux où ils avaient connu le malheur.

Savoir qu'Antoine avait une fille les réjouissait mais n'apaisait pas leur douleur d'avoir perdu la leur. Ils espéraient seulement ardemment que celui-ci saurait trouver les mots pour que Gabrielle accepte de commencer avec lui cette nouvelle vie.

Celle-ci avait trouvé refuge dans sa librairie, laissant Éléna et Yann à leurs retrouvailles. Antoine entra dans la boutique. Ils se sourirent et Gabrielle demanda simplement :

— Tu l'as vue ?

— Oui, elle est merveilleuse.

Gabrielle feuilletait un catalogue, tentant de paraître indifférente. Elle s'enquit :

— Tu pars quand ?

— Je ne pars plus.

Elle releva imperceptiblement la tête, continuant à feuilleter la brochure pour masquer son trouble. Elle dit nonchalamment :

— Je comprends..., vous avez du temps à rattraper, tous les deux...

Antoine posa la main sur la sienne.

— Nous aussi, on a beaucoup de choses à rattraper, Gabrielle.

Elle referma le livre et planta ses yeux d'océan dans ceux, suppliants, d'Antoine.

— Non, Antoine. Si tu ne pars pas, moi, je vais le faire. Je vais vendre la librairie et m'installer à Paris. Je m'occuperai d'Éléna, même si elle a moins besoin de moi depuis que son amoureux a réapparu...

Antoine l'interrompit.

— Non, Gabrielle, tu ne peux pas faire ça ! Tu ne vas pas partir au moment où je commence à voir ce que je veux faire de ma vie... avec toi à mes côtés. Chaque journée passée sans toi est une journée perdue. Je veux que tu sois ma femme, Gabrielle.

— C'est impossible, Antoine. On ne construit pas une vie sur les ruines du passé. Tu étais revenu pour retrouver Isaure. Tu as sa fille. C'est bien.

Antoine sentit monter en lui la colère.

— Mais quand vas-tu cesser de mettre Isaure entre nous ? Ce n'est qu'un prétexte. La vérité, c'est que l'amour te fait peur. Tu te sers d'Isaure comme d'un bouclier parce que tu aurais bien trop peur de te laisser aller. C'est vrai, l'amour rend vulnérable, et ça, tu ne le supportes pas. Et tu ne veux pas le reconnaître. Tu préfères prendre la fuite.

Les larmes noyèrent les yeux de Gabrielle, mais quand elle les releva, ce fut pour voir la porte claquer. Antoine était parti.

40

Mathieu faisait les cent pas entre les travées de la classe. Les élèves d'Anna attendaient le retour de leur institutrice en dessinant. Mathieu s'approcha d'Alice qui venait de casser la mine de son crayon et en cherchait fébrilement un autre dans sa trousse. Quand elle vit le jeune homme se pencher vers elle, elle lâcha sa trousse et croisa les bras pour dissimuler son dessin. Il ne se démonta pas et dit en souriant :

— On m'a dit que tu faisais de très beaux dessins. Tu ne veux pas me le montrer ?

Alice secoua la tête et le fixa avec un mélange de peur et de dégoût. Il insista tout en essayant d'attraper la feuille.

— Allez, sois gentille, montre-le-moi !

Alice se coucha sur son pupitre tandis que Mathieu lui attrapait le bras.

— Non mais, dis donc, tu vas te calmer !

La petite fille se débattit et, n'arrivant pas à se dégager, mordit la main qui l'enserrait.

Puis, terrifiée, elle se leva et sortit de la classe en courant. Blême, Mathieu retourna la feuille et découvrit le dessin. Il représentait, comme toujours, une jeune fille couchée sur le sol. Mais, à ses pieds, gisait un chat barbouillé de rouge. À cette vue, Mathieu se mit à trembler. Il regarda d'un air égaré autour de lui et bredouilla.

— Je reviens.

Fourrant le dessin au fond de sa poche, il s'élança à son tour dans la cour, à la poursuite d'Alice. Celle-ci courait aussi vite que ses petites jambes pouvaient la porter. Dans le couloir, elle aperçut une porte entrebâillée. Elle s'engouffra dans la petite pièce où étaient entreposées les fournitures encombrant des étagères. Elle se mit à quatre pattes et se dissimula derrière une pile de cartons pleins de livres. Elle se fit encore plus petite lorsqu'elle aperçut son poursuivant entrer à pas feutrés dans la pièce. Il appela doucement :

— Alice, je sais que tu es là...

Elle s'aplatit sur le sol, rêvant de passer sous terre. Mathieu faisait le tour du cagibi.

— Tu sais, j'ai tout mon temps. Alice... Minou, minou...

Et il se mit à rire en s'approchant de la pile de cartons. Terrorisée, Alice fit un mouvement pour se protéger le visage et son fragile abri s'effondra. Son ennemi se pencha sur elle et la saisit par le col. Terrifiée, elle se débattit, mais il la tenait ferme. Elle se mit à hurler, mais Mathieu, le visage menaçant, lui plaqua la main sur la bouche et lui murmura :

— Tais-toi. Plus un mot, sinon...

Alice n'entendit pas la suite. Il lui semblait qu'elle tombait dans un puits.

Alexandra était sur le point de fermer l'agence pour aller chercher Alice à l'école lorsqu'elle vit arriver Nicolas portant un long paquet enveloppé de papier kraft. Amusée, elle l'aida à poser le volumineux colis en demandant :

— Qu'est-ce que c'est que ce truc ?

— C'est un porte-manteau.

— Tu as trouvé un appartement ?

Nicolas répondit, désinvolte :

— Non, j'ai pensé que ça ferait bien dans l'entrée, chez toi. C'est pour poser mes affaires, y a pas de place dans tes placards...

Alexandra secoua la tête, mi-amusée, mi-émue.

— Est-ce que, par hasard, avec ta délicatesse toute personnelle, tu ne serais pas en train de venir t'installer chez moi ?

Nicolas prit l'air contrit.

— Madame, je suis qu'un pauvre SDF. J'ai plus de travail, plus de maison. Je vous en supplie, ne me rejetez pas. Je ferai tout pour vous : la vaisselle, le ménage, je vous soignerai...

Alexandra entra dans son jeu, pour dissimuler son émotion.

— Bon, je vais voir ce que je peux faire... Il faut que j'examine vos capacités. Pour commencer, allez donc à la maison me préparer un bon bain chaud. Pendant ce temps-là, je vais chercher ma fille à l'école.

Et elle déposa un baiser léger sur les lèvres de Nicolas qui tenta de la retenir, mais elle se dégagea.

— Non, tout à l'heure, mon amour. Je suis déjà en retard.

Et elle sauta dans sa voiture.

Lorsqu'elle arriva devant l'école, celle-ci était déserte et la grille était verrouillée. Une sourde inquiétude l'envahit. Alice ne rentrait jamais toute seule à la maison. D'ailleurs, elle n'avait pas la clé. Alexandra composa le numéro de Robin. Il décrocha tout de suite.

— Tu n'as pas vu Alice ? Elle n'est plus à l'école ! Qu'est-ce qui a bien pu lui arriver ? Elle avait pourtant promis de ne plus faire d'escapades depuis l'histoire du lac !

Robin essaya de la rassurer.

— Ne panique pas. Je vais la chercher... Peut-être était-elle encore dans l'école et s'est laissé enfermer ? Tu sais, elle est tellement dans les nuages. Je vais y retourner et je t'appelle.

Le visage grave, il raccrocha et se tourna vers Anna qu'il venait de rejoindre.

— Alice a disparu. Où crois-tu qu'elle puisse s'être cachée ?

Anna se sentit envahie par la culpabilité. Depuis le coup de fil d'Antoine, elle avait complètement oublié ses élèves. Ce qui, auparavant, avait fait partie intégrante de sa vie, était passé au second plan. Et maintenant, Alice avait disparu. Si elle avait été en classe, rien ne serait arrivé. Elle sortit la clé de l'école de sa poche.

— Viens, on va fouiller l'école ! Si elle est cachée dans un coin, on va bien la trouver.

Lorsqu'ils arrivèrent, le silence les surprit. Apparemment, Mathieu n'était pas là. Son appartement était fermé. Anna et Robin commencèrent à passer en revue toutes les salles de classe, le gymnase, l'infirmerie. Aucune trace de la petite fille. En passant dans le couloir, Robin aperçut la porte du cagibi qu'il ne parvint pas à ouvrir. Il interrogea :

— Qu'est-ce qu'il y a là-dedans ?

— Oh, rien. Du matériel de pêche, c'est à Mathieu...

Robin la regarda, sceptique. Il appuya de nouveau sur la poignée, sans succès. Alors, il prit son élan, et, d'un coup d'épaule, il ouvrit la porte. Ce qu'ils virent les stupéfia.

Tous les murs étaient recouverts de photos agrandies d'Isaure. Parfois en compagnie de Josépha, parfois en compagnie d'un jeune homme dont la tête avait été soigneusement découpée, comme pour le supprimer. Et, au feutre, étaient tracées à grands traits des phrases qui tranchaient sur la blancheur des murs : « Je ne vois que toi », « Tu es à moi ».

Anna recula d'un pas et son pied heurta un sac en plastique qui gisait sur le sol. En le découvrant, elle poussa un cri :

— Chester !

Le petit chat roux était allongé, sans vie, baignant dans son sang.

Robin saisit Anna par les épaules, et, surmontant sa propre anxiété, il lui murmura.

— Il ne faut pas rester là. Viens ! On doit retrouver Alice le plus vite possible... Elle est en danger.

Robin avait raison. Sa fille était paralysée par la peur. Mathieu l'avait portée, inanimée, dans sa voiture, et lorsqu'elle avait rouvert les yeux, ils étaient au bord du lac. Mathieu, à genoux à côté d'elle, la tenait fermement par les poignets tandis qu'il laissait libre cours à son délire.

— Je l'aimais à en crever, tu comprends. Mais elle ne me voyait pas. Tout ce qu'elle trouvait à me dire, c'était me traiter de « pot de colle »... Elle n'aimait que l'autre. Je les épiais, et quand je les voyais s'embrasser, il me semblait que j'allais mourir.

Alice subissait ce déluge de paroles sans mot dire. Le visage grimaçant de Mathieu l'emplissait de terreur. Il continua :

— Et toi, il paraît qu'elle te parle ! Tu as bien de la chance. On dit qu'elle te raconte des choses. Alors tu vas lui parler, tu vas lui dire combien je l'aime. Tu comprends, TU VAS LUI PARLER ! cria-t-il en la secouant.

Alice poussa un hurlement strident.

Antoine était près du chalet. Il entendit le cri d'Alice et courut vers le lac. Il n'eut que le temps d'apercevoir Mathieu se précipitant vers une voiture rouge, maintenant fermement Alice qui se débattait. Il la jeta sur la banquette arrière et démarra en trombe.

Antoine les regarda s'éloigner et se précipita dans le chalet pour appeler Robin.

Une fois hors de vue, Mathieu ralentit et se gara à l'écart de la route. Il saisit Alice et lui lia sans ménagement les mains et les pieds. La petite fille était si terrifiée qu'elle n'osait lui résister. Elle avait cessé de crier, mais, pour plus de sûreté, il la bâillonna à l'aide de son mouchoir. Puis, après s'être assuré qu'il n'y avait personne alentour, il mit Alice dans le coffre de la voiture et repartit, se contraignant à ne pas accélérer pour ne pas attirer l'attention.

Lorsqu'il arriva dans le parking de l'hôpital, celui-ci était quasi désert. L'heure des visites était passée. Il se glissa dans la pénombre des couloirs jusqu'au bureau de Josépha. Elle n'y était pas et Mathieu s'écroula sur le canapé pour l'attendre. Sa sœur constituait son dernier recours.

Lorsqu'elle aperçut la forme tapie dans le bureau, la jeune femme eut un haut-le-corps.

Puis elle reconnut son frère, mais cela ne la tranquillisa pas. Il avait l'air égaré, aux abois. Il lui attrapa le bras en bredouillant.

— J'ai déconné, Josépha. Il faut que tu m'aides...

— Qu'est-ce que tu as fait ?

Mathieu se laissa retomber sur le canapé et se prit la tête entre les mains.

— Sauve-moi, je t'en prie, sauve-moi !

Josépha tenta de le calmer.

— Je vais aller te chercher quelque chose... Ne bouge pas... Reste là...

Et elle se dirigea vers l'armoire où elle rangeait les anxiolytiques. Elle en ouvrit un battant et, se dissimulant, elle attrapa son portable. Elle n'eut pas le temps d'achever son geste. Mathieu avait bondi et lui avait arraché le téléphone. Il grinça, hors de lui :

— Qu'est-ce que tu étais en train d'essayer de faire ? T'appelles qui ?

— Les flics. Il y a longtemps que j'aurais dû le faire. J'ai tout compris quand j'ai vu ton écriture sur les photos d'Isaure. Tu es malade, Mathieu, il faut qu'on te soigne... Il n'est pas trop tard...

Mathieu jeta le portable sur le sol et ricana.

— Mais si, c'est trop tard. Tu vas appeler personne, et tu vas arrêter de me donner des leçons.

Il lui souffla sa haine au visage.

— Tu savais que c'était moi, hein ! Tu l'as toujours su, mais tu as préféré que je te serve de cobaye. Tu m'as bourré de médicaments plutôt que d'affronter la vérité en face. C'est ta faute, Josépha, c'est ta faute, tout ce qui est arrivé dans ma vie... Tu te foutais pas mal que je souffre...

Josépha était accablée par ce flot d'amertume qui se déversait sur elle. Elle tenta un geste vers son frère.

— Pourquoi tu as fait tout ça ?

Mathieu explosa.

— Mais pour toi, pour moi. Elle nous a bouffé la tête, Josépha. Elle ne voyait qu'Antoine et elle te le volait !

Les yeux exorbités, il sortit un couteau et l'appuya sur le flanc de sa sœur. Il la poussa dehors en lui murmurant :

— Maintenant, tu vas faire ce que je te dis. Ça n'est plus toi qui commandes.

Josépha obéit, et ils s'engagèrent dans le couloir. Elle demanda :

— Où on va ? C'est toi qui as tué Anaïs, n'est-ce pas ? Quand je suis allée te voir, c'était pour que tu m'en parles, mais tu n'as pas voulu. Je t'aurais protégé, tu le sais, je t'ai toujours protégé. Je vais te faire hospitaliser quelques jours, ensuite on verra plus clair.

Mathieu la poussa rudement contre le mur. Il lui siffla au visage :

— Tais-toi ! Je suis allé trop loin, on ne peut plus revenir en arrière. Tout ça, c'est arrivé à cause d'Isaure. Pourquoi elle ne voulait pas de moi ? Pourquoi ?

Josépha aurait voulu répondre, mais une douleur fulgurante lui avait déchiré le flanc. Elle sentit son sang s'échapper à flots de la plaie que le couteau avait ouverte. Elle regarda son frère avec désespoir et s'effondra, sans vie.

Mathieu s'enfuit, sans regarder en arrière. Il lui restait une dernière chose à accomplir.

Il attrapa la clé cachée au pied du bougainvillée. Depuis son enfance, elle avait toujours été dissimulée à cet endroit pour que tout le monde y ait accès. Il entra dans le petit mas de Josépha, tenant solidement la main d'Alice qui le suivait, terrorisée. Elle avait mal aux poignets, une marque rougeâtre lui entourait la bouche, comme si elle s'était barbouillée de glace à la fraise. Elle aurait donné n'importe quoi pour que tout cela ne soit qu'un cauchemar et qu'elle se retrouve à la terrasse du glacier en compagnie de son père. Au lieu de ça, elle fut jetée rudement sur une petite chaise et Mathieu enclencha un vieux projecteur en ironisant.

— À ton âge, on aime bien le cinéma ! Je vais t'offrir une petite séance. Ça va te plaire !

Sur le mur blanc, au bout du long trait de lumière, apparurent les images d'Isaure et de Josépha, se souriant, insouciantes dans la splendeur de leurs seize ans. Mathieu se mit à soliloquer :

— Elle était belle, sous la lune, près du lac. J'ai cherché à l'embrasser... Mais elle m'a giflé... J'ai attrapé son cou, lentement, et j'ai serré... Exactement comme l'autre. J'ai cru que c'était Isaure, qu'elle était revenue... Elle portait sa robe. Je ne voulais pas lui faire de mal, mais elle aussi elle me repoussait... Ça m'a rendu fou...

Sur le mur blanc, les jeunes filles continuaient à rire. Comme si les paroles de Mathieu les divertissaient. Le visage de celui-ci s'assombrit. Sous les yeux hallucinés d'Alice, il sortit de sa poche son couteau ensanglanté et se l'appuya à l'endroit du cœur. La petite fille se leva d'un bond, renversant le projecteur qui s'éteignit. Au même moment, la porte s'ouvrit sur Robin et Antoine. Ceux-ci se précipitèrent sur Mathieu avant qu'il ait eu le temps d'achever son geste. Ils luttèrent quelques instants et finirent par le maîtriser. Mathieu implora :

— Laissez-moi mourir, je vous en supplie !

Sans même lui répondre, Robin lui passa les menottes, puis, se tournant vers sa fille qui s'était recroquevillée sur le sol, il lui sourit :

— Eh bien, princesse ! Tu étais bien cachée ! S'il te plaît, ne me joue plus de ces tours. Ton vieux père ne pourrait plus le supporter. Viens, ma chérie, ta maman t'attend !

Confiante, Alice saisit la main de son papa et, lorsqu'ils furent en sécurité dans la voiture, pelotonnée contre lui, elle lui demanda :

— Dis, papa, tu pourras me donner un petit chat ? Je crois que je ne reverrai plus Chester.

41

Ils étaient tous debout, au bord du lac. Les chênes verts bruissaient doucement ; l'hiver arrivait à grands pas, donnant une clarté plus limpide aux eaux mouvantes.

Suzanne avait les doigts mêlés à ceux d'Anna que Robin couvait des yeux. Son autre main étreignait celle d'Éléna qui ne pouvait plus cacher son état. Un héritier viendrait bientôt emplir de ses cris le domaine Castella. Yann aidait Antoine à mettre à l'eau la minuscule pirogue de bois qu'il avait construite quelques mois plus tôt.

Un peu plus loin, Alice, pieds nus malgré la fraîcheur automnale, lançait des petits cailloux dans le lac. Elle avait fait de grands progrès et, désormais, les ricochets se multipliaient et allaient se fondre dans les eaux bien au-delà des rives. Elle contemplait avec satisfaction les cercles qui allaient en s'élargissant jusqu'au bord. Elle avait déjà glissé dans la petite barque un dessin soigneusement plié. Antoine avait eu le temps de l'apercevoir avant qu'elle ne le referme. Il représentait la tête d'un joli chat roux dont le sourire n'était arrêté que par ses oreilles.

Éléna fouilla dans son sac et passa deux petits papiers à Yann pour qu'il les joigne au dessin d'Alice. Yann s'étonna :

— Deux poèmes ?

— Bien sûr, un pour Isaure et un pour Anaïs. Si j'ai convié tout le monde ici, c'est pour que chacun fasse son deuil. S'il avait été fait plus tôt pour Isaure, je suis sûre qu'Anaïs ne serait pas morte. Et moi, je veux que notre enfant naisse dans la paix.

— Tu as raison, lui glissa une voix douce dans l'oreille.

Éléna se retourna brusquement et rougit de bonheur.

— Oh ! maman, tu es venue. J'avais si peur que tu ne sois pas là !

Gabrielle se mordit la lèvre pour ne pas pleurer. Sans un mot, elle sortit un petit papier de sa poche et le tendit à Antoine. Il le joignit à celui qu'il avait préparé et les posa, entrelacés, sous la voile du fragile esquif. Elle le regardait faire, incapable de prononcer une parole.

Alice se pencha au-dessus de l'eau, et du bout du doigt, d'une pichenette, poussa la barque loin de la rive. Suzanne s'avança et lança à son tour une brassée de roses, les dernières qui avaient fleuri dans son jardin. Les fleurs flottèrent sur la surface du lac et rejoignirent le petit bateau, lui faisant une escorte nacrée.

Se tenant serrés les uns contre les autres, ils regardaient voguer l'esquif qui portait leurs pensées, leur amour pour celles qui leur manquaient si cruellement. Et, à mesure qu'il s'éloignait, une étrange paix les envahissait, comme si elle émanait du fond du lac où une âme avait enfin trouvé le repos.

Ils repartirent un par un sur le chemin escarpé, et Antoine et Gabrielle se retrouvèrent seuls à contempler les ondes sur lesquelles l'esquif n'était plus qu'un minuscule point à l'horizon.

Gabrielle rompit le silence.

— C'était une très belle fête...

Il se tourna vers elle.

— Oui, c'est Éléna qui l'a voulue, et elle a eu raison. Elle m'a dit que tu repartais à Paris. Tu es contente de ta vie, là-bas ?

— Oui, pas mal. Et toi ?

— On vient de finir les vendanges. L'année sera bonne...

Gabrielle se décida.

— Antoine...

— Oui.

— Je t'aime.

Antoine s'immobilisa. Il murmura :

— Répète !

— Antoine, je t'aime.

Elle semblait prête à s'enfuir. Il ne lui en laissa pas le temps. Il la saisit dans ses bras et commença à l'embrasser. Elle tenta d'abord de ne pas répondre à son étreinte, puis, comme si elle avait enfin décidé de sa vie, elle enroula ses bras autour de son cou et se plaqua contre lui. Pendant qu'ils s'abandonnaient à leurs caresses, du fond de la cascade apparut une forme claire. Sans qu'ils y aient pris garde, une jeune fille les contemplait, ses longs cheveux épars encadrant son pâle visage, elle leur souriait. Puis le soleil se coucha et la silhouette s'estompa dans la brume.

Aubin Imprimeur
LIGUGÉ, POITIERS

Achevé d'imprimer en mai 2005
pour le compte de France Loisirs
123, bd de Grenelle, 75015 Paris
N° d'édition 42710 / N° d'impression L 68398
Dépôt légal, mai 2005
Imprimé en France